绝密手稿

Sebastian Barry

THE SECRET SCRIPTURE

SEBASTIAN
BARRY

[爱尔兰] 塞巴斯蒂安·巴里/著

[澳] 李牧原/译

浙江文艺出版社

目录

第一章 001
第二章 014
第三章 025
第四章 034
第五章 051
第六章 072
第七章 082
第八章 091
第九章 105
第十章 118
第十一章 133
第十二章 149
第十三章 163
第十四章 177
第十五章 194
第十六章 220
第十七章 242
第十八章 258
第十九章 274
第二十章 290
第二十一章 319
第二十二章 353

“人类的最大缺憾就是昧于内省，对自身的存在视而不见，于是，我们便在自己眼中形同游魂。”

托马斯·布朗爵士，《基督教训》

“在那些研习或至少阅读历史的人们中，难得有谁能从苦读中获益……而且，即使经过最缜密的甄别，古代史和现代史里的不确定性依然普遍存在；所以，那些追求真理锲而不舍的心灵会喜爱绝密的回忆日志和私人逸事。”

玛丽亚·艾治华斯，《雷克然特城堡》前言

第一章

萝珊的自述

（萝珊，罗斯康芒地区精神病院患者，1957年入院）

爸爸曾说，世界随着每次诞生开始。可他忘了说，世界也随着每次死亡结束。或许他觉得这是不言而喻的，毕竟，他这辈子的相当一部分时间都在坟场干活。

*

我出生于一个连群山都避之不及的寒冷小镇，那些山啊，它们也跟我一样，对那个幽暗的地方疑虑重重。

黑色的河水流过小镇，没有对人类显现任何善意，倒是对天鹅和蔼可亲。很多天鹅在岸边栖息，涨洪的时候它们就在河面上扑腾嬉戏，像牲口一样。

河水携带垃圾入海，从岸上拖下人们一度拥有的东西，偶尔也拖走尸体。哦，甚至还有可怜的婴儿，真是丢人现眼，那个稀奇古怪的年代。河水的速度和深度使它与见不得人的秘密同流合污。

我说的就是斯莱戈。

成也斯莱戈，败也斯莱戈。其实，我早该放弃这种区区小镇能主宰沉浮的想法，应该一切都依靠自己。我的故事里发生的很多苦难挫折都是由于年轻时，我误以为命运掌握在别人手里，而没有意识到我可以用想象的砖泥砌筑壁垒，对抗人世的血雨腥风，遏制岁月摧残我们的黑暗把戏。我可以为自己的人生执笔。

我早已离开斯莱戈，居住在罗斯康芒。这座老建筑以前是座豪宅，如今到处都粉刷成奶油色，铁床伺候，房门加锁。这里是格林医生的天下。他的为人我不甚了解，可我也不怕他。不知道他怀抱何种信仰，但他的胡子和秃顶让他看上去颇像圣托马斯①。

我是完全孤身一人了，除了在这里，世上没人知道我的存在。曾经有过的几个零星亲人，尤其是我那小鸟般惹人怜的妈妈，都已经离开了人世。估计那些迫害我的人也所剩无几。我已是垂暮老妪，可能年近百岁了，具体的年龄我也不太清楚，其实谁都搞不清。我属于过去的遗老，

①圣托马斯（St. Thomas），又译“多马”“多默”，在希伯来语中，“多默”一词是“双胞胎”的意思；希腊语称“狄狄摩”。是加利利人，是耶稣召选的十二门徒之一。——编者注

形容枯槁的老古董，只有一堆参差不齐的皮包骨，穿着暗淡的衣裙和帆布外套，坐在角落里时像只不会唱歌的知更鸟，或是凑在炉灶下取暖然后就地横尸的老鼠，躺在铁床上时，则形同埃及金字塔里的木乃伊。

没人知道我也有故事。明年，下个礼拜，或者明天，我可能就消失了，到那时，只需一口小号棺材和一方狭窄的墓穴。我头顶肯定没人立碑，不过这倒无关紧要。

这世上的事，到最后总是微不足道的。

四下里万籁俱寂。我的手还算灵活，而且有一支漂亮的，油墨充足的圆珠笔。这笔是那位医生朋友给的，因为我说喜欢那颜色。说实话他人真不错，很有哲学家的派头。我还有一沓纸，是在柜子里翻到的。另外，我还有一块可以藏宝的松动地板。我要在没人要的纸上写下自己多余的一生。我要在洁净的纸上重新开始，在这么多张清白的纸上从头再来。我多么想留下一份记录，一份胆怯生硬却开朗坦诚的个人史。如果神赐我力量，我必定完整地写下这个故事，将它尘封于地板下面，然后在罗斯康芒欣然长眠。

*

我的爸爸是基督世界里，或至少是斯莱戈地区最爱干净的人。他整个人看起来好像是被扎在制服里，不是胡绑乱捆，是很工整地扎着，像账簿一样。他在坟场做监工，因工作需要领到了孩子眼中光彩夺目的制服。

他在后院放了个大木桶接雨水，每天就用这水洗澡。他让我和妈妈背过身去面对厨房的墙壁，然后他站在布满苔藓的院子里，确定无人偷窥后便脱个精光，舀水冲洗，无论什么天气，哪怕是寒冬腊月也绝不手软，有时甚至把自己冻得鬼哭狼嚎。

他先用足够清洗整屋油腻地板的碳酸皂为自己打上一身合体的泡沫装，然后用一块灰色石头把身体刮洗干净，当这一切都进行完毕后，他把石头戳到墙上某个特定的缝隙里，于是那面墙看上去就像长了个鼻子。所有这些我都是通过快速转头时余光一瞥看到的，毕竟我是个顽皮不驯、爱要花样的孩子。

对我来说，看爸爸洗澡甚至比马戏表演更好笑。

爸爸是个静不下来的歌手，当时流行的轻歌剧他全会唱。他还喜欢读那些已逝的教士留下的布道词。他说，可想而知，在很久以前的那些礼拜天，这些布道词曾经是教士口中令人耳目一新的语句。我爷爷就是个教士。

爸爸也是个热情昂扬的人，可以称得上是一位具有神圣感的长老会信徒，虽然这种品质在斯莱戈不合时宜。他尤其推崇约翰·邓恩的布道文，然而对他来说，真正的福音是托马斯·布朗爵士的《医生的宗教》，一本我在颠沛流离中始终保留的破旧的小书。此刻它就躺在我的床头，里面用黑墨水写着爸爸的名字，乔·克莱尔，1888年，南安普敦。爸爸很年轻时曾当过水手，十七岁前已经出海远航，去过了基督世界里所有的港口。

爸爸生命中最荣耀的事发生在南安普顿：他遇见了妈妈。

妈妈名叫茜茜，在爸爸喜欢的一家水手旅店当女佣。

爸爸曾经讲起他在南安普敦经历的一桩怪事。孩提时代的我信以为真。这会儿就当真事来讲吧。

有一次，他上岸后发现最喜欢的旅店已经客满，不得不迎着风，沿着牌楼林立的破旧街道步行，最后终于找到一座挂着“有房”牌子的冷寂房子。

他走进屋子，接待他的是一位面色苍白的中年妇女，她派给他一张地下室的铺位。

午夜时分，偶然醒来的他听到屋里传来别人的喘息声，立刻惊得毛骨悚然、睡意全无。他在高度警觉的状态中听到一阵呻吟，接着有人摸黑在他的床上躺了下来，就躺在他身旁！

他点燃了火绒盒里的蜡烛。身边根本没人，可是床单和床垫却被一个沉重的身形压弯了。他从床上一跃而起，大声呼救但听不到回音。同时他感觉到从五脏六腑泛起可怕的饥饿感，那是任何爱尔兰人自从暗无天日的大饥荒以来从未经历过的煎熬。

他赶紧跑到门口，令他惊讶的是，门竟被反锁了。他真是气坏了。“放我出去，放我出去！”他喊道，又惊又怒。那巫婆居然敢把他关了起来！他把门打得山响，终于，房东太太姗姗而来，镇定自若地打开门。她道歉说一定是无意之中把门锁上了以防盗贼。对他讲述的风波，她仅微笑不语，然后就又回楼上去了。他注意到她身上散发出一种奇怪的气味，好像是枯枝烂叶或地板下层的味道，仿佛她刚刚在林间地上爬行过一样。一切都归于平静，他吹熄蜡烛，又倒头睡下了。

但只过了一会儿，同样的一幕又上演了。他再次一跃而起，点上蜡烛，跑到门口。门又被锁上了！同时，他再度感到饥火烧肠。由于某种原因，也许是房东太太的极度古怪，他不想再找她了，索性在椅子上汗津津地将就了一夜。

破晓时分，他醒来，穿好衣服，走到门前，门竟是开着的。他提着包上了楼。直到这时他才注意到这个地方有多么破败，这些斑驳痕迹，多多少少被头天晚上的仁慈夜幕遮掩了几分。他叫不来房东太太，而船就要起航了，于是只好不辞而别，出门前在客厅的架子上留下了几个先令的房钱。

走到外面的街上时，他回头看了看身后的旅社，吃惊地发现屋子的玻璃窗几乎粉碎，塌陷的屋顶砖瓦不全。他走进街角的店铺，想找个正常人闲聊几句定定神。他向掌柜的问起那座房子的渊源，掌柜的说房子早就没人住了，已经空了多年。要不是因为它是牌楼的一部分，早就被拆除了。他无论如何也不相信，爸爸是在那里过的夜，因为这是座没人住也没人买的凶宅，一个女人曾在里面谋杀了亲夫——她把他关在地下室里活活饿死。后来那个女人也因谋杀罪而被判处了绞刑。

爸爸每每给妈妈和我讲起这个故事，总是绘声绘色，仿佛那阴森的老屋，苍白的女人，呻吟的鬼魂，都能立即浮现在他的眼前。

“幸亏你下次到港时，我们旅馆有房间。”妈妈轻声叹道。

“天哪！可不是吗！可不是吗！”爸爸连声附和。

一件逸事，一段水手传奇，就这样不经意地与妈妈联系在一起，烘托着她的动人容貌，以及她一如既往的迷人魅力。妈妈是颇具西班牙风情的美人，深棕色头发，小麦色皮肤，双眸墨绿如美利坚祖母玉，没有哪个男人能抗拒她的美。

结婚之后，她随着爸爸回到斯莱戈，在那里度过了余生。她不习惯斯莱戈的晦暗阴郁，仿佛一枚熠熠生辉的金币被埋没在无边无际的绝望土壤。她是本地人从未见识过的绝代佳人，皮肤柔软如羽，一对酥胸如刚出炉的诱人面包。

我小时候最开心的事，就是黄昏时分跟妈妈出门，在爸爸从坟场放工回家的路上接他。多年以后，我长大成人回首往事的时候，才意识到妈妈每次出行时莫名的焦虑，她不确信是否能掐准时间，也不能保证所有事情都循规蹈矩地发生。她不知道丈夫是否会平安回家。我深信，妈妈的花容月貌下藏匿着难以名状的悲苦。

我说过，爸爸在坟场做监工，身着蓝制服，头戴尖顶帽，帽色漆黑如乌鸫的羽毛。

当时正值第一次世界大战期间，镇上到处都是兵，好像斯莱戈本身就是战场，当然事实并非如此，我们所看到的不过是放假回家的士兵而已。但他们身着戎装，看起来都有点像爸爸。我和妈妈走在街上，觉得他的身影无所不在，要在当中找到爸爸真不容易。冬日黯淡的傍晚，我终于喜出望外地看见，爸爸迈着轻快的脚步从坟场归来。他远远觑见我，开始跟我捉迷藏，像小孩一样四处乱窜，别人都对他投来惊讶的目光，也许是觉得他的举动与坟场监工的身份颇不相符。但爸爸就是身负异禀，能在孩子面前肆意放松束缚，在傍晚风干的光线下装疯卖傻、嬉笑顽皮。

守墓人的身份从未改变他的本色。头戴尖顶帽，身穿蓝制服，他庄严地引导人们探访亲友的坟冢。独自待在坟场那小庙似的水泥值班房里时，他会悠然唱起“梦中我住在大理石宫”，那是他最喜欢的轻歌剧《波希米亚姑娘》里的一首插曲。

空暇的日子里，他喜欢骑着盖世牌摩托车在爱尔兰的蜿蜒公路上兜风。如果说赢得妈妈的芳心是他至高无上的荣耀，那么另一件令他骄傲的事，就是我出生那年，他曾骑摩托车参加了马恩岛的短程公路竞赛，不仅毫发无损，而且还能保持中等的成绩。我相信，在爱尔兰漫长的冬天里，每当他独坐在萧索的水泥小庙里，被沉睡的灵魂静静环绕时，这些温馨的回忆能带给他持久的抚慰。

爸爸另一个“出名”的故事，或至少在我们的小家庭里赫赫有名的事，发生在他的单身时期，那时他经常参加摩托车赛事。这个奇异的故事就发生在塔拉莫尔镇。

当时他正驾车高速奔驰，前方出现了一道宽阔的山梁，延伸至道路和界墙交会点的急转弯处。石砌的界墙又高又厚，是爱尔兰大饥荒时代为了保护劳工生存所做的无用功。总之，他前面的一辆摩托车从山梁上闪出，那位参赛者非但没有刹车反而加大了油门，无情地急速前冲，迎头撞上了石壁，接下来就是滚滚浓烟和铿锵之声。爸爸透过脏兮兮的眼罩看出去，大惊失色，连他自己的车也差点失控。就在这时，他目睹了一个当时以及日后他都无法解释的奇迹：眼前的骑手腾空飞起仿佛背生双翼，以轻松敏捷的动作越过界墙，如海鸥乘风，流畅地滑翔。他似乎看到了转瞬即逝的翅膀，以至于从此以后，每当他在祈祷书里读到关于天使的文字时，都不禁回想起这一幕骇人的奇景。

请不要以为我的爸爸信口雌黄，他这个人可从不扯谎。在乡村，甚至在镇上，有些人确实喜欢吹牛皮，说他们曾目睹奇迹，比如，我丈夫汤姆在去河沙汀的路上看到了双头狗。讲故事的人为了让别人相信，通常要做出一副坚信不疑的样子，赌咒发誓说一切都是亲眼所见。但爸爸可不是个顺嘴说瞎话的人。

他好容易刹住车，飞跑至界墙，找到一个华而不实的角门，推开生锈的铁栅，冲过野菠菜和荨麻，找到了这位神乎其神的老兄。爸爸讲到此处总要发誓他说的句句属实，那人躺在界墙的另一边，虽然不省人事，倒也没受什么伤。终于，这位踏遍整个西海岸拎着皮包销售围巾类商品的印度先生醒过来了，还对爸爸露出了笑容，于是两人一起惊叹这次奇异的死里逃生。此情此景事隔多年以后还为塔拉莫尔人津津乐道。如果有一天你听到这个故事，也许讲故事的人会为它冠以“印度天使”的标题。

爸爸每每讲到这个故事就喜形于色。类似的事件似乎是对他人生在世的莫大恩惠，是以故事形式授予他的非常礼遇，令他满心欢喜，无论在梦中或清醒的时刻，都赐予他特殊的荣耀。就仿佛这些支离的事件和破碎的传闻构成了他的乡土福音书。有朝一日，如果爸爸有一部关于他的福音（既然每个生命对上苍来说都是珍贵的，这不是没有可能），那么他瞥见的那位印度老兄背上的翅膀就会栩栩如生，而他仅仅暗示的内容则会在转述中变得颠扑不破，虽无法证明，但却升华到奇迹的境界。男女老少便都可以从中得到慰藉。

爸爸的喜悦本身就是一件弥足珍贵的礼物，正如妈妈的焦虑使她终生骨鲠在喉。妈妈从来不为自己制造小传奇，她这一辈子没有任何故事，虽然我相信她的人生其实和爸爸一样，有着各种丰富素材。

这话说来也许令人见笑，我觉得一个人活着的时候如果没能生出几件奇闻逸事，那么他死后不仅会被历史忽略，还会被后人遗忘。当然，等待着多数灵魂的无非是如此默默无闻的结局，他们的人生，无论曾经多么生动美好，终归被简化为七零八落的家谱上黑色忧郁的名字，后面缀着半个日期和一个不知所终的问号。

而爸爸的喜悦不仅是他人生的救赎，而且激发了他对故事的热忱，所以他至今仍然活在我的心中，仿佛是我贫乏的灵魂深处一个更隐忍更愉悦的自我。

也许他的喜悦终究是没有依据的。然而难道一个人不该在变幻莫测的漫漫人生路上，尽量使自己快乐吗？无论如何，世界终究是美好的，如果我们不是人类而是任何其他生物的话，我们一定会为生存本身感到永恒的喜悦。

*

我们家的房子已经够小了，却还要装下两个大件。一件是前面提到的摩托车，它不能被雨淋到，始终立在我们家的起居室里过着安逸的生活，爸爸偶尔会坐在椅子上，有一搭没一搭地用麂皮擦拭车的铬钢。另一件是一架小型立式村舍版钢琴，由一位感恩的鳏夫所赠，因为爸爸在他们悲痛欲绝又家境中落的关头给他的妻子免费掘了墓。于是，葬礼过后不久，一个夏日的晚上，钢琴被架在驴车上送了过来，鳏夫和他的两个儿子面带羞怯的笑容把它抬进了我们的小屋。钢琴也许值不了几个钱，但是它音色优美，而且琴键看上去都是崭新的，估计搬来之前从来没人弹过。钢琴侧面绘制的景色不像斯莱戈，也许是想象中的意大利或其他什么地方，反正都是千篇一律的山啊，河啊，悠闲的牧羊人和牧羊女，还有老实的羊群。爸爸是在爷爷的教会里长大，所以会弹这个可爱的乐器。他最爱弹奏的是上个世纪的轻歌剧，并且认为巴尔夫是个天才。琴凳上刚好可以坐得下我们俩，就这样，我怀着对爸爸的热爱，以及对他一手好功夫的崇拜，很快就学会了弹钢琴的基本要领，又逐渐掌握了真正的技法，从未遇到什么困难。

我开始给他伴奏，他站在屋子中央，一只手漫不经心地搭在摩托车上，另一只手插在兜里，就好像他是爱尔兰的拿破仑似的。然后他悠然唱起那首《大理石宫》，那嗓音在我听来完美无缺。他也有一些别的擅长的曲目，包括那不勒斯小调，当时我错听成了拿波里小调，还以为是纪念拿破仑的，其实却是那不勒斯的街头民谣，它们居然浪迹到了斯莱戈！爸爸的歌声甘醇如蜜，荡漾在我的心头，它的热情和力量驱走了我少年时期所有的恐惧。随着音调逐渐升高，他整个人也会随之向上飞腾，手臂，胡须，一只脚在旧地毯上打着拍子，眼里闪烁着喜悦的光芒。恐怕拿破仑都不敢小觑一个如此气宇轩昂的人。在比较低婉的乐段，他尤其会表现出百转千回的韵味。我年轻的时候，很多优秀歌手到过斯莱戈，在雨中的大厅里演出，如果是流行音乐的节目，我还偶尔登台伴奏，或许没给人家帮上忙反倒拖了后腿也未可知，但我没有遇到过任何能与爸爸那种荡气回肠的嗓音相较量的人。

*

一个人如果在灾难深重，孤立无援之际，还能使自己快乐起来，那他就是真正的英雄。

第二章

格林医生的俗事小记

（格林医生，罗斯康芒地区精神病院高级精神病医生）

这座房子条件恶劣，我们在阅读测量报告之前还未完全理会其恶劣的程度。三位勇敢的测量员爬进了古老的屋顶，随后报告说木结构已经濒临坍塌，这似乎从侧面折射出了很多住在下面的可怜囚徒的精神状态。我应当称他们为患者，而非囚徒。但是因为这座房子建于十八世纪末，是一所为“思维座椅提供健康庇护和良性改造”的福利机构，所以一说到它，我的脑子里马上跳出“囚徒”二字。至于那时思维健康的标准，如今只能任人揣度了。十九世纪中叶倒是精神病院豁然开朗之际，在多位医生维新理念的影响之下，拘束衣已经很少使用，良好的饮食被视为善策，锻炼身体和激发思维的疗法也日渐流行。相比过去把病人锁在疯人院镣铐下任其哭喊的做法，这些新疗法的确更先进。但后来，情形又莫名其妙地倒退了。阴蒂切除术、浸水疗法、药物注射，没有哪个情感过于丰盛敏感的人会选择研究这种，上世纪前半叶的爱尔兰精神病院历史。上个世纪却是我的世纪，因为千禧年时我已五十五岁，而在那个年纪上已经很难全神贯注于一个新的世纪。或许这只是我的一己之见。我现在快六十五岁了。

既然这座建筑如此迫不及待地彰显高龄，我们或迟或早总得要搬迁。卫生部表示，新楼会马上动工，这话可能说的是实情，也可能是打官腔。但是除非新楼已经确定下来，否则我们怎么制订搬迁计划？从某种哲学意义上来说，许多患者的DNA已经与这座房子的砂浆融为一体，我们如何能把他们从这里撬出去？中央楼区有五十位老妪，如此高龄，她们的年纪仿佛已经变得连绵不断，亘古存在，她们又都卧床不起，疮疡遍体，要挪动她们简直是在犯罪。

我想，任何心智正常的人在搬迁被提上日程的时候都会有抵触情绪，不过即便如此，最终还是得采取行动，在伤痕累累一片狼藉之下完成任务。

基于同样的道理，这里的服务人员和护士也已成为建筑物的一部分，就像屋顶上的蝙蝠和地窖里的老鼠一样，它们可都是千军万马。幸好我只见识过老鼠。有一次东翼着了火，我看到它们暗黑的身影从楼下的每扇门里鱼贯而出，迅速没入树篱外面农民的玉米地里。火焰的光线在它们逃遁的背上投下了诡异的橘皮酱色。我相信，一听到消防员宣布全场恢复安全，它们马上就趁着新的黑暗一溜烟儿潜了回来。

有朝一日我们将不得不搬迁。而按照新的规定，我必须评估哪些患者可以重返社会（老天，请问什么叫社会），其他患者也需要被分门别类。然而对许多患者来说，仅仅是新的室内装饰，现代化的石膏墙，良好的隔热和加热设施就足以令他们惶恐不安。这里的走廊总是有气流呼啸的声音，即使无风的日子也是如此，原因不明，可能是医院不同区域冷热不均所产生的真空效应。他们将怀念这呜咽的风声，那是他们多年疯狂与梦想的背景音乐。这一点我确信无疑。而那些可怜的老头儿们，身上还穿着很久以前医院裁缝为他们做的黑色套服，与其说他们是疯子，不如说他们是无家可归的遗老，住在西翼最古老的一排房间里，像某个半岛或印度战争流落的士兵。离开罗斯康芒这个被遗忘的地界，他们肯定会不知所措。

无论如何我必须面对这项我一直试图避免的工作：确定患者是在什么情况下被送进医院的，他们是否由于社会原因而非医疗原因被隔离。其实我还不至于蠢到相信这里所谓的精神病患者都是疯子，或曾经发过疯，或虽然没有发过疯却在这里感染了疯癫。在大批自以为是的公众意识里，或换句话说，在报纸反映的民意里，这里很多患者应当获得“自由”和“解放”。但即便如此，曾经在牢笼里长期禁闭的生灵大多会发现自由解放的状态其实存在着很多问题，就像那些信仰破灭后的东欧国家一样。另外，我心里也觉得让谁走都有依依不舍之感。这是为什么呢？动物管理员的焦虑？我的北极熊能适应极地吗？这种说法也许是把问题过分简单化了。总而言之，走一步算一步吧。

尤其是我将不得不面对我的老朋友麦科纳提夫人，她不仅是这里最年长的人，也可能是罗斯康芒，甚至整个爱尔兰最老的人。我三十年前初到这里时她已经上了年纪，但还精力充沛，身上带着一股我琢磨不透的原生力量。她非常有个性，即使很长时间没见到她，或者只是间接接触，我依然能意识到她的存在，并经常试着打听她的情况。我们的关系堪称金石之交。她是这里的元老，代表着这个机构，而且在某种程度上她已成为我人生的坐标。正如莎士比亚所说的，她是“指引迷航的星斗”，她的存在见证了我和可怜的贝特之间断断续续的婚姻困扰，我的黯然神伤和萎靡不振，还有一事无成的颓丧，各式的心绪不宁，以及挥之不去的傻气。世事变迁不可阻挡，只有她终始如一，虽然随着时间的推移，她逐渐变得单薄衰弱。她几乎有一百岁了吧？记得她曾经在娱乐室里弹钢琴，弹得非常专业。都是二三十年代的爵士乐，不知道她是怎么学会那些曲子的。她坐在那里，长长的银发披肩，虽然穿着难看的医院大褂，看起来仍像个女王。她的年纪可能已经有七十岁，面庞却依旧光彩照人。她如今也依然很美，天知道她年轻时是如何的风华绝代。她的美丽带有某种超凡的，也许对这个偏远的世界来说几乎陌生的气质。后来她患上了轻度风湿，虽然她不爱用这个词，只对外宣称自己的手指“不配合”，便从此不再弹琴了。其实她弹的水平可能跟过去差不多，但差不多对她来说是无法接受的。于是，我们再也无缘享受麦科纳提夫人弹奏的爵士乐了。

值得一提的是，那架饱受蛀虫损害的钢琴最终被抛入了废物箕斗，发出了震耳欲聋但毫无乐感的轰然绝响。

这会儿我就得进去了，找她解决如此这般的种种问题。对此我感到有些为难。为什么为难呢？她年纪比我大了很多，就像一位沉默寡言，和蔼可亲，令人尊敬，适合做伴的老同事。就是这个原因吧。当然也是因为她喜欢我，就像我喜欢她一样。不清楚她为什么喜欢我。我对她怀有一种好奇心，毕竟我从未详细了解过她的生活经历。作为专业的精神科医生，这种好奇心可算是个瑕疵。然而事实就是如此，她喜欢我。而我无论如何不愿失去她的关爱。因此我必须谨慎行事。

*

萝珊的自述

我是如此热爱我的父亲，我多么想说没有他我活不下去，但岁月的变迁终究会证明，这样的誓言是无法兑现的。

那些我们挚爱的人，那些我们以为不可或缺的人，都注定会遵照“全能的神明”或“篡位的魔鬼们”的旨意，从我们的生命中消逝。死亡如万钧重担压迫着灵魂，而那一度曾无忧无虑的内心，如今饱含了不可告人的苦衷。

*

我十岁那年，爸爸突发传道授业的热情，把我带到了墓地里高耸的塔顶。那座塔美丽、庄严、巍峨，是修道士们在危难动荡的年代里修建的。它矗立在墓地里一个荆棘丛生的角落，很少受到注意。如果你在斯莱戈长大，可能对它熟视无睹。但毋庸置疑，它是无与伦比的建筑瑰宝，由古代的石匠们垒得完美无缺，石头的缝隙里只抹了一息灰浆，每块石头都铭记着塔的曲线。当然，这是个天主教的坟地。爸爸不是由于宗教信仰才得到这份差事的，而是因为他在镇上很受欢迎。话说回来，天主教徒也并不介意由长老会信徒为他们掘墓，只要他是个可亲可爱的人就行。那时候，教会之间的关系往往比我们愿意承认的要融洽得多，而且就像爸爸经常指出的那样，人们轻易地忘记，在久远的过去，旧的刑法可不会轻饶那些搞分裂的教会。毕竟，只要友情还在，宗教一般不是问题。直到后来，教派之间的界限才影响到爸爸的生活。据我所知，教区神父特别喜欢爸爸。冈特神父身材矮小，神气活现。他后来在我的故事里变成了一手遮天的大人物，如果可以称小个子为大人物的话。

第一次世界大战刚刚结束，可能由于当时的历史正徘徊在低谷之中，人们的思维趋向于异想天开，就比如那天爸爸倡导教育的非常之举。否则我无法解释为什么一个大男人会带着自己的孩子拿着一袋锤子和羽毛爬上一座旧塔。

从塔顶的小窗向外瞭望，整个斯莱戈的河流、教堂和房屋都好像从塔底呈放射状向四周延伸。空中飞过的鸟儿想必会看到两张兴致勃勃的脸正争着从窗口往外看，我全力踮起脚尖，我的头紧紧顶着他的下巴。

“萝珊宝贝，爸爸早上已经剃过胡须了，你别再用你的金脑袋瓜蹭我好不好。”

他说得没错，我的头发金灿灿的，像当年那些修道士藏匿的金币，像古老福音书上遗存的泥金。

我说：“爸，以博爱众生的名义，把锤子和羽毛扔出去吧，咱们来看个究竟。”

他说：“哦，爸爸爬累了。做实验之前，咱们先把斯莱戈看个够吧。”

他是等到一个无风的日子才选择做实验的。他想向我证明一个亘古不变的真理，那就是所有物体都以同样的速度坠落。

他说：“从理论上讲，所有的物体都以同样的速度坠落。而爸爸将向你证明这一点，也向自己证明这一点。”

我们当时并肩坐在火炉旁，看着无烟煤喷吐火苗。

“你说的可能没错，万物都以同样的速度坠落，但真正少见的是它们的飞升。”妈妈在她的角落里忽然冒出这么一句。

我不认为妈妈是有意跟爸爸抬杠，她只是说出了自己的观察而已。而他无可奈何地注视着她，用她最擅长并亲授给他的完美的中立态度。

多么不可思议，我这会儿在这昏暗的房间里用圆珠笔写下这些文字，而他们的形象如此真切地浮现在我眼前，或是浮现在我目光背后昏暗的脑海里，活生生地在那里对话，仿佛他们的时间才是真实的，而我的不过是幻象。我的心再次被她的美丽打动，那么端庄、温婉、靓丽的容颜。她的南安普顿口音时缓时急，嘈嘈切切，如波浪冲刷岸边的卵石，那柔和的声音依然在我的梦中回响。事实上，每当我胆大妄为或者她担心我的选择与她的期盼有所违背时，即便是区区小事她也肯定要让我吃鞭子。不过在那个年代打孩子是司空见惯的事。

刚说到我们俩争着往外看，两张脸如同镶在修道士古老窥窗里的肖像。多少远逝的面孔曾在此张望，僧袍下汗流如注，窥视维京海盗是否将至，来把他们赶尽杀绝，掠夺他们的书籍、船只和金币。所以没有一位石匠敢为维京海盗留下一扇大窗，而狭小的窥窗至今仍诉说着昔日的惊险和恐慌。

终于，我们意识到两个人在一起就没法做这个实验。

无论怎么安排，总有一个人看不到结果。他让我一个人沿着潮乎乎的石头楼梯走下塔去，我至今依然记得我的手摸着湿漉漉的墙壁的感觉，还有心里滋生的跟他分开后异样的恐惧。我的心在小胸脯里突突乱跳，好像里面关着一只局促不安的鸽子。

我从塔里走了出来，按他的吩咐站得远远的，以防下落的铁锤把我的脑袋打开花。从我的角度看上去，塔高耸入云，塔尖直插那天污秽的天际。也许抵达了天堂也未可知。一丝风都没有。这块墓地的荒冢里埋葬着某个世纪里只能负担得起糙石的善男信女，所以没有一块石头上镌刻着他们的名字。独自一人，我不禁觉得瘆得慌，好像那些可怜的尸骨会爬起来跟我过不去，在永恒的饥饿驱使下把我生吞。站在墓地里，我仿佛一个面临深渊的孩子，就像《李尔王》里的一幕，李尔王的朋友以为自己落下了悬崖，虽然悬崖并不存在，然而读到这里，你不禁对悬崖信以为真，跟李尔王的朋友一起惊恐坠落。我抬头仰望，满怀忠诚，满怀挚爱。爱自己的父亲不是罪过，不愿谴责自己的父亲也不是罪过，何况我跟他生活在一起直到少女时代，直到孩子开始对父母感到失望的年龄。看到自己的父亲就心花怒放也理所当然，而我马上就看到了他的一部分。他的胳膊从小窗里伸了出来，那个袋子就悬挂在爱尔兰的天空中。他正在叫我，但我听不清他说什么。他重复几次之后，我才听了个大概：

“宝贝，你站远了吗?”

“爸，我站远了。”我喊道，简直是扯着嗓子喊，每个字都要飞升遥远的距离，通过小小的窗口，才能钻进他的耳朵里。

他叫道：“那我可就扔啦。你看着点儿，看着点儿!”

“好的，爸，我看着哪!”

他松开袋口，把里面的东西一股脑倒了出来。我知道里面都有些什么。是他们床上抱枕里的一把羽毛，那是在妈妈的尖声抗议之下被掏出来的，两个石工锤子，那是他维修墓碑和护墙用的。

我盯着看啊看，似乎还听到了神奇的乐声。在我的头脑里，巨大的山毛榉树上不休的寒鸦和疾言的老鸹正在放声合唱。我直着脖子，热切地等待着观察这个巧妙实验的结果。爸爸声称这个结果会给我一生带来深远的影响，为我学习正儿八经的哲学打下基础。

虽然没有一丝风，羽毛却马上飘走了，小爆炸般四处纷飞，甚至灰溜溜地直上云霄，几乎看不到了。羽毛飘啊飘。

爸爸在塔上兴冲冲地叫啊叫：“看到什么了，看到什么了?”

我看到了什么，又明白了什么？我想，有时你会在自己深爱的人身上发现一种也许出自于绝望的荒诞不经，而你的心则为爱而刺痛。多年以后，相似的荒诞也体现在伊尼斯·麦科纳提身上，而这会儿你还不知道他是谁。我站在那里，为爱而不知所措。我伫立着，翘首仰望，满怀挚爱。羽毛飘啊飘，纷飞旋舞。爸爸喊啊喊，他的呼喊在我心中回荡。

而锤子还在坠落。

第三章

亲爱的读者！亲爱的读者，如果你温和善良，我希望攥紧你的手。我有各式各样的想入非非。即便可能无法拥有你，我也还有其他的满足。有时，莫名的欢乐贯穿全身，好像正因为自己一无所有，我反倒能拥有整个世界。就仿佛来到了这个房间，我便抵达了天堂的领地，很快就会找到天堂的大门。于是，作为一个因历尽苦难而终得善报的女人，我将款步前行，进入那里的绿地和重重叠叠的牧场。那绿色如此浓郁，草好像着了火！

*

今天早上格林医生来了一趟，我慌忙将这些纸页藏好，不想他看到，也不愿他问我问题。这些纸里藏着秘密，而我的秘密就是我的财富和心智。幸好我及时听到走廊上由远及近的脚步声，他的鞋跟上带着金属鞋掌，也幸好我丝毫没患上这个年纪的人常有的风湿病或其他宿疾，至少腿脚上没有。我的手呢，手跟以前是没法比了，腿脚倒是挺健康。墙围子下跑来跑去的老鼠当然比我动作快，不过它们向来如此敏捷，在必要的情况下，老鼠可以成为卓越的运动员。我的速度应付格林医生已经绰绰有余了。

他先敲门，这就比那个打扫房间的可怜虫强多了。那个家伙叫什么来着，约翰·凯恩，这是我第一次提到他。格林医生进门的时候，我已经端坐在空荡荡的桌前。

我不认为格林医生是恶人，因此我对他报以微笑。

这是一个相当寒冷的早晨，屋子里流淌着一层薄霜，到处微光闪烁。我穿着自己全部的四件套裙，身上倒也暖和。

他说："嗯，萝珊，嗯。你好，麦科纳提夫人。"

我说："我还不错，格林医生。亏得您来看我。"

他说："这是我分内的职责。今天屋子打扫过了吗？"

我说："还没呢。约翰肯定一会儿就来打扫了。"

格林医生说："我想也是。"

然后他走过我身边来到窗前向外张望。

他说："这是今年目前为止最冷的一天。"

我说："对，到目前为止。"

他说："你需要的东西都全吗？"

我说："主要的都有了。"

他毫不犹豫地坐上床沿，就好像这是基督世界里最干净的床，虽然事实恐怕远非如此，然后伸直双腿，盯着自己的鞋。他泛白的长胡须像铁斧一样锋利，像树篱一样整齐，真有点圣人的模样。床上还放着一个盘子，就在他身旁，里面还残留着昨晚的几抹豆羹。

他说："毕达哥拉斯信仰灵魂的轮回，告诫我们食用豆子的时候要特别当心，因为我们吃的可能是自己祖母的灵魂。"

我说："哦。"

他说："这是我们在贺拉斯笔下读到的。"

"请问是百食乐牌的罐头豆吗？"

"应该不是。"

格林医生带着他一贯绷着脸的表情回答了我的问题。他的可爱之处就在于：他完全没有幽默感。相信我，这种个性在这里可是弥足珍贵。

他说："那么，你还好？"

"挺好。"

"你多大年纪了，萝珊？"

"我想得有一百岁了。"

他说："你不觉得在一百岁上还这么硬朗非常难得吗？"他似乎觉得自己为这个成就做出了某种贡献。事实可能的确如此，毕竟，在过去三十多年里，我都仰赖他的照管。他自己也老了，虽然还没老到我这个年纪。

"确实难得。可是，医生，我觉得很多东西都很难得。我觉得老鼠很难得，我觉得奇异的绿色阳光爬进那扇窗很难得。我觉得您今天的来访很难得。”

“抱歉，你这里还有老鼠。”

“这个地方永远都会有老鼠。”

“约翰怎么不下鼠夹呢?”

“他下了，但下得不够巧妙，结果老鼠们大摇大摆地享用完奶酪后又逃脱了，就像江洋大盗杰西·詹姆斯和他的哥哥弗朗克那样。”

格林医生用右手的两个手指按住双眉，按摩了一会儿。然后揉揉鼻子，叹了口气。这声叹息似乎囊括了他在这家机构里度过的全部岁月，所有的清晨查房，所有无稽的关于老鼠、治疗和年纪的闲谈。

他说：“你知道，萝珊，我最近不得不按规定审查所有患者的法律地位，因为这已成为公众舆论的重要话题。我往回追溯了你的入院资料，我得承认……”

他用最随和的口气说到这里。

我提醒他说：“承认什么?”我知道他容易走神，他的思绪安静漂浮在隐蔽的内心世界。

“哦，对了，抱歉。嗯，想起来了，我想问一下，你是否还记得在这里入院时的情况？如果你记得，那就太有帮助了。我会告诉你为什么，如果我不得不说的话。”

格林医生对我笑了一下，这令我怀疑他最后这句话是在开玩笑。但我不懂其幽默之处，再则像我说的，他通常很少说笑。我想他心里肯定有什么为难之处。

接着，像他一样，我自己也忘了回答问题。

“那么关于那段往事你还有记忆吗？”

“您是说来到这里的始末，格林医生？”

“对，就是这个意思。”

我说：“那可都不记得了。”在这个节骨眼上，撒谎是最好的回答。

他说：“不幸的是，我们地下室里的大量存档都被老鼠用来做窝了，当然这并不奇怪。资料都遭到严重的损坏，无法阅读了。你的个人档案尤其呈现一种奇特的状态，几乎可与埃及古墓里挖掘出的文物相媲美，手一碰就化成了灰。”

接下来是长久的沉默。我对他笑了笑，想象自己在他眼中的形象。一张皱巴巴的古老的面孔，在岁月中变得模糊不清。

“当然，我很了解你。这些年来我们经常交谈。现在我真希望自己多做了一些笔记。我没记几页，这你应当也不会觉得奇怪。我特别不爱记笔记，这对我的工作来说可不是个好习惯。有人说我们没有任何贡献，没有帮助任何人。但我真希望自己对你尽力了，虽然笔记做得不够确实是我的失职。真的，你说自己挺好让我感到很欣慰。我真希望你对这里还算满意。”

我对他报以老妪特有的古老笑容，好像没有完全听懂他的话似的。

这时他仿佛忽发奇想，说道："只有老天知道，这里其实没人能真的快乐。"

我说："我很快乐。"

他说："你知道吗，我相信你的话。你是我见到过的最快乐的人。但是我还是得给你复查，萝珊，因为报纸上舆论哗然，都说那些由于……怎么说呢，由于社会原因而非由于医学原因被，这个……"

"扣留？"

"对，对，扣留。而且在如今这个时代还继续被扣留，是无论如何说不过去的。当然，你已经在这里很多很多年了，我估计已经有差不多五十年了吧？"

"我不记得了，格林医生。可能真有那么多年头。"

"你可能已经把这儿当成家了吧？"

"那可不会。"

"既然如此，你和这里其他人一样有权获得自由，如果适合……适合的话。我以为即使在百岁高龄，你也许还想到处走走，夏天到海里踩踩水，闻一闻玫瑰的芬芳……"

"不！"

我不是故意要大喝一声，但是你看这些小事，对常人来说代表轻松快乐的小事，在我则想起来便心如刀割。

"抱歉！"

"不要紧，不要紧，请继续说。"

"总而言之，如果我找不到你入院的合理原因，就是说如果没有医学上的理由，我有义务为你做别的安排。我不想给你增添烦恼。而且我绝对不是想把你扫地出门，亲爱的萝珊。不会，不会，搬迁将按部就班地进行，像我刚才说的，由我来审度。就是说，从某种意义上讲，我还是得问你一些问题。”

我无法确定其源头，但一种大难临头之感瞬间袭遍全身，仿佛是广岛外围的人群被四散的千疮百孔的原子荼毒时的感受，我想其杀伤力应该和原子弹爆炸本身一样巨大。不祥的预感如同一种病患，多年来我第一次感觉到它的存在。

“你没事吧，萝珊？千万不要着急上火。”

“我当然向往自由，格林医生。但是自由也令我恐惧。”

格林医生愉快地说：“自由的获得总是带有一些不确定因素。至少在这个国家如此。其实我想哪里都差不多。”

“甚至能置人于死地。”

他温和地说：“是啊，确有可能。”

我们停止了交谈，而我只盯着屋里一柱深厚的阳光。古老的尘埃在光柱里挣扎。

他说：“自由，自由。”

在他布满尘埃的声音深处似乎回响着若有所失的风铃声。我对他在外面的生活一无所知，也不了解他的家庭状况。他有妻子和孩子吗？格林太太在哪里？我不知道。我应该是不知道吧？他真是很优秀。虽然看上去有点儿像雪貂，但这没什么大不了的。如果一个男人可以谈论古希腊，古罗马，我相信他一定就有我爸爸的心性。我喜欢格林医生，即便他身上有某种饱经风霜的绝望，他的谈吐略带我爸爸的风格，与托马斯·布朗爵士和约翰·邓恩一脉相承。

他起身说道："但是我们不必马上开始。不必，不必。完全没有必要。我的职责是先让你了解一下这些情况。"

然后他又走过我身边，带着医务式的无限耐心走到了门口。

"都是我应尽的职责，麦科纳提夫人。"

我点点头。

麦科纳提夫人。

一听到这个称呼，我就不禁想到汤姆的妈妈。我自己也曾一度是麦科纳提夫人，但从没有她那么货真价实。从来没有过。她对此明确地指出了上百次。既然每个人都想把我除名，我为什么还一直自称麦科纳提夫人呢？这个我也说不清。

格林医生忽然说："上个星期，我跟一个朋友还有他儿子一起去了趟动物园。我是去都柏林给妻子取几本书，关于玫瑰的书。我那位朋友的儿子名叫威廉，正好跟我同名。"

这个我可真不知道！

"我们去了长颈鹿馆。里面有两只身材高大的母长颈鹿，小威廉看到它们特别高兴。那么温和，修长的腿，非常非常美丽的动物。我还从没见过那么美丽的动物。”

这时，借着屋里闪烁的微光，我看到了一幅奇异的情景，一滴泪涌出了他的眼角，滚过他的脸颊，迅速滑落。他一时黯然神伤。

他说：“那么美，那么美。”

他的一席话令我无端地陷入了沉默。原来同他聊天根本不像跟我爸爸交谈，他没有爸爸的轻松愉快、开放明朗。我愿意听他倾诉衷肠，但这会儿还无法给他任何建议。我们在倾听别人诉说的时候，往往感到有责任提供答案作为慰藉。可怜的人！话说回来，他也没提出任何问题。他只是在屋子里悬浮着，虚无缥缈地，一个大活人站在那里，却在不知不觉之中步向死亡，如同我们所有人一样。

第四章

后来约翰·凯恩慢吞吞地走进来，一边推着他的扫帚，一边嘟嘟囔囔。此人就跟此地一样，积习难改，对这两者我都只能接受和忍耐。

他的裤子上缝着一竖排粗笨的纽扣，我还很不情愿地看到，他裤子的拉链敞开着。他五短身材，四肢发达，舌头好像总有点不对劲，每隔一会儿就需要很艰难地吞咽一次。他的脸上像覆盖着一层深蓝血管的面纱，如同一张大炮发射时离炮口过近的士兵的脸。在此地的飞短流长里，他始终臭名昭著。

“太太，我就是不明白你要这书干什么，你又没有看书用的眼镜。”

然后他吞咽，再吞咽。

没有眼镜我也看得一清二楚，但我没吱声。他指的是我仅有的三本书，爸爸那本《医生的宗教》，还有一本《地狱猎犬》和惠特曼先生的《草叶集》。

三本书都翻得又黄又旧了。

跟约翰·凯恩聊天，话题每每谬以千里，就像我还是个十二岁少女的时候跟那些男孩子说话一样，在雨中，他们一大群满不在乎地站在街角，撩我开口，至少刚开始还轻声细语。在这个地方，在周遭遍布的阴影与远啼之间，沉默是金。

“嗟其食者而无爱之，衣其身者而无忧之。”

在哪本书上读到的引文，出处都不记得了。

这种地方，胡言乱语都凶险，最好缄口不言。

我在漫长的岁月里早学会了缄默的美德。

是老汤姆把我送进来的，我想就是他。这还是人家送他个人情，看在他是斯莱戈疯人院裁缝的面子上才接收的。估计他还交了钱，所以我才有这么个房间。难道是我丈夫汤姆还在缴费？但他不会依然健在吧。这也不是我的第一处所在，第一处是……

我不是要斤斤计较。这个地方虽然不是家，但条件还是不错的。可如果这里是家，我可真要发疯了！

哦，我不断提醒自己要保持清醒，要想清楚自己到底要说什么，要保证公正确凿。

这个地方还是不错的，真的不错。

别人告诉我，这里离镇子不远。罗斯康芒镇。具体有多远我就不清楚了，反正救火车得跑上半个小时。

这个信息我是如此得知的。多年前的一个晚上，约翰·凯恩把我从睡梦中叫醒，领着我来到走廊上，匆匆忙忙走下两三层楼梯。原来不知是哪个楼失火了，他来把我领到安全地带。

我们没有下到一楼，而是走进了一间漆黑的长病房，医生和其他工作人员也都聚集在那里。烟从楼下冒上来，但这个区域被认为是安全的。黑暗逐渐消散，或者是我的眼睛逐渐适应了环境。

狭长的病房里大约有五十个床位，到处挂着帘子，破烂单薄的帘子，到处是老态龙钟的脸，和我现在一样苍老。我一时间错愕不已。她们就躺在离我不远的地方，而我竟然对她们的存在一无所知。那些古老的面孔空洞无言，朦胧恍惚，仿佛五十张俄罗斯圣像一般。她们是谁？是我们的同胞骨肉啊。她们默默地，默默地，在沉睡中消亡，以流血的双膝爬向天堂。

我低声祈祷，愿她们苦难的灵魂早日升天，愿她们爬行的征程尽快结束。

如今她们可能都不在了，或者多数已经去了。我没再去看过她们。救火车半小时后到了。我记得有一位医生提到了时间。

这种地方跟外面的世界不一样，没有什么值得称颂之处。这里云集着姐妹、母亲、祖母、老姑娘，所有被遗忘的女人。

在离这不远的村镇里，人们日出而作，日入而息，早把成排地沦落在这里的女人忘得一干二净。

半个小时。火灾让我见证了她们的存在。从此竟再未谋面。

“嗟其食者而无爱之。”

约翰·凯恩在我耳边问道：“这玩意儿你还留着吗？”

“什么呀？”

他张开手，掌心上放着半个鸟蛋壳，像他脸上的血管一样蓝。

我说：“哦，留着吧。谢谢。”那是我多年前在花园里捡的，放在窗格子里，他以前倒从来没提过。它一直搁在那里，青蓝、完美，未见老相，虽然是件旧物，很多代鸟儿以前的旧物。

他说：“可能是鸫鸟蛋。”

我说：“可能。”

他说：“也没准儿是百灵。”

“是啊。”

“那我把它放回去了。”他说着又吞咽了一口，好像舌根发硬，连喉咙都鼓起来了。

他说：“也不知道哪来的这么多灰。天天扫天天有灰，我敢发誓有灰，过去的老灰。绝对不是新灰，从来没有新灰。”

我说：“是啊，是啊。都怨我。”

他直起腰看着我。

他说："你叫什么名？"

我说："不知道。"心里一阵恐慌。我们认识几十年了，他为什么忽然冒出这么一句？

"你连自己叫什么都不知道？"

"我知道。但想不起来了。"

"你为什么这么害怕？"

"不知道。"

"没啥可怕的。"他说着把灰尘扫进畚斗，然后准备离开。"反正我知道你叫什么。"

我哭起来，不是像孩子般放声大哭，而是以自己如今老朽的姿态哭泣，悄然滑落的泪水无人目睹，更无人擦拭。

*

后来，内战打响了。

我写下这句话以止住我的泪水。我用圆珠笔把每个字钉在纸上，好像也把自己钉在那里一样。

内战之前是跟英统区的战争，只是那场独立战争没怎么在斯莱戈开火。

写到这里，我感觉自己是在转述我丈夫的哥哥杰克的话，至少在字里行间我似乎听到了他的声音。杰克的久已消逝的声音。杰克是中立的，就像我妈妈一样，最擅长模棱两可的语气。他最终披上了英格兰的戎装，在第二次世界大战里跟希特勒打仗，我几乎想说，只有他参加了真正的战争。他当然也是伊尼斯·麦科纳提的哥哥。

麦氏三兄弟，杰克、汤姆、伊尼斯。一代风流。

顺便说一下，在爱尔兰西部，伊尼斯是三个音节。但在反叛之郡科克恐怕是双音节，可能听起来像诅咒，有点不伦不类。

内战在整个西海岸打得轰轰烈烈，殃及斯莱戈。

当时爱尔兰自由邦的支持者们接受了《英爱条约》，而那些反约的所谓非正规军则像暗夜断桥上的马一样就地尥起了蹶子。北方六郡自此被分割在外，爱尔兰像掉了头，身体被齐肩劈成两半。北爱尔兰都是卡森的人，跟英格兰同道。

杰克吹的牛皮里最让我惊讶的是他说自己是卡森的表弟。这当然是题外话了。

那个年代，爱尔兰到处是深仇大恨。我才十四岁，正是含苞欲放的年纪。而周围都是熊熊燃烧的怒火。

亲爱的冈特神父。我可以这么称呼他吧，既然他曾经如此一门心思地把一个女孩往苦海里推。我倒不认为他心存邪念。就像乡下人说的，他是我命里的克星。而在那之前，他先克死了我的爸爸。

我说过他身材矮小，剃光的头顶心才和我的头一样高。风风火火，瘦削利落，一身皂衣，周围的头发像囚犯一样短齐。

格林医生的问题在我的脑海里挥之不去：审查我是什

么意思？意味着我可以重返外面的世界？外面的世界在哪里？

他说必须问我一些问题。他是这么说的吧？我肯定他是这么说的，直到这会儿我才听清楚，而他早就离开了。

恐慌的情绪比隔夜茶还要阴暗。

我像爸爸骑着他的老摩托车，在全速前进的同时紧握车把以保持一定的安全感。

格林医生，求求你，不要把我的手从车把上扳开。

好医生，从我的头脑里消失吧。

冈特神父，正从阴间返回，粉墨登场，取代了格林医生的位置。

待在那儿别动，在我写写画画的时候，就待在我面前。

下面的叙述可能听起来像我爸爸的故事，他的小小福音书里的章节，只是他没有机会讲述，不曾加工打磨，直到它圆润如歌。我只能就我所知，讲个粗略线条而已。

内战无疑伤亡惨重，但其间很多死亡其实是谋杀。爸爸的职责就是在他整齐的墓地里安葬死者。

十四岁的我，一半还是孩子，一半已是少女。就读于修女创办的学校，每次下课时，我对校门外逡巡徘徊的男孩子们并非全然无动于衷。还记得我隐约听到他们被乐声环绕，一种当时令我百思不解的喧嚣。而现在，我无论如何无法想象自己怎么会从他们粗鲁的举止里听出音乐声来。不过，女孩子都是魔术师，她们就是有点石成金的本事。

这样一来，对于爸爸和他的世界，我只能分给一半注意力。我更关心的是自己生活里的奥秘，比如，怎么能给我这该死的头发卷个大卷儿。我可以花上很多个小时跟妈妈的熨斗作战，那是她熨爸爸周日衬衫领子用的。这个精巧的物件，放在壁炉挡板上升温很快，然后我就把自己的金色发绺铺在桌上，希望通过某种炼金术能挑弄出一个发卷。总之，我正为那个年龄特有的恐惧与渴望魂不守舍。

尽管如此，我还是经常光顾爸爸的小庙，坐在他暖烘烘的小壁炉前做功课，里面烧的煤是他用薪酬换取的。我边学习边听他唱《大理石宫》或诸如此类的歌曲，心里还在琢磨头发的事。

时至今日，我情愿付出无论何等高昂的代价来换回当年的几绺金发。

爸爸埋葬所有送进来需要埋葬的人。在和平岁月，他葬的主要是老人和病人，但战争期间，则主要是男孩子，多数还未成年。

战争造成的死亡带给他的触痛是衰老或疾病造成的死亡无法比拟的。他认为后者简单自然，即使家人和朋友在墓地里哀哭或默悼，他也知道这都是天道使然。很多时候他认识死去的老人，在适当的场合，他也会讲些死者生前的遗闻逸事。从这个意义上来说，他称得上是悲哀的公使。

然而在战争中被戕害的尸首却会带给他异样的悲痛。人们也许认为，作为一个长老会信徒，爸爸在爱尔兰的战争风云里无足轻重。但他了解什么叫暴动。他卧室抽屉里有一本1916年复活节起义的纪念册，里面有主要成员的照片，还有战役和就义的日期表。他认为起义唯一的负面因素是它自封的天主教性质，爸爸正是因此遭到排斥。

年轻人的横死令爸爸尤为悲痛。而当时距离第一次世界大战疯狂杀戮的结束才过了短短几年。一战期间，就在复活节起义前后，几百个人离开斯莱戈去佛兰德斯参战。其中几十个人后来客死他乡。虽然这些死去的士兵无法回归故里，但可以说爸爸还是安葬了他们，在他脑海深处秘密的坟场。如今这场内战，伤亡更加惨重，而且死的总是年轻人。斯莱戈的参战者中没有一个超过五十岁。

他没有抱怨，深知对每一代人来说，战争都是不可避免的。他以专业的态度全神贯注于自己的职责，毕竟，他是那些亡灵的监护者。在永诀的国度里，他是国王。

冈特神父年纪不大，照理说应该对被屠杀的年轻生命有兔死狐悲之感。但他把自己拾掇得过于整齐，以至于丧失了悲痛的触须。像一个歌手，他知道歌词，也有一副好嗓子，但就是无法传达曲作者心中美妙的旋律。多数时候他显得干巴巴的，无论对男女老幼，总哼着同样枯燥无味的调子。

也许我不该说他的坏话。毕竟他在斯莱戈的教区里四处奔忙。他探访镇上最寒碜的房舍，那里穷困潦倒的单身汉以能吃到罐头豆为莫大满足。他走入河边破败的木屋，屋子本身看上去像里面的居民一样苍老饥饿，腐朽的茅檐仿如乱发，空洞的黑窗恰似眼睛。他经常探访这两处，但据说身上从未带出过一只跳蚤或虱子。他看上去总是比黎明将至时的月亮还要纤尘不染。

就是这么矮小洁净的一个人，一旦着恼，马上变成大镰刀上的利刃锋芒毕露，披荆斩棘，谁都不肯放过，而爸爸很快就会发现这一点。

事情的经过是这样的。

一天傍晚，爸爸和我正在小庙里打发时间，等着回家吃饭，忽听得旧铁门外面传来推搡和说话的声音。爸爸看着我，像猎犬一样机警。

“这是怎么了？”他自言自语道。

三个人抬着第四个人破门而入。他们似乎带着看不见的气场，一下把我扫到桌子后面，没等我回过神来，我的校服后心已经蹭到了墙上湿漉漉的大白，就好像自己被一股躁动的龙卷风掀起来了一样。他们都很年轻，我猜他们抬着的人也不超过十七岁。他看上去还算英俊，个子挺高，衣服乱七八糟，浑身是泥，上面有泥塘里的草痕，还有血。他的衬衫上大片大片全是血迹。毫无疑问，他已经死透了。

三个小伙子吵吵嚷嚷，都有点歇斯底里。我自己也被他们吵得快发疯了。爸爸黑着脸站在壁炉旁，似乎故作深沉，面无表情，但又若有所思，蓄势待发。三个男孩子都挎着旧步枪，口袋里还掖着什么别的武器，看上去像是散兵冲突后匆匆捡到的。当然，连我都知道烽火岁月里最值钱的东西就是武器。

爸爸说："你们这些小伙子，这算怎么回事？送遗体来安葬是有一定程序的，你们不能随随便便就把个人抬进来。对死者发发慈悲吧。"

其中一个人说道："克莱尔先生，克莱尔先生，我们实在想不出还有什么地方可去。"这个年轻人面孔严峻，头发剃得精光好像要防虱子。

"原来你认识我？"爸爸问道。

"就算认识吧。我大概知道你脚踩哪只船。听那些了解你的人说，至少你不是跟我们对着干的，不像斯莱戈镇上的那些混账东西。"

爸爸说："那可说不定。你们是什么人？自由邦还是反约派？"

"你看我们像自由邦的人吗？半个山的泥都糊在我们脑袋上？"

"倒是不像。小伙子们，你们到底想让我做什么？这位老弟又是谁？"

那位"代言人"又说道："这个可怜的人叫威利·拉维奥，今年才十七岁，在山上被一群畜生打死了。那群败类自称是正规军，但在我们看来，他们比独立战争时的黑棕部队还要坏，至少一样坏。我们在山顶，又冷又饿，威利实在坚持不下去就向他们投降了。我们几个还继续在石楠丛里藏着。他们对他一顿拳打脚踢，算是审问。其中一个还把枪口摁到他脸上，其他人跟着哄笑。威利是我们中间最勇敢的。小姑娘不要听这个。”这话是对我说的。“但他还是把尿都撒在裤子里了。因为他心里明白，先生，你应该也知道，人们都这么说，如果有人对你动了杀机，你会有预感的。他们以为周围没人，没人看见他们，没人看见他们的暴行，就对着威利的肚子开了三枪。然后，他们得意扬扬地下山去了。天啊，我们埋了威利就得马上去追他们，是不是啊，哥儿们？追上了就把他们全部干掉。”

说到这里，这人眼泪夺眶而出，随即做出了惊人之举，他一头扑到死去的战友身上，放声大哭起来，其悲痛的程度即使在这坟场上也堪称空前绝后。

第二个人说：“节哀吧，约翰。这墓地里虽然又黑又静，可我们毕竟是在镇上。”

但第一个人还是悲恸不已，怎么说呢，像个女孩一样趴在死人胸前，号啕大哭。

这时，我已经被吓得不知所措。就连爸爸也失去了往日的镇定，在壁炉和椅子之间来回踱步，椅子上还放着几个压扁了的褪色红坐垫。

第三个人说：“先生，先生。”这也是个我从没见过的人，瘦高，裤腿够不着脚踝，一看便知是从山上固守刚下来的。“你把威利就地掩埋了吧。”

“没有神父在场怎么埋，再说，我估计你们还没买墓地吧？”

“我们整天为爱尔兰共和国而战，哪有心思买墓地？”第一个人从痛哭中抬起身来说道，“整个爱尔兰都是我们的墓地，随便埋哪都行。我们是爱尔兰之子。也许你对这点一无所知。”

我知道爸爸觉得受到了侮辱。他说：“那我明确告诉你，我自己也是爱尔兰人。”事实上，浸礼会教徒在斯莱戈是不受欢迎的。其中原委我不得而知。或许旧时曾经发生过一些劝人改变宗教信仰的事例，比如浸礼会传教士西行，即使不是功业显赫，至少也在饥寒遍野的时代笼络了几个天主教徒。人们于是越发不信任浸礼会教徒，对他们心怀戒惧。

第三个人说：“你就埋了他吧。看在他哥哥的分上。”

爸爸问第一个人：“死者是你弟弟？”

那人忽然一声不吭，一动不动。

然后他说：“是我弟弟。”

爸爸说：“太惨了。真是太惨了。”

“也没有神父给他做圣礼。能找个神父来吗？”

爸爸说：“这里的神父是冈特神父。他人很好。如果你愿意，我可以让萝珊去叫他。”

“她可千万不要对他说什么，就叫他马上来。路上也别跟任何人说话，尤其不要跟那些自由邦的军人说话，如果说了，我们都会被打死。那帮家伙杀人不眨眼，就像在山上杀害威利一样。丑话说在前头，她要是说了，我们先把你杀掉，不过到时候肯定又下不了手。”

爸爸惊奇地看着他。我听他语气诚恳，彬彬有礼，已经决定按他的话，跟谁都不说。

死者的这位哥哥又说道：“反正我们也没有子弹了，所以才像野兔一样躲在石楠丛里，一动不动。要是被发现了倒好，我们索性就站出来跟他们拼了。现在威利死了，我们却还活着，真是活不下去了啊。”

于是这位年轻人又悲痛欲绝，泣不成声。

爸爸说：“你看看，不要这样。我这就让萝珊去叫冈特神父。去吧，萝珊，好孩子，就按爸爸说的，跑去找冈特神父。”

我跑出来，跑过寒风凛冽的墓地里死人的行列，沿着山路直下斯莱戈，一路飞奔到神父的住所，进了他的小铁门，越过砾石路，扑到他刷得比万年青还绿的敦实的门前。现在跟爸爸分开了，我再也顾不得头发烫卷之类的杂念，一心只记挂着他的安危。我知道那三个人经历过恐怖，而经历过恐怖的人可能会对其他人如法炮制，这就是生命与战争的法则。

感谢上天，冈特神父很快露出了他瘦削的面孔。我对他一阵含糊其词，求他来见爸爸，因为那里很需要他，能来吗？能来吗？

冈特神父说：“好吧，我跟你走。”他不是那种危难时刻袖手旁观的人，不像他教中某些兄弟那么高高在上。我们一路顶着雨，很快，他的黑色长袍前襟都湿透了，闪着水光，我也被浇成落汤鸡，又没穿大衣，两条腿湿漉漉的。

我引着神父飞快地穿过墓地的入口。他满腹狐疑地问道：“都这个时候了，到底谁需要我?”

我说：“需要您的人已经死了。”

“既然人都死了，我们还有必要这么赶吗，萝珊?”

“神父，还有一个人需要您，是死者的哥哥。”

“原来如此。”

墓地里，排排墓碑闪着湿淋淋的光，阵风在小径中劲舞，所以你不知道什么时候会被雨打到。

我们走进小庙，里面的情景几乎没变，好像在我离开期间，四个活人，当然还有一个死人，在他们各自的位置上纹丝未动，完全定格了。此时三个非正规军兵士都转过头，看着走进门来的冈特神父。

爸爸说：“冈特神父，很抱歉把您叫来。这些年轻人需要您。”

“他们把你扣作人质吗?”神父看到枪支很不以为意。

“不是，不是，他们没有。”

冈特神父说：“希望你们不要对我开枪吧。”

“不会的，他们不会的。”

刚才那第三个人说：“这场战争虽然残酷，但还没有一位神父被杀害。这位死者是可怜的威利，约翰的弟弟。他已经彻底死了。”

“死了好久了吗？有没有谁为他收了最后一息？”

哥哥说：“我收了。”

冈特神父说：“那么你这就还给他吧，然后我来保佑他。让他可怜的灵魂升天。”

于是，哥哥吻了弟弟的嘴，还给他临终时的最后一息。随后，冈特神父保佑了他，弓着腰，在他身体上方画了十字。

“神父，您能给他赦免吗，让他可以一身轻地升入天堂？”

“他杀过人吗？在战争中他有没有杀过人？”

“在战争中杀人不能算数。是战争本身就在杀人。”

“我的朋友，你应该知道，主教们是禁止我们赦免非正规军的，因为他们已然裁定你们的战争是错误的。但我还是可以赦免他，只要你担保，就你所知，他没有杀过人。我就可以这样做。”

三个人面面相觑，都有惧色，异样的阴影掠过他们的脸颊。他们都是年轻的天主教徒，都对神父心存畏惧，都在这个问题上不敢撒谎，但又怕愧对他们的战友以致令他进不了天堂。我相信他们每个人都在挖空心思寻找一个诚实的答案，因为只有实话能保佑死者进入极乐世界。

神父说：“只有真实才是救赎。”我吓了一跳，他说的话与我的想法竟不谋而合。而那只是一个纯真少女的想法，或许天主教的出发点本就简单淳朴。

终于，哥哥说道：“我们谁都没看见过他做那种事。否则我们肯定会说的。”

神父说："那么好吧。我对你的悲痛深感同情。抱歉我得问这种问题。抱歉。"

他走到死者跟前，非常轻柔地碰触了他。

"以圣父、圣子、圣灵的名义，我宽恕你的一切罪过。"

所有在场的人，包括我和爸爸，都同声念道："阿门。"

第五章

格林医生的俗事小记

哪怕只是偶尔有一丝自知之明，我也就对自己心满意足了。

真没想到，我竟然完全低估了卫生部。刚接到通知，新楼即将破土动工，位于罗斯康芒镇的另一侧，他们向我保证地点很好。但也并不全是好消息，新楼不像这里有大量床位。不过这里有些床位确实不能用了，所在的房间年久失修，头顶的天棚摇摇欲坠，墙上的潮渍张牙舞爪。这里所有的铁制品，包括床架，都锈迹斑斑。新的医疗床用的都是高科技，根本不存在生锈的问题，就是数量比目前床位少，要少很多。就是说我们必须疯狂减员。

我无法克服这样一种心理：担心自己可能会赶走一些离开之后将每况愈下的人。这种心理或许不难理解，可我还是对自己持怀疑态度。我这个人有股傻气，对病人抱着一种父爱，有时甚至是母爱。过了这么多年，我知道很多同行的美好初衷已然泯灭，只有我还对病人的安全感和幸福感牵肠挂肚，即便对他们的不见起色也偶感绝望。我还是忧心忡忡，怀疑自己是否由于婚姻的失败，不经意间把工作的地点当成了婚姻的遗址。而在这里，我是无可指摘的，没有人会控诉我，每一天都是一次新的救赎，满足了心灵深处可悲的愿望。

旧衣服常常被形容为“不可救药”。可是过去，这里病人的西装和长裙都是拿捐来的旧衣服改的，先由裁缝剪裁，再由缝线女缝制。那些公认为“不可救药”的衣服也可以凑合着给这里的可怜人穿。随着时间的推移，我和别人一样感到疲惫不堪，也偶尔发现自己的衣服这里剐了一片，那里撕了一道，于是就越发觉得这个地方不可或缺。那些在暗无天日的地方挣扎的灵魂所给予他人的信任是宽宏大量的。精神病学的终极总是走投无路，或许我应当对这种显而易见的性质倍感失望，尤其曾经亲眼目睹那些徜徉于此的人们日益衰退，濒临绝境。但是上天保佑，我没有那种感觉。几年之后我就到了退休年龄，然后怎么办？我将成为失去花园的麻雀，无家可归。

我意识到这些胡思乱想都源于眼下的当务之急。我还是头一次发现这个行业特有的自以为是，甚至胆大包天，对，就是胆大包天。不仅走后门，还有其他歪门邪道。我整个星期都在跟这里的病人交谈，他们中间真是卧虎藏龙。我觉得自己是在进行面试，以决定他们是否应当被开除，是否应当面临多灾的命运。有些看起来还算硬实的病人将被放逐到道貌岸然的、所谓的社区中去。我当然也认识到这种想法的谬误，所以才要在此发泄一下。实际上，我必须铁面无私，像俗话说的那样，要置身事外，每时每刻谨防优柔寡断，因为同情心太强是我的一个弱点。昨天就有这样一个人，利特里姆郡的一位农场主，他一度曾经拥有四百英亩的土地。他彻头彻尾、毫无疑问地疯了。他跟我说他的家族源远流长，可以追溯到两千年前，而他是这个古老姓氏的最后传人。因为没有孩子，没有子嗣，他的姓氏将随他一起被埋进坟墓。在此记录一下，他姓弥奥，确实是个少见的姓，据他说，可能出自爱尔兰语里“蜜”这个字。他七十岁上下，一副德高望重的样子，只是身体不好，而且完全疯了。是的，他疯了。就是说，很不幸，他患有精神病，我从他的资料里读到，多年以前，他被人发现躲在校园里的一张椅子下面，他的腿上绑着三条死狗，走到哪里就把它们拖到哪里。但我跟他交谈，唯一能感到的就是爱。因此我对自己疑心重重。

*

我经常觉得病人们是一群从山坡上一泻而下的母羊，一步步迈向悬崖。我需要成为一个擅长各种口哨的牧羊人。

但这会儿我还不行。只能回头再见分晓。

“我们回头见分晓，老鼠说，抖一抖他的木头腿。”

贝特的口头禅。是什么意思呢？我也不知道。或许出自某个著名的童话故事，又是个我没听过的爱尔兰童话，因为我是在英国长大的。作为一个爱尔兰人，我不但没有任何记忆或外貌特征，更不带一点该死的爱尔兰口音，总显得傻头傻脑的。从来没人把我当成爱尔兰人，虽然据我所知，我可是正宗的爱尔兰人。

整个星期，贝特都在我头顶上方她自己的房间里一声不吭，连她常听的英国广播公司的节目也不听了。我简直被自己的妻子唬住了。

昨晚我试着与贝特修好，是这两个字吧。我是爱她的，这一点毋庸置疑。但为什么我的所谓爱情对她有害无益，甚至反而给她造成危机？哦，刚刚看了前面写的几段，发现自己时而含蓄时而露骨地反复进行了关于爱与怜悯的自我标榜，读起来真令人作呕。我悻悻地走进厨房，正好听到她在冲每天晚上睡觉前喝的一种非常难喝的饮料：康普兰。噩梦饮料，喝起来有股死亡的味道。我想起柯勒律治笔下的死中之生和生中之死。如果记得不错的话，是他的《古舟子咏》。我该拉住谁的衣袖来讲述我的故事？曾一度是贝特。现在，她是退步抽身了。我肯定自己曾经太多次拉住她的衣袖。用我自己的话说，“畅饮”她的精力，却无以回报。怎么说呢，大概就是这么回事。我们也有过美满的日子。在冬季晦暗的清晨，我们是咖啡国度的国王与王后，或是夏季第一缕晨光透进窗口，把我们从沉睡中唤醒。啊，是的，点滴小事。点滴小事的积淀构成我们正常的心智，或者说，成为正常心智的基石。那时跟她的交谈，构成了……算了，老天保佑我不要这么多愁善感。好日子已经一去不复返。我们现在是两个番邦，在同一所房子里设置了领事馆。邦交友好，但彼此要遵守外交条例。好像两个曾经互相残杀的民族，虽然都是上一代的往事，但总有飘忽的谣言，互相的审视，以及创痛的回忆。最令人懊丧的是人家可没做过什么对不起我的事。所有伤天害理的行为都是我单方面的。

我没打算在这里写日记。我原本打算做些工作性质或至少半工作性质的笔记，作为在这既无关紧要（又至关重要）的地方的最后记录。我最后的工作场所，我所有理想最后的殿堂。我一直担心未曾给这里的患者提供任何帮助，担心过度的悲悯反而让我辜负了他们，同时，我也确信自己毁了贝特的一生。她的一生，她的未诉诸笔端的自我叙述。我不是有心辜负她。我曾真心实意地以自己对她的忠诚为荣，还有对她的尊敬，几乎是崇拜。也许我对她也感到过度的悲悯。慢性的悲悯，积重难返。为她感到的自豪其实就是对我自己的自豪，也算是一种积极的心态。当她给予我高度评价的时候，我的自我感觉良好。那是我的生命线，我得以昂首阔步面对每一天。多么志得意满，多么精神抖擞，多么荒诞可笑。而现在，我情愿牺牲一切以换回当初的心境。事已至此，是无可挽回了。但我还是希望有力回天。当医院的世界被拆除，多少历史的细枝末节将随之泯灭。真是令人感到害怕，几乎感到恐惧。

我走进厨房。不知自己的忽然出现是否会受到欢迎。即使不受欢迎，至少应该得到容忍。

她不是在冲康普兰，而是在杯子里溶解药片，可能是阿司匹林之类的止痛药。

我说："你没事吧？头疼？"

她说："没事。"

我记得去年一月份她虚惊了一场，在街头购物的时候忽然晕倒，被送进罗斯康芒医院。她在那里待了一整天，做了各种化验，傍晚一位不知情的医生打电话让我来接她。他可能以为我已经知道她在那里。我听了大吃了一惊。出门时差点把车撞了，几乎把车挂到大门口的柱子上，当时的样子就像丈夫开车送临产的妻子去医院，而阵痛已经开始。其实她没有经历过产前阵痛，而这可能正是我们之间的症结所在。

她目不转睛地盯着玻璃杯。

我问道："腿怎么样了？"

她说："还是肿。就是积水。他们是这么说的。真希望能快点好，我也可以出去走走。"

我说："那是当然。"听到她说"出去走走"，我忽然想到出门度假，“你看，我在想，等我把工作打理好了，我们出去走走，好不好。度假去？”

她看了我一眼，在杯子里摇匀起泡的药片，准备迎接苦口的药水。很遗憾我要记录接下来的一幕，她苦笑了一下，发出短暂的笑声，我怀疑她是否后悔发出了这样的笑声，但为时已晚，一声苦笑回荡在我们之间。

她说：“恐怕不可能了。”

我说：“为什么不考虑一下，就算看在过去的分上。对我们俩肯定都有好处。”

“是吗，医生？”

“是的，对我们俩都有好处。我向你担保。”

我忽然发现自己说话困难，每个字都像塞在喉咙里的一团泥。

她说：“抱歉，威廉。”这是危险信号，她用了我正式的名字，不再是昵称威尔，而是威廉，她已置身事外了，“我不想出门。不想看见那些小孩。”

“什么意思？”

“人们总是带着孩子。”

“那有什么关系？”

这是一个愚蠢至极的问题。孩子。我们没有孩子。为此，我们承受了无尽的痛苦。无边无际。无以回报的痛苦。

“威廉，你不用装傻吧。”

“我们可以去没有孩子的地方。”

她说："哪里？火星吗？"

我说："反正总有没有孩子的地方。"我抬起头，面向天棚，好像那是一个可以考虑的去处，"这会儿我还想不出去哪里。"

*

萝珊的自述

最惊心动魄的一幕上演了。

我向上苍起誓，直到今天，我也不知道事件的真相。也许有人知道其中原委，至少在他们活着的时候知道。也许事件怎么发生发展并不重要，事实总是无关紧要的，关键是某些人物对事件的看法。

如今反正都无所谓了，连当事人都已经被时间淘汰。但也许在某个地方，每件事都具有永恒的重要意义，也许那是天堂的法庭。这样的法庭无疑对活着的人很重要，但恰恰活着的人注定缺席。

这时，忽然有人打门，陌生的声音叫嚣着粗暴的军腔。我们在屋里像一群躲在木头下的潮虫，顿时四散奔逃，我更如同一个巡回演出剧目里的悲剧演员，在镇上潮湿大厅的戏台上，缩成一团。三个非正规军兵士蹲到桌后，爸爸把冈特神父拉到我身边，好像要把我藏在神父以及他的爱的后面。很明显，形势严峻，枪声即将响起，这个念头刚刚闪过，巨大的门枢就发出吱扭一声，铁门已被推开。

果不其然，新军的小伙子们穿着蹩脚的军装冲了进来。他们看起来弹药充沛，都全神贯注地平端着枪，对着我们瞄准。我从爸爸两腿之间望出去，在我年轻的眼里，那七八张脸在炉火映照下显得惊恐万状。

山上下来的瘦高男孩，裤腿不及脚踝的那个，不知为什么从桌子后面一跃而起，向刚进来的人冲了过去，好像是在真正的战场上一样。死者的哥哥紧随其后，可能是响应悲痛的感召。很难形容子弹在狭小的空间里爆发的声音，好像能把骨头从肉里震出来。爸爸、冈特神父和我，三个人挤成一堆，缩靠在墙上，而射向那两个男孩的子弹一定是穿过了他们的身体，然后循着奇特的轨迹，在我身旁的旧石灰墙上爆炸了。先是子弹，然后是漫天花雨般轻盈四溅的血滴，落在我的校服上，手上，爸爸身上，也就此笼罩了我的一生。

两个非正规军兵士还没死，跌倒在地，纠缠在一起。

冈特神父喝道："以神的名义，住手吧，这屋里有孩子，有老百姓。"不知老百姓指的是谁。

一名新军喊道："缴枪。缴枪。"他几乎是在嘶叫。桌子这面最后的一个非正规军扔下了他的步枪，又从腰带上解下他的手枪，然后站起来，举起双手。他转头看了我一眼，我觉得他的双眼在泣血，或另有他意，反正它们穿透了我，狠毒地，怨恨地，好像要把我置于死地，甚至比他们用尽了的子弹更具杀伤力。

冈特神父说："诸位，我相信，我相信这些人已经没有子弹了。双方能不能暂时停火！"

那些人当中领头的一个说："没子弹了？那是他们把子弹都打到我们山上战友的身上了。你们就是山上那伙畜生？"

天哪，天哪，我们当然知道是他们，但不知为什么，我们都不出声。

那个叫约翰的人在地上说道："你们杀了我弟弟。"他正摁着自己的大腿，身下是一摊黑血，乌鸫一样黑，"你们眼都不眨就把他杀了。你们抓到他时，他还没擦破一点皮，但是你们往他肚子上开枪，开了他妈的三枪！"

指挥官说："嗨，好像你们不是要摸到我们的点儿干掉我们似的！把这些人押走。"他又对那个已缴枪的人说："你算是被捕。伙计们，先把他们都押到卡车上去，然后再跟他们算账。我们是在伸手不见五指的夜里活捉到你们的，当时你们像老鼠一样躲在这个肮脏的地方。你这家伙叫什么？"

爸爸说："乔·克莱尔，我是看坟场的。这位是冈特神父，我们教区的神职人员。是我请他来处理死者后事的。"

指挥官恶狠狠地说："原来你们在斯莱戈埋葬这种人。"他冲过桌子用枪指着冈特神父的太阳穴：

"你算什么神父，不听你们主教大人的指示？是不是个臭叛徒？"

爸爸震惊地说道："你难道要杀害一位神父？"

冈特神父紧闭双眼，双膝跪地，像在教堂里一样。他只是跪着，不出声，看不出他是不是在默祷。

另外一个自由邦的军人说道："杰姆，我们在爱尔兰可从来没杀过神父。还是别开这个头吧。"

指挥官站起身，抽回对着冈特神父的枪。

"行动吧，伙计们，带他们走，我们赶紧离开这个鬼地方。"

于是士兵们还算小心翼翼地架起两个伤员。就在第三个人被带走时，他转过脸来正对着我。

"神或许会原谅你干出的事，我可不会。"

我说："我什么都没干。"

"你出卖了我们。"

"我没有，我向上天起誓。"

他说："这里没有神明。你看看你自己，一副做贼心虚的嘴脸。"

我说："我没有！"

那人发出瘆人的冷笑，像一道冷雨抽在我的脸上，然后新军把他押走了。我们可以听到他们对俘虏一路连哄带骗。我全身瑟瑟发抖。屋子清空之后，指挥官向冈特神父伸出手，扶他站起来。

他说："抱歉，神父。真是可怕的一夜。打打杀杀的。很抱歉。"

他说得如此恳切，我相信爸爸和我一样对他肃然起敬。

冈特神父说："真是倒行逆施。"他声音很低，但话里带着血腥的色彩，"倒行逆施。我全心全意支持新政权。我们都支持，除了那些受了误导的疯狂的年轻人。"

"您应当听从主教大人。不要救援那些被诅咒的人。"

冈特神父说："我怎么想是我自己的事。"他的话里带着学校校长式的傲慢，"你们要怎么处理尸体呢？要带走吗?"

军人说："您想怎么处理呢?"他听上去筋疲力尽，好像刚刚用力过度了。他们冒着未知的危险冲进陌生的地方，现在拖走约翰的弟弟威利的尸体是在千钧重负上再加上一根羽毛，一把锤子。

"我会请医生来验尸，宣布死亡，然后联系家属。如果你不反对，我们可能就在这个坟场里找个地方把他埋了。"

"那您是埋个魔鬼。我建议最好把他扔到墙外的坑里，就当他是个罪犯，或是个私生子。"

冈特神父没有回答。军人走了出去。他一直没看我一眼。他的靴声在外面的砾石小路上渐渐远去，小庙笼罩在诡异的寒冷之中。爸爸悄立在那里，神父和我静坐在阴湿的地上，当然，最安静的还是约翰的弟弟威利。

冈特神父说："我非常生气。"他调动起周日弥撒的嗓音，"被拽进来蹚这趟浑水。我非常气愤，克莱尔先生。"

爸爸目瞪口呆。他还能做什么呢？他失魂落魄的脸庞比威利僵硬的面孔更吓人。

爸爸说："我很抱歉。我很抱歉，我不该让萝珊去请您来。"

"你不该如此，是的，你大错特错，令我失望透顶。你应该记得是我给你找的这份差事。跟你实说吧，亏得我，跟人费了多少唇舌。真是好心没好报，没好报。"

说完，神父转身离开，消失在黑夜的风雨中，留下爸爸和我，还有死了的男孩，等着医生来验尸。

"我的确给他带来了生命危险。他可能受惊了。但我不是成心的。对天起誓，我还以为神父甘愿做这事呢。这可真是。"

可怜的爸爸又心惊胆战，但现在是为了一个新的、不同的缘故。

*

命运是怎样有板有眼、慢条斯理地摧毁了他啊。

多数事物在我们眼前以人类所能够理解的速度向前发展，而某些事物则倏忽长足飞跃以至于我们视而不见。就像婴儿看到暗夜里窗外眨眼的星斗，伸出小手便要去抓。爸爸也同样无法捕捉某些事物的本质，正当熹微的灵光若隐若现之时，早已星移物换，光阴荏苒。

爸爸就这样成为历史的笑柄。

他既非心甘情愿亦非勉为其难地要埋葬那个少年威利，

所以才请神父来帮他做抉择。也许作为长老会信徒，他无形中已经牵涉进以宗教为名义的所谓神圣杀戮，其实那就是血腥的屠杀。因此，那天晚上与戕害的近在咫尺终于令他焦灼崩溃。

后来，我也听说了关于那天晚上的各种与我的记忆相抵触的版本，它们之间最大的相同点就是——都说我或是遵照爸爸的嘱咐，或是按着自己的意愿，在去请冈特神父的途中曾经停了下来，去向自由邦的军人告密。至于我，则其实根本没看见那些军人，更没跟他们说过话，想都没想过要去那么做，而且，难道我竟然会想将爸爸置于死地？如今，这些莫衷一是的细枝末节对斯莱戈的野史来说已经无足轻重了。据我观察，历史并非真实事件按正确次序进行的规矩排列，而是在悲凉的现实面前高举着的猎猎旌旗，上面描绘着臆想与揣度的绮丽组合，变幻莫测。

关于人生、历史的叙述应该具有莫大的创造力，不然，枯燥乏味的人生就将是对人类主宰大地的非难与嘲讽。

我的故事讲起来恐怕于我不利，即使讲故事的人是我自己，因为我终归没有什么英雄事迹。其实每一段人生都不过如此。我一生所有的艰难困苦全是咎由自取。曾受上苍眷顾的心灵因历经人世而蒙受尘埃，这让我们如何能够与命运抗衡？这些好像根本不是我自己的想法，可能来自以前读过的托马斯·布朗爵士的作品。然而又好像本就是我个人的思想。它们虽然在我的头脑里汹涌澎湃，但感觉上却是发自肺腑，情真意切。真是好生奇怪。我想上苍一定是鉴定受渎心灵的行家，他的慧眼总能辨识出心灵最原始的初衷，并因此对它们珍同拱璧。

他应该对我格外垂怜，否则，我很可能会在不经意间误入歧途，走火入魔。

*

我家原本干干净净，可是冈特神父来访的那一天，却忽然显得不干不净的。那是一个星期天，上午十点钟左右，冈特神父应该是在两场弥撒之间抽空，匆匆忙忙从教堂赶来。他沿着河一直走到我家，敲响了门。妈妈有一面旧镜子，挂在起居室里靠窗的墙上，有人来时我们不用露面就可以看到来者是谁。镜子里神父的身影令我们手忙脚乱。十四岁的女孩子通常贯注于她的外表，或至少认为理当如此。说到镜子，我当时可是被妈妈卧室里的镜子完全俘虏了，倒不是因为觉得自己长得好看，而是对自己的长相根本没有概念，于是便致力于在镜前苦心孤诣地把自己打扮成某种信得过的，或至少过得去的模样，尽管总是徒劳无功。我的满头金发就好像一团长疯了的野草，而且无论如何我也看不透妈妈斑驳的小镜子里向外张望的那个熟人的陌生灵魂。镜子的边缘朽坏了，妈妈就用从药店买来的一种奇异的黑色瓷漆，在镜子周边刷上了装饰性的玲珑枝叶，这使得里面映出的一切都具有葬礼的色彩，刚好配合了爸爸至少到目前为止的职业。总而言之，这时我要做的第一件事就是三步并作两步冲上狭窄的楼梯，在镜前为十四岁的自己进行一番慌里慌张的打扮。

我再次下到起居室时，爸爸正呆立在屋子中央，像一匹马驹逡巡不前，看一眼摩托车，看一眼钢琴，然后盯着它们之间的空位出神，又忽然抓起家里所谓最高级的椅子上的坐垫。我抬眼望去，窄小的穿堂里，妈妈正紧张地憋在那里，被卡住了似的，纹丝不动，就好像一名演员正鼓起勇气，准备登场。随即她拉起了门闩。

冈特神父挤进门时，首先让我注意到的就是他看起来是那么神采奕奕，脸刮得光滑无瑕你甚至可以提起笔来在上面写字。在爱尔兰危机四伏的时刻，他看起来多么泰然。爸爸说，那一年每个月都是最惨烈的，而每个战死的人都在爸爸心里掀起波澜。可是，神父看上去依然如故，一副神圣不可侵犯的样子，遗世独立，就好像跟爱尔兰的现实毫无关系。倒不是我当时就这么想，天知道我当时的心情，我自己都说不清，只是他一尘不染的样子令我畏惧。

我还从没见过爸爸这么手足无措，简直语无伦次，说起话来结结巴巴的。

他说："啊，那个，是是，请坐，神父，坐呀，这里。"几乎一头撞进面无表情的神父怀里，好像要把他按到座位上。冈特神父像一位舞者稳稳落座。

我知道妈妈还在廊上，躲在那个隐秘安静的空间里。

我站在爸爸右侧，像一个守望者，风暴来袭时的警报员。我无法思考，头脑里是一片不可知的昏天黑地，再也无法进行长篇大论的自我对话，好像天使藏在那里悄悄写台词。

爸爸说："那个，我们喝点儿茶，好不好？对，就这样，茜茜，茜茜，烧水沏茶，亲爱的，烧点开水。"

神父说："我每天喝那么多茶，有时真奇怪我的皮肤居然没变成褐色。"

爸爸哈哈大笑。

"我知道您是碍着面子不得不喝很多茶。在我家您就不用客气了。千万不要客气。我所拥有的一切，这一切，还不是全靠您。否则，否则……"

说到这里，爸爸说不下去了，脸涨得通红，而我不知为什么也脸红了。

神父清清嗓子，笑了。

"我当然得喝杯茶，肯定的。"

"那就好，那就好。"立刻，我们听到走廊尽头的厨房里，妈妈开始忙活了。

神父忽然搓搓手，说道："这天，真是太冷了。这会儿能坐在火炉旁，实在是很庆幸。河沿上到处都是霜冻。请问我可以抽支烟吗？"他拿出一个银烟盒。

爸爸说："当然可以，您请随意。"

神父从法衣里取出一盒天鹅牌火柴，又从烟盒里抽出一支古怪的长条形香烟，准确无误干净利落地擦燃了火柴，然后借着火苗从齐整的烟嘴抽了一口。他吐出那口烟，轻声咳嗽。

神父说："这个，这个，你可以想象，坟场上的那份差事，是保不住了。哦?"

他又优雅地吸了一口烟，继续说道："很遗憾，裘。我跟你一样不愿看到这样的结果。但我还是希望你能够理解，这个，这个，我头顶现在是尘埃密布，我可是被夹在中间了，一边是主教，按最近一次教会公议的决定，坚持所有叛党都应当被革出教外，另一边是市长，你可能也知道，他对目前的《英爱公约》持反对意见，而作为斯莱戈最有影响的人物，他的观点是很有分量的。你可想而知啊，裘。"

爸爸说："哦，是啊。"

"就是。"

这时，神父想抽第三口烟，但发现烟灰已经很长，需要处理，这便上演了一出吸烟者都擅长的哑剧，表情困惑地左顾右盼，寻找烟灰缸，而我家刚好没有，连待客的烟灰缸都没有。就在此刻，令我惊讶的是，爸爸竟然向神父伸出了手，伸出了他的由于常年挖掘而布满老茧、粗糙结实的手。更让我惊讶的是，冈特神父立刻毫不犹豫地把烟灰掸在了上面，那伸出的手在被烧烫的瞬间可能还哆嗦了一下。爸爸手捧烟灰，怔怔地东张西望，就好像屋子里可能确实有个烟灰缸，只是他不知道放在哪儿，最后，他还是小心翼翼地把烟灰倒进了衣袋。

爸爸说："是啊，确实，可以想象，两方面打圆场可不容易啊。"

他的语气如此敦厚温和。

"我当然还是给你到处打听，特别是在市政厅，想给你找份别的差事，刚开始觉得这种可能性是……不大可能的……然后，就在我几乎放弃希望的时候，市长的秘书，都兰先生，跟我说有份差事正在物色人选，其实，过去相当长一段时间，他们都在招人，所以比较紧急，尤其是沿河的仓库闹鼠灾已经闹得沸沸扬扬了。你知道的，菲尼斯格兰环境优良，连医生都住在那个区，只遗憾与码头毗邻，当然你是知道的，这个尽人皆知。"

下面我可以写一本关于沉默的小册子，关于其性质，用途与适宜场合，可即便这些，也无法形容爸爸听着这番话时惨不忍睹的沉默。他的沉默如同一个倒抽风的无底洞，寂静无声，深不可测。他的脸涨得更红了，简直发紫，就好像是挨了打的受害者一样。

这时妈妈把茶端上来了，她看上去像王公贵族间的一个奴仆，都不敢正眼瞧爸爸，只是紧盯着小托盘，上面画着法国的罂粟花田。那个托盘平时就放在储藏室里的柜子上面，我也经常凝视它，似乎能看到风吹过那些花朵，我心里一直琢磨生活在那个世界里会是一种什么感觉，天气赤日炎炎，人们说着晒黑的语言。

神父说："如此说来，我荣幸地以市长赛门先生的名义任命你……这个……呃……职位。工作。"

爸爸说："这个？"

神父说："这个？"

妈妈说："什么？"她可能不是成心的，只是问题脱口而出，一下蹦到屋子里。

神父说："捕鼠人。"

*

送神父出门的任务不知道为什么落到了我的头上。狭窄的便道上，寒气侵肌，冷风一定在顺着他法衣下的光腿往上爬。矮小的神父说：

"萝珊，请转告你爸爸，干这行需要的全部家伙都在市政厅。我想，比如鼠夹，等等。他直接到那里去取就行了。"

我说："多谢您。"

然后，他沿街向前走去，但忽然又停了下来。我不知为什么还站在那里，看着他。他脱下一只黑鞋，扶着我们邻居房子的砖墙，单脚站立，摸索他的袜子底部，可能有什么东西硌脚，石子，或沙子。然后，他把袜子一把扯下来，露出细长的、白花花的脚，黄色的趾甲如同上了年纪的牙齿，下翻到趾头上，好像从未修剪过。他发现我还在看着他，就笑起来，随手扔出给他造成不快的小石子，把袜子和鞋重新穿好，稳稳地站在便道上。

他愉快地说道：“这下可舒服了。再见。”然后又补充道，“想起来了，还有条狗。这项工作还得带条狗。就是捕鼠的工作。”

我回到屋里发现爸爸纹丝未动。摩托车也没动。钢琴也没动。爸爸看上去也永远不会动了。妈妈在厨房里窸窸窣窣，听起来像只老鼠，或者像只试图捕鼠的小狗。

我说：“爸，这新工作你会做吗？”

“会吗……哦，就算会吧。”

“应当不会太难。”

“不难的，不难，在墓地里也经常出现这种问题。老鼠特别喜欢坟墓上的松土，墓碑又能让它们当坚实的屋顶。我经常不得不跟它们打交道。不过还是得学一学。不知道图书馆里有没有这方面的书。”

我说：“捕鼠手册？”

“是啊。你说呢，萝珊？”

“肯定有的，爸。”

“哦，那就好。”

第六章

我清楚地记得爸爸被迫离开墓地的那天，一个活人迫于无奈离开了死人的世界，从此开始流亡的生活。

一场不见血的谋杀。

爸爸毫无保留地热爱世人和尘世的生活，这也是一个合格的长老会信徒应尽的义务，因为所有的灵魂都历经同样的磨难，一个人应当从街角少年粗鲁的笑声中听出对生活本质的解说，进而从中得到解脱，并且确信，既然神明造物，那么万物就已经得到他事先的许可，而魔鬼最大的悲剧就在于，他们是空洞虚无的建筑师，最终注定一无所成。爸爸因此以工作来评价自身的价值，而作为一个信仰不同宗教的人，在斯莱戈天主教徒大批牺牲的时刻，被授予埋葬他们的工作，爸爸以此为莫大的光荣。

我们曾经在傍晚一起给墓地的大门上锁，准备回家。他越过铁栅回顾着一行行逐渐黯淡的坟墓，目光落在那些他精心管理的墓碑上，此刻，他会情不自禁地感叹：“虚荣啊，多么虚荣!”我想他可能是自言自语，也可能是对着坟墓说话，反正不是说给我听的，他肯定也不会以为我听得懂他的话。可能当时我的确不懂，而如今，我相信自己已经能够理解他了。

事实上，爸爸热爱他的祖国，热爱他心目中的爱尔兰。如果他生为牙买加人，他可能也一样热爱牙买加。但他不是。他的祖先曾在爱尔兰的村镇里挂着力所能及的闲职，进行建筑督查之类，他的父亲更是赢得了牧师的尊位。爸爸出生于古尼镇专供神职人员家庭居住的小房子，孩提时代，他幼小的心灵热爱着古尼镇，那颗心逐渐成长，它的爱也逐渐扩展到整个爱尔兰岛。但是他的父亲是一位激进分子，曾经撰写过传单，或至少参与过传教活动。传单早已流失了，但我记得爸爸说起过其中一两篇。关于基督新教在爱尔兰的历史，爸爸的观点经常于他自己不利。他个人认为，基督新教作为一种工具，本来应该如同羽毛般柔软，却被宗史学搞得如同锤子般坚硬，用来迎头痛击那些在爱尔兰艰苦求生的人，而他们多数是天主教徒。他的父亲热爱长老会，他自己也是如此，但他引以为憾或引以为恨的是长老会在爱尔兰被派上的用场，圣公派、浸礼派等等也同样被滥用。

我是怎么知道这一切的呢？童年时代，每天晚上，爸爸做的最后一件事就是挤进我的小床，他的虎背熊腰把我挤到一边，以至于我几乎半躺在他身上，头顶着他胡子拉碴的脸。他一边等着妈妈在隔壁房间里渐渐入睡，一边跟我聊着说不完的话。直到听见妈妈的鼾声轻轻响起，他才离去跟妈妈在一起，而在那之前大约半小时的时间里，在黑暗之中，他给她空间独自入眠。月亮先是静坐在后墙上，然后忽明忽暗，以其特有的方式飘上夜空，与那些无法企及的星辰为伍，噢，我深知它们多么无法企及。这时，他对我絮絮耳语，他的私密、疑惑，他的心路历程，也不管我是否能够理解，只是献出他的心灵之歌，仿佛唱着他心目中最伟大的两位爱尔兰人巴尔夫和萨利文创作的动人旋律。

在坟场干活，受到冈特神父的照顾，对他来说是最理想不过的生活。而完美生活即是他献给自己父亲的颂歌。这是他一心向往的生活，在爱尔兰，这个他碰巧降生的国度。

而失去这份工作，从某种异乎寻常的意义上来说，他就失去了自我。

*

我们难得在一起了。他不愿意带我去捕鼠，那是一份又肮脏，又麻烦，有时还有危险的工作。

爸爸做事向来一丝不苟，他很快就找到一本对他有所帮助的小册子——《捕鼠面面观》，作者笔名硕鼠。手册讲述了一个捕鼠人在曼彻斯特的冒险经历。那座城市里工厂鳞次栉比，到处都是老鼠做窝和躲藏的天堂。书里讲述了捕鼠的基本要领，逐条列举。书中甚至还提到如何注意保护雪貂的脚，因为在潮湿的笼子里，它们容易感染一种腐蹄疫。遗憾的是，爸爸从未拥有过雪貂。斯莱戈没有那种排场。他只被派到一条杰克罗素梗犬而已，名为鲍勃。

从此，我孩提时代最诡谲怪诞的阶段开始了。也许我也渐渐不再是幼童而是女孩了，又从女孩变成了大姑娘。在爸爸捕鼠的日子里，我常常感到精神萎靡，情绪低落。那些曾几何时让我兴高采烈的事已变得黯然失色，就好像世界的声音和画面都缺少了点什么，或许那种随心所欲的快乐是孩提时代特有的财富。我觉得自己身处一种等待的状态，等待着不可知的事物替代上苍曾经的恩典。我当然还很年轻，风华正茂，但就我所知，没有哪个人的十五岁像我那么少年老成。

*

人们依旧过着按部就班的生活，因为他们没有过其他生活的可能性。爸爸每天早晨刮胡子的时候仍然唱着《皮卡第玫瑰》，字句残缺不全，一边跳过这一句或那一句，一边在嶙峋的脸上转动着剃刀，而如果我在楼下闭上眼睛侧耳倾听，就可以在脑海里神奇的屏幕上看到他的一举一动。他硬着头皮继续生活，每天带着狗和鼠夹出门，学会以此作为日常工作。回家的时间虽然不像过去那么准时，可腋下还是习惯性地夹着一份《斯莱戈冠军报》，以便尽量使他的新生活走上正轨。

这些日子里，他偶尔会在报上读到跟他有关的文章，至少有一次是这样的。当时，我听到他倒抽了一口凉气，抬头一看，发现他正埋头在报纸里。罗迪先生是《冠军报》的股东，据说他是新政府的人，所以对内战的报道采用了直白平淡的语言，力争展现一种天下太平的效果。

爸爸说："天哪，他们枪毙了上次在坟场上的那群孩子。"

我说："什么孩子？"

"就是那群抬来他们死去战友的野小子。"

我说："死者是他们其中一个人的弟弟。"

"是的，萝珊，其中一人的弟弟。这里有他们的名字。死者姓拉维奥——你说是不是个古怪的姓？名叫威利，他哥哥叫约翰。但是他跑了，这里写的。越狱了。"

我说："是吗。"我心里隐隐有点不自在，但同时又喜出望外。就像听说江洋大盗杰西·詹姆斯那类传奇时的感觉。你当然不愿意遇到拦路抢劫，但还是不禁为绿林好汉的逍遥法外窃喜。尤其是我们又算得上认识约翰·拉维奥。

"他老家是野鹅群岛。具体说，是梭鱼岛。非常偏僻的地方。梅奥郡的偏远地带。他藏在自己人中间可能还比较安全。"

"希望如此。"

"肯定很难下手，肯定的，枪杀他们。"

爸爸的话不带任何讽刺意味。都是他的真心话。一定是很难下手的事。让两个男孩子并排站在一起，或一个接一个，谁知道这种事的步骤，然后枪杀，或者按他们说的，枪毙。他们现在已经死了，与来自野鹅群岛的威利·拉维奥同行。

爸爸接下来沉默不语，我们没有相互对视，只是一起盯着火炉，那里的一小撮炭火已奄奄一息。

*

妈妈的沉默才最是深沉。她像一只水生动物，当我们在一起的时候，我也仿佛置身水下，因为她从不说话，动作沉重缓慢如同在水底潜游。

爸爸对妈妈真是全力以赴。他奋勇地进行各式启发，对她极尽关怀。他的新工作薪水微薄，但他还是希望，在内战结束后黑暗的岁月，在整个国家正从跪倒的地上爬起来的时刻，这点收入也能让我们维持生活。其实，我觉得那个时代整个世界都因灾难而疼痛。历史的车轮并非服从人力，而是在某种无形的力量作用之下滚滚向前。爸爸将挣得的工资尽数交给妈妈，指望她省吃俭用，用那几个英镑支撑着我们勉强度日。但就像历史被莫名的巨大力量所挟持，莫名的小事也左右着我们的命运。比如，家里经常断顿，几乎没有什么可吃的东西。晚饭的时间到了，妈妈在厨房里敲敲打打，好像在做饭，然后走出来，在狭小的起居室里坐下。爸爸已经收拾得干干净净，准备上夜班，有整夜的工作等待着他，因为老鼠的王国在夜里更容易入侵。这时我盯着妈妈，逐渐看出晚饭不会上桌了。爸爸缓缓地摇摇头，可能在心理上紧紧裤腰带，但也还是不敢问她到底发生了什么。在妈妈的危机状态之下，我们一家开始饿肚子了！

但是无论什么都无法打破她的沉默。圣诞节快到了，我和爸爸盘算着如何给她个惊喜。他在开罗咖啡店旁的小杂货店里觑见了一条减价围巾，于是每个星期，他偷偷留下半个便士，一点点攒钱，像老鼠攒麦粒一样。要知道，妈妈是非常漂亮的，不过现在已不那么美了，她的沉默如同一层苍凉的面纱，覆盖着她的面庞，像一幅油画表层晦暗的清漆遮住了美丽的画面。她那绿眼睛里的熠熠光芒熄灭了，她最本质的自我也随之消逝。即便如此，她的容貌还是会得到任何艺术家的赞赏，虽然我很怀疑斯莱戈是否有艺术家存在，除非算上给杰克逊、米德顿、坡来科芬等有钱人画像的那几个家伙。

爸爸圣诞前夜不用上班，所以我们兴高采烈地去参加礼拜。礼拜由艾利斯牧师主持，就在他整齐的旧教堂里。妈妈默默地跟着我们，身穿破旧的大衣，看上去像个小修士。当时的情景至今历历在目，小教堂里燃着烛光，教区里的基督教众，贫穷的，小康的，富裕的，济济一堂。男士们穿着深色呢大衣，女士们，如果负担得起的话，颈上都围着一抹皮草，她们的装束还是以那个时代阴郁的绿色为基调。烛光四射，照亮了坐在我身旁爸爸脸上的皱纹，照亮了教堂的石壁，照亮了牧师的声音——他正讲诵着圣经里神秘动人的语句，也照亮了我的胸膛，还有里面年轻的心脏，穿透了它，令我想高声呼喊，喊出所有无法言传的心事。我想呼喊爸爸的命运，妈妈的沉默，也想呼喊对世界的赞美，比如妈妈日渐消减但依然绝世的容颜。我感到爸爸妈妈是我的责任，而我必须采取行动使他们获得救赎。不知为什么，这个念头令我浑身充盈着喜悦，一种莫名的强烈的神圣感，以至于当本地的教众开始唱起那些久已忘怀的圣歌，我情不自禁，喜出望外，在光芒四射的黑暗中泪流满面，任滚烫的泪水纵情释放了我的心怀。

我尽情地流泪，虽然我的泪水没给任何人带来什么好处。周围到处是受潮的衣服散发的酸味，教堂里总有人不停地咳嗽。但我情愿付出一切，回到从前，让那些人都回归到教堂里，让时间回归到那年圣诞节的时候，把一切都还原到那个不久之后即将被无情夺走的时刻，把金币放回人们的口袋，身体放回棉毛裤和棉手套里，所有的一切都还原，以便我们可以永久停驻在那一刻，跪在或坐在桃花心木的条凳上，在那一寸神圣的光阴里，爸爸布满皱纹的脸迎着闪烁的烛光，慢慢转向了我和妈妈，微笑，微笑，带着平凡的善意。

第二天清早，爸爸送给我一件漂亮的首饰，直到后来我才知道，这叫作剧装首饰。斯莱戈的姑娘们就像喜鹊，喜欢闪闪发亮的东西，出门都想带一点珠光宝气。我也像别的女孩一样，梦想着传说中的鹊巢，里面可以找到胸针、手镯、耳环，有一窝偷来的宝贝。我接过爸爸的礼物，忙不迭地打开它的银色别针，把它别在我的羊毛开衫上，骄傲地展示给摩托车和钢琴看。

然后爸爸递给妈妈她的贵重礼物，外面包着商店里正式的包装纸，如果是过去，她一定会把包装纸折起来，放在抽屉里收好。这会儿，她静静地打开纸包，看着里面折叠整齐的斑点围巾，抬起脸，问道：

“裘，这是做什么？”

爸爸被完全弄糊涂了，不懂她的意思。是花纹不好看吗？他一定是在买围巾的过程中，在某个没有注意到的环节上失败了。毕竟，谁会对他，一个捕鼠人，讲解女性的时尚？

他鼓起勇气，说道：“做什么？不做什么啊，茜茜。不做什么。”然后他好像忽然想起了什么，来了灵感，补充道，“这是条围巾啊。”

她说：“你说什么，裘？”好像她的耳朵忽然神秘地失聪了。

他说：“你可以包在头上，围在脖子上，怎么戴都行。”显然，他胃里已经开始翻江倒海，充满送错礼物的绝望，虽然他还尴尬地试图解释明摆着的事实。

她说：“哦。”然后看着腿上的礼物，“哦。”

他说："希望你喜欢。"好像把他的脖子伸到了斧子下面。

她说："哦。"至于这个"哦"是哪一个层次的，表达什么意思，我们俩都摸不着头脑。

第七章

格林医生的俗事小记

非常沮丧的新发现，无意之中的偶然发现：贝特已经决定不去看专科医生了。她是去年转去看这位专家的。（已经一年了吗，还是我在做梦？要不，是今年？）昨晚，我在康普兰罐子旁边发现了她忘在那里的日记本。我当然知道这样做是错误的，很不道德，大错特错，但我还是看了，出于一个失宠丈夫的一点点痴情。可能就是想看看她都写了些什么。其实连那都说不上，就是想看看她的字迹，她亲密隐私的一部分。甚至都不是想看具体文字。就是想看一眼她的黑圆珠笔的墨渍。然后我看到，就在那里，几个星期前写的，明晃晃地写在那里，当然，是写给她自己的："给诊所打了电话，取消了预约。"

为什么？

这是她那次晕倒的后续诊断，我也知道个大概，就是因为她跟我说要去看专科医生，所以我才放下心来，把整件事抛到了脑后。我心里矛盾重重。首先，她的做法实在令人不安，其次，我是通过侵犯她的隐私才得知此事，如果她知道了，会认为这是对她更进一步的侵犯。当然，人家这么想是有道理的。

怎么办？

我整夜心绪不宁。这就是我解决问题的方式——心绪不宁？也许是吧。但这次理由充分。

凌晨时分，我越来越义愤填膺，简直暴跳如雷，真想冲上楼去，跟她发一通脾气。她这是干吗？简直是愚蠢透顶！

感谢老天，我没有轻举妄动。怎么吵其实都无济于事。非常实际的忧虑涌上了我的心头。她腿上的浮肿很可能是由于血栓造成的，而如果血栓上行到肺部或心脏，那人就完了。她其实就希望如此，是不是？我再次发现自己找不到合适的语言来跟她讨论这个话题，或任何话题。我们不断忽视生活里的小话题，待到面临重大话题时，我们已无法触及。

今晚本来要计划一下，想一想如何向萝珊·麦科纳提提问，才能既不用特别兜圈子，又能够得到一些答案。可是我忽然意识到，既然我跟自己的爱人都无法就她的健康问题进行有益的讨论，跟萝珊还有什么可能呢？不过也许陌生人之间的沟通更为容易，毕竟，我将以专家的姿态上场，而非一个自责求存的傻瓜。好在我对自己一向给予其他患者的评估还是很有信心的。他们多数开诚布公，像打开来的书本，他们的苦难昭然若揭。虽然我还是觉得自己像个侵犯者。只有萝珊，她可是把我难倒了。

本想再查查我那本巴瑟斯的《隐私病理学》，当真是一本奇书，如果能抽出时间来重读一遍就好了。本应该到书房里去查阅，但是我浑身颤抖，觉得自己好像有点半身不遂，不知如今这还算不算个医疗病症。最后，我既没有读巴瑟斯，也没有解决贝特的轻率行为，却已经完全筋疲力尽了。

*

萝珊的自述

大概几个星期后的一天，我跟着爸爸一起去捕鼠。

老鼠每年开春会大量繁殖，所以暮冬是对它们一网打尽的最佳时节，这时它们的数目已经很久没有增加了，而天气对捕鼠人来说也不是太难以忍受。回头想来，带着一个年轻女孩去追踪啮齿动物似乎有点不可思议，不过我确实对捕鼠很感兴趣，尤其是爸爸给我读了那本手册之后，因为作者把捕鼠描绘成一项技术性很强的工作，几乎接近专业技术，或者魔法。

爸爸已经在基督教下属的孤儿院忙了几个晚上，那里不管有没有老鼠都是个很诡异的地方。孤儿院那时就已经有近两百年的历史了，爸爸知道很多关于它的古老传说，按照他的说法，在从前的世纪里在那里做孤儿可不是件好玩的事，虽然当时那里的条件还不错。他打算从屋顶开始，按照标准的方式，自上而下，一层一层地把老鼠赶尽杀绝。阁楼和顶层已经清了，还有三层需要处理，这里是女孩子们住的地方，大约两百个女孤儿，上床睡觉时穿着清一色的可爱帆布裙。

爸爸说："现今这个年代她们每人都有自己的床，萝珊，每人都有。但是你爷爷那个时候，或者是你爷爷的爷爷那个时候，反正是很久以前，那情形可就完全不同了。你爷爷，或者你爷爷的爷爷，曾经说起一个关于这个地方的恐怖故事。他有一次来到这里，是作为建筑督查，由都柏林的政府派来的，因为舆论对这里的一些做法反应很不好，可说是舆论哗然。"当时我们正站在古老的庭院里，光线昏暗，已经抓了满满两大笼老鼠，小狗鲍勃看上去志得意满，它刚才在墙里追老鼠来着，楼墙有些部分七八尺厚，里头到处是老鼠可以藏身的洞穴。

"他来到这里，可能进到上面哪间大屋里。"他随手指向三楼阴森森的石墙，"他看到一英亩的范围内全是床，每张床上都躺着好多个婴儿，可能得有二十个，新生儿或者比新生儿也大不了多少，都并排躺在那儿。他是跟一个老护士进来的，那老护士要多埋汰有多埋汰，你都难以想象。他检视了满屋的婴儿，然后注意到有些窗户根本没有玻璃，可不像现在，而且屋内的大铁炉里只有一小堆火，暖手都不够，天棚还有破洞，严冬的寒风呼呼地往里钻。他惊叫道：‘我的天，这位姐妹。’或者那年头别的什么叫法：‘我的天，这位姐妹，这些孩子怎么没人管哪，老天保佑。’他又说：‘他们身上连衣服都没穿。’他说的可是实话，萝珊，他们都是一丝不挂。老女人说：‘当然了，先生，他们还不是就躺在这儿等死。’她说得若无其事，好像这是天经地义的事。他这才知道原来这种安排都是故意的，用来淘汰那些体弱多病的婴儿。估计那年头，这事可成了轰动一时的丑闻。”

他专心整理鼠夹，我站在他身旁，夜风从建筑物中间徐徐吹过，低声呜咽。一轮冰冷、低贱、千疮百孔的月亮爬上了孤儿院的屋顶。爸爸开始往老鼠身上泼煤油，准备把它们一只只扔到火里烧死，他已经在院子中央生了一堆火，用的是不知哪家店里发臭的旧地板。这是他自己发明的老鼠处理法，对捕鼠手册上的方式进行了一定的发挥，是他尤其引以为傲的。现在回想起来，老鼠都是活生生地以火焚身，不知道爸爸是否看到了这种做法残酷的一面，可能据他想，这有杀鸡儆猴的作用，可以同时警告那些还在阴影里窥探的老鼠。从某种意义上说，爸爸的思维就是按照这种逻辑运行的。

总之，他打开笼子，像我说的，把老鼠一只只拎出来，啊，想起来了，火化之前首先要给它们迎头一击，感谢老天，当时的情景忽然真切地浮现在眼前。爸爸一边干活一边跟我聊天，可能由于我在场的原因，他无法全神贯注，有一只老鼠跑掉了，在拎出笼子和迎头一击之间，它忽然从爸爸的指间挣脱了，闪身绕过鲍勃，吓了小狗一跳，没等鲍勃反应过来，就在黑暗中一溜烟跑回了孤儿院，宛如一簇黑色的火焰，带着老鼠独特的狂奔跳跃之势……爸爸轻声咒骂了几句，大概也没多想，以为可以等到第二天再找它算账。

他继续忙着干活，处理其余的老鼠，对它们发出的吱吱呐喊置若罔闻，把它们一只只浸透煤油，扔到篝火里，它们接下来发出的那种声音恐怕他梦里都会听到。大约一个小时后，他收起各项家伙，把鼠夹搭在自己身上，给鲍勃套上它习以为常的绳索，然后我们一行穿过黑漆漆的楼宇，回到临街的一面。这里是孤儿院的正门，对着镇区，雕梁画栋，非常华丽，无疑是早年建筑期间大量捐款的结果。我们正在过马路的时候，忽然听得头顶一声巨响，于是都不禁抬头观瞧。

女孩子们睡觉的楼层正发出一种神秘古怪，如雷贯耳的声响。整幢房子不再沉睡了，在诡异的月光和镇上阑珊的灯火映照下，各种烟从屋顶的瓦片中间喷涌而出，浓浓的黑烟，滚滚的灰烟，缕缕的白烟。我们听到哪里有窗玻璃破碎的声音，忽然，明黄的火焰伸出细长的臂膀，在夜晚的空气里坚定地挥舞，照亮爸爸仰视的面孔，也肯定照亮了我的。瞬息之间，火焰又神奇地缩回手，继续呼啸，呜呜咽咽，比所有的风声都更揪心。惊恐万状之下，我似乎听到大火不停地呼喊着一个字："死！死！"

"耶稣、玛丽，圣约瑟夫。"爸爸不停叨念着，好像忽然患了血液病或脑病造成的麻痹症。他正说着，大门忽然洞开，一股狂风肯定吹进了整幢楼，几个吓得目瞪口呆的女孩子，布裙上沾满灰土，跌跌撞撞地跑出来，一张张小脸像小鬼一样。三个工作人员，两男一女，都穿着黑衣服，也连滚带爬跑出来，急急忙忙来到卵石路上仰头观望。

女孩子们住的一层亮如白昼，巨大的窗户后面是一片火海。而这时，远处刚刚传来救火车的汽笛声。从我们的角度看上去，女孩子们绝望的脸和敲打窗户的手臂使她们看上去像白日里的飞蛾，或冬季里沉睡的蝴蝶，在屋子忽然升温的时候，以为春天降临，而犯了致命的错误。这时，几扇窗户突然同时爆裂，铺天盖地的碎玻璃一倾而下，我们所有的人都向街对面落荒而逃。附近的居民纷纷从住宅里跑出来，妇女们用手蒙住脸，鬼哭狼嚎，男人们还穿着睡觉时的棉毛裤，大呼小叫，他们以前可能从未心疼过这些无父无母的孩子，此刻，他们却突发悲悯之心，像亲生父母一样呼唤着她们。

大火在她们身后烧得越发轰轰烈烈，像一朵橘红色硕大无朋的花朵迎风怒放，随之而来的霹雳之声是除非下地狱，否则永远不会听到的，整个场面如同地狱里的噩梦。楼上卧室里的女孩子们多数和我年纪差不多，她们从屋里爬到宽大的窗台上，每个人的布裙都着了火，她们声嘶力竭地哭喊，但都无济于事。看到没有获救的希望，她们开始从窗台上往下跳，或成群结队，或独自一人，火苗顺着布裙向上翻飞，越过她们的身形，好像她们忽然生出一对烈火的翅膀。燃烧着的女孩子们纷纷下落，划过堂皇的老楼恢宏的高度，摔跌到卵石路上。一拨接一拨的女孩子们从窗口拥出，熊熊燃烧，撕心裂肺地号叫。我们只能眼睁睁地看着她们坠向死亡。

*

爸爸出席了听证会。证人席上一个幸存的女孩子对火灾进行了神乎其神的描绘。当时她已经躺下就寝，面向陈旧的壁炉，里面还燃烧着一小堆炭火。忽然，她听到一阵窸窣声，伴随着尖叫，然后是一团混乱，于是，她支起胳膊肘想看个究竟。据说，她看到一只动物，像老鼠一样身形瘦小，蹦蹦跳跳，毛皮冒着毒焰，在屋子里到处乱窜，把女孩子们垂落在地板上的薄如蛛网的被单一一点燃。还没等她们回过神来，小火已经在上百处燃起，而这个幸存的女孩子一骨碌爬起来，叫上她的孤儿姐妹们，开始了从炼狱的逃亡。

爸爸回到家里给我讲了这段故事，他不再像平时那样挤在我的小床上，而是坐在床头的旧板凳上，佝偻着背。审判席上没人能解释为什么老鼠会着火，爸爸当然也没吭声。命运已然如此黯淡渺茫，他越发一个字都不敢提。总共死了一百二十三个女孩子，有烧死的，有摔死的。他凭经验知道，就像我通过阅读他的手册也了解到，老鼠喜欢把旧烟囱里的烟道作为畅通无阻的直立高速路。一小堆火对它们来说算不得什么障碍。但是如果老鼠身上已经浸透了煤油，经过火堆的时候又离火太近，爸爸知道，那后果不堪设想。

第八章

也许他应当坦白。其实我也可以交代，背叛他，像战争后期的德国孩子，在希特勒的怂恿之下刺探他们的父母是否忠诚。但是我永远都不会出卖他。

*

直言不讳，谈何容易？无论是吉是凶。有时临危的是肉体，有时某种更私密、更细微、更无形的凶险威胁着灵魂。只要开口可能就意味着背叛，虽然背叛的到底是什么都还模糊不清，它隐藏在身体内部的最深处，像惊恐万状的难民在战场上一样战战兢兢。

就像今天，格林大夫又来过了，带着事先准备好的问题。

我丈夫汤姆小时候在白湖钓了十年的鲑鱼。大部分时间，他就站在湖边，盯着阴暗的水面。如果看见鲑鱼出水，他便转身回家。因为据说如果看见鲑鱼，那天你注定空手而归。但是要想看不到鲑鱼，也还需要高深的技巧。你必须全神贯注于可能钓到鲑鱼的水面，想象它们就在水底深处，用第七感尝试感知它们的存在。我丈夫汤姆就这么一钓十年，从头到尾一无所获。所以归结起来，如果你看到鲑鱼你就钓不到，如果你看不到鲑鱼你也钓不到。那么到底怎么钓鱼呢？需要第三种可能性：鬼使神差的好运气，加上先知先觉的洞察力，而这两者，汤姆恰恰都不具备。

今天格林医生就是这副样子，当时他静静地坐在我的小角落里，表格整齐地摊开，一言不发，没有正眼看我，但是用他的运气和直觉密切注意着我，好像一个暗流旁的渔夫。

而我则像一条鲑鱼，趴在深水中一动不动，但心里明明知道他的存在，他的鱼线，他的诱饵，以及他的鱼钩。

终于，他说话了："那么，萝珊，嗯，我想确定一下，你大概是，那个，多少年前到这里来的？"

"那是很久以前的事了。"

"听说你是从斯莱戈精神病院转来的？"

"疯人庇护所。"

"一个多么意味深长的叫法，虽然过时了。后面一个词还有一点定心丸的作用。前面一个词含义就比较暧昧，现在已经完全不适用了。其实就我个人而言，月圆之夜，我也经常扪心自问：你有没有什么异样的感觉？"

我仔细端详着格林医生，想象他在月光之下现出原形，须发骤生，变身狼人。

他说："啊，月亮！那么巨大的力量。能把海潮从此岸拖到彼岸。令人叹为观止的存在。"

他站起身来，走到窗前。冬日的清晨，时间还早，月亮在窗外独揽乾坤，在玻璃上洒下一层庄重的光辉。格林医生也庄重地低着头，看着下面院子里约翰·凯恩等人不时地磕打着垃圾桶，还有医院里其他钟点一样准时的日常活动。庇护所。供疯人避难的所在。一个受月球引力主宰的地方。

格林医生属于那样一种人，他们会下意识地抚摸并不存在的领巾，或者别的什么过气的服饰。他满可以捋捋胡须，但他偏不那么做。或许他年轻时脖子上曾经戴着花哨的领巾？可能吧。不管怎么说，他这会儿正抚摸着它，右手的手指在紫色的领带结上方一两英寸的部位移动，他的领带结打得鼓鼓的，就像玫瑰待放的花蕾。

"哦。"他长叹一声，听起来似乎有些疲惫，虽然我觉得他倒不是累了。这可能就是他清晨在自己的房间里时发出的声音。他大概一时忘了他不是独自一人。

"你想离开这里吗？你希望我把这一点考虑在内吗？"

这个问题我可难以回答。我向往自由吗？我还记得自由的滋味吗？这个稀奇古怪的房间算不算我的家？无论如何，恐惧再次弥漫我的心头，像夏季的植物被霜打之后，叶子都痛苦得发黑了。

“你在斯莱戈待了多久？还记得是哪年入院的吗？”

我说：“不记得了。是战争期间。”这个我是知道的。

“你是说，第二次世界大战？”

“是的。”

他说：“那时候，我还是个婴儿。”

一阵生硬的沉默。

“我小时候去过康沃尔的小海湾，爸爸妈妈带我去的。那是我最早的记忆，倒没什么别的重大意义。我还记得海水冰冷刺骨，还有啊，你都猜不到的，我的尿片沉甸甸的，都是一兜冷水。非常真切的回忆。当时政府控制民用汽油，所以爸爸自制了一辆双骑脚踏车，其实就是把两辆车焊在一起。他坐在后面，因为脚踏的着力点主要在后座，然后我们就在康沃尔翻山越岭。都是些小山包，但还是能让人累断腿。那时正是夏天，天气非常好。爸爸心情舒畅。我们在海滩上用小锅煮茶喝，像渔民一样。”格林医生笑了起来，笑声荡漾之中，窗外天光渐亮，白日苏醒。“那时二战可能才刚刚结束。”

我真想问他，他爸爸是干什么的，但不知为什么，总感觉这么问似乎有些唐突。现在回想起来，他可能一直希望我问这个问题。然后我们就可以顺理成章地谈起各自的父亲。看来，他当时就想在暗流中甩线下钩了。

“从来没听任何人对斯莱戈旧医院做出过正面的评价。那里肯定是个惨无人道的地方。可以想象。”

我还是不上钩。

“这是精神病学上的一个谜团，我们的医院在二十世纪初都很差劲，完全不可理喻，但是在那之前，在十九世纪初，对……这个……疯人，如果我们用那时的称呼，反而态度开明起来。当时有种柳暗花明的感觉，人们忽然意识到，幽闭、枷锁，都是错误的，于是付出极大的努力来——疏解。很遗憾，后来情形又恶化了，最终历史产生了一种扭曲。你还记得为什么会从斯莱戈转到这里吗？”

他突如其来问了个问题，我不及细想，答案已脱口而出。

我说：“是我老公公安排的。”

“你的老公公？那是谁啊？”

“老汤姆，他还有个乐队。他也是斯莱戈的裁缝。”

“你是说斯莱戈镇上？”

“不是。斯莱戈疯人庇护所。”

“原来你是在你老公公干活的庇护所？”

“是啊。”

“懂了。”

“我妈好像也在那里，不过记不清了。”

“在那工作吗？”

“不是。”

“也是一名患者？”

“记不清了。真记不清了。”

看得出来，他恨不得继续追问下去，但还算沉得住气，适可而止了。难能可贵，他是个出色的渔夫。你看见鲑鱼出水，你肯定是钓不到了。不如打道回府。

他说："你不用担惊受怕。"这话倒是出乎意料，"千万不要。那就事与愿违了。应当说，萝珊，你在我们这里也算得上德高望重了。"

"哪里话，我可不敢当。"说着我就脸红了，忽然觉得自惭形秽。简直无地自容。好像枯枝烂叶忽然从泉眼上拨开，清泉昂首绽放。一时间羞赧，生疼。

他说："真的，我说的可是实在话。"他没有觉察到我的隐痛。也可能他是在拍马屁，兜圈子，用爸爸的话说，他想通过什么办法打开我的话匣子，然后我就门户大开了。通向理解的门户。我渴望助他一臂之力。但是羞耻像一群老鼠，忽然拱倒了我多年以来精心修筑的围墙，我能感觉到，它们在我怀里上蹿下跳。而我的使命就是隐藏，隐藏那些该死的老鼠。

为什么多年以后，我还暗怀羞耻之心？为什么如此见不得人的羞耻还深藏在我的心底？

*

如此这般，如此这般。

我们怀里可揣着几个不解之谜了。其中最紧迫的谜团就是我们的贫穷，而爸爸无论如何也无法参透谜底。

一个冬天的傍晚，我放学回家，在河沿的路上碰到了爸爸。他不再像小时候那样逗我嬉笑，但我还是可以很自豪地说爸爸看到我时不禁面露喜色。在斯莱戈傍晚深沉的黑暗中，他的眼睛一下亮了起来。我可不是吹牛。

他说："啊哈，宝贝。你要是不怕给人看到和老爸走在一起，我们就手挽手回家吧。"

"怎么会呢？"我说道，不禁纳闷，"有什么好怕的。"

他说："你不用说我也知道，一个人十五岁时的感受，好像热风里独自站在海岬上。"

但我还是不能理会他的意思。天寒地冻，连他抹在头上把头发按平的发膏似乎都结霜了。

我们溜达着走到家门口那条街上。面前一排房子里，有一家的门开了，一个人下到人行路上，回身对着门里若隐若现毫无表情的脸扬了扬礼帽。那张脸是妈妈的脸，那扇门是我家的门。

爸爸说："天哪，耶稣啊，可不是郝先生亲自来访。不知有什么事。是不是他家闹鼠灾？"

郝先生向我们走来。他身材魁梧，大步流星，是镇上一位德高望重的绅士。他的面孔轮廓柔和，总是带着善意的表情，好像他整天在户外沐浴着和煦的微风，可能他就是那个独自站在海岬上的人。

爸爸说："郝先生，您近况如何？"

郝先生说："很好，很好，诸事顺遂。二位近况如何？

火灾的事我们都听说了，那么多孩子，太可怜了，简直令人难以置信。可以想象，场面肯定是惨不忍睹，克莱尔先生。”

爸爸说：“耶酥啊，可不是吗？”郝先生与我们擦肩而过。

爸爸说：“我不应该对他口诵耶稣。”

我说：“为什么？”

爸爸说：“他是犹太人。”

“犹太人不信耶稣吗？”我问着极度无知的问题。

他说：“我也不太清楚。如果你问冈特神父，他会毫不犹豫地告诉你，是犹太人杀害了基督。但是，萝珊，有些事是动荡年代造成的。”

来到家门口，我们都沉默了。爸爸掏出他那把老钥匙，插进锁眼扭开了锁，我们走进家里窄小的前厅。我感到爸爸在说了关于基督那番话后，始终心事重重。在那个年纪上，我已经开始认识到人们可能就某件事发表一番言论，即使说出的话并不代表他们的真实思想，但话里有话，还是会对真实思想有所影射。

那天晚上直到快睡觉的时候，爸爸才终于提出了关于郝先生的疑窦。

当时妈妈正在扫炉灰，然后铲起来撒在泥炭上，这样它们就可以整夜缓慢地燃烧，到了早上变成完美的黑蛋，闪烁着红红的火光，那时妈妈就又得扬灰了。爸爸说：“这个……今晚我们碰到郝先生了，就在回家的路上。看着好像刚从我们家出来？”

妈妈直起腰，站在那里，手持火铲。她就那么站着，一言不发，好像在给画家做模特。

终于，她说：“他没来。”

“我们好像看到门里是你的脸，他还对你举了举帽子。”

妈妈低垂眼帘，看着火。铲灰的工作才进行了一半，但看起来她已经放弃了完成任务的意图。忽然，她号啕大哭起来，撕心裂肺的哭声仿佛发自身体深处，像一种要命的湿气渗透她的全身。惊骇之下，我的身体也开始觉得麻酥酥的，一种不祥的预感令我如坐针毡。

爸爸苦着脸说：“我也不确定。可能是看走眼了。”

妈妈说：“你明知道你没看错。”这时她变得疾言厉色。“你明明知道。天哪，天哪。”她继续说道，“我怎么就任你拐带我离开了家，来到这么个冷酷无情的地方，到处是肮脏的雨，肮脏的人。”

爸爸的反应是，他的脸霎时间褪色了，就像沸水里煮的土豆。妈妈的这一席话比她过去一年里说的还要多。这就像是她发表的公开信，她内心思想的深度报道。而对爸爸而言，他仿佛又读到了一出伤天害理的惨剧，比暴动的小伙子和燃烧的女孩子的遭遇更加骇人听闻。

他说：“茜茜。”他的声音如此轻柔，几不可闻，但我还是听到了，“茜茜。”

她说："那么低贱的围巾，连印度人都没脸卖。"

"什么？"

她说："怪不到我头上。"她几乎是尖叫，"不是我的错。我一无所有。"

爸爸跳起来，因为妈妈在激动之下用火铲猛击了自己的腿。

"茜茜！"他大叫起来。

但迟了一步，她已经在腿上砍出个一寸长的口子，黑色的血珠闪闪发亮。

她说："哦，耶稣，哦，耶稣！"

*

第二天晚上爸爸去了郝先生的杂货店。回家后，他脸色苍白，看上去筋疲力尽。我也正心烦意乱，因为妈妈可能有所怀疑，已经一个人黑灯瞎火出门了。她刚刚还在厨房里敲敲打打，一转眼，人就没影了。

"出门了？"爸爸问道，"天哪，天哪。这大冷天，她穿外套了吗？"

我说："穿了。我们赶紧出去找她吧。"

爸爸说："出去找，这就出去找。"嘴上说着，人却坐着不动。他挨着摩托车座，但没像往常一样把手搭在上面。他顾不上了。

我问道："郝先生怎么说？你找他干吗？"

“郝先生真是个好好先生，好人啊。他很担心，也很抱歉。妈妈跟他说，这件事对谁也没有隐瞒，都是家里商量好了的。真想不出她怎么忍心。这种话她怎么说得出口？”

“爸，我听不懂。你到底在说什么？”

他说：“这就是为什么家里经常没吃的呀。她向郝先生借了一笔钱，买东西。人家自然每个星期来收账，我交给妈妈的那点儿薪水，她主要用来还债了。那些不计其数的大小老鼠，那些黑漆漆的犄角旮旯，可怜的鲍勃夜以继日地抓啊刨啊，还有我们这么长时间饿着肚子，竟然都是为了——为了一只钟。”

“一只钟？”

“一只钟。”

我说：“家里没看到新钟啊。有新钟吗，爸？”

“我也弄不清楚。这都是郝先生告诉我的。钟也不是他卖的。他只卖胡萝卜和圆白菜。但是有一天他来的时候，妈妈曾经给他看过那只钟，当时咱俩都不在家。他说，的确是一只很精致的钟。纽约制造。用的是多伦多的钟芯。”

我说：“什么是钟芯？”

正说着，妈妈出现在门口，就在爸爸身后。她手里捧着一个方形的陶瓷座钟，钟面十分优雅，周围可能由纽约的什么人漆上了碎花。

她说：“我没让钟走。”她的声音细小，神态则像个无所畏惧的小孩，“因为我不敢。”

爸爸站起身来。

“你是哪里买的，茜茜？你在哪里买了这个东西？”

“在堰上格瑞司。”

他说：“堰上格瑞司？”他似乎不敢相信自己的耳朵，“我都从来没进过那家店，怕进门也要收费。”

她站在那儿，气得浑身缩成一团。

她说：“安颂雅品牌，正宗纽约货。”

他说：“能退吗，茜茜？我们把它送回到格瑞司，看他们怎么说。我们不能这么一直给郝先生送钱。格瑞司恐怕不会把你付的钱如数归还，但肯定会退还一部分，我们就可以跟郝先生结一下贷款。他不会跟我们为难的。”

“还没听过这只钟走动和报时的声音呢。”

“那太容易了，你拧一下，给钟上劲，它马上就会走起来。整点的时候自然就会鸣响了。”

她说：“不行。我不敢。循声而来，会被发现的。”

“茜茜，你这是说谁呀？说我吗？该发现的都已经发现了。”

妈妈说：“不是你。是老鼠。老鼠会循声而来。”

妈妈抬头看着他，脸上带着诡异的光彩，好像在计划什么阴谋。

她说：“最好把它砸了。”

“求你可别砸。”爸爸说道，带着走投无路的绝望。

“不，还是砸了的好。砸烂它。砸烂南安普敦。砸烂斯莱戈。把你也砸个粉碎。就这样把它举过头顶，你看，裘，就这样把它砸在地上。”她真的把它举过头顶，真的把它砸在潮湿的水泥地上。“这下可好了，所有的诺言都实现了，所有的伤害都治愈了，所有的损失都补偿了！”

那只安颂雅座钟的钟体躺在陶瓷的碎片中间，不知哪个小齿轮松动了，在我家，它第一次也是最后一次，发出了多伦多悦耳的钟声。

*

在这之后不久，可以说，在很短时间内，爸爸就被人发现自杀身亡了。

时至今日，我还是不明白他的死因到底是什么，虽然为此我已经苦苦思索了八十多年。现在，我也为你提供了所有的线索，把所有的事实摆在了你的面前。

砸钟事件应该没有什么大不了的，肯定不足以让人为之寻短见吧？

那几个男孩之死肯定是出悲剧，但也不至于让爸爸一直悲痛欲绝吧？

女孩之死是最黑暗的一页，虽然她们坠落的时候光芒四射。

爸爸命中注定要历经如此劫难。

但他毕竟只是一个平凡的人，像一只钟，或一颗心，超过能够承受的极限，就支离破碎了。

那天，他在邻街上一座废弃的小屋里捕鼠，是应了左邻右舍的要求。他就在那座空屋里上吊了。

哦，哦，哦，哦，哦，哦，哦，哦，哦。

你知道那种悲伤吗？我希望你不知道。有一种悲伤永远不会变老，不会被时间冲淡。那种悲伤长驻我心头，在那里，一座废弃的心房里，悠悠荡荡，爸爸，爸爸。

我为他痛哭。

第九章

这里我必须说明，爸爸的人生已成为历史，但他还尸骨未寒，而这时，噩运依然降临到他头上。爱一个人超过爱自己是有可能的，但是作为一个孩子，一个还未成年的少女，我居然已经有这种想法，当父亲被抬到家里准备停灵的时候……

我们的邻居松先生，一个死气沉沉的木匠，及时伸出援手，把爸爸的摩托车推到了小院里。不言而喻，它从此再没机会登堂入室，被遗弃在露天下自生自灭了。

在它的位置上停着爸爸简陋的灵柩，他的鼻尖从里面冒出来。因为是上吊自尽，他的脸上涂了厚厚的白漆，看上去像一个钟表盘，那是西维特殡仪馆的杰作。门前小街上人多起来，令我欣慰的是，尽管我们没有烟茶，更没有一滴威士忌可以用来招待客人，大家还是轻松随和，对爸爸的去世表示了哀悼。长老会的艾利斯牧师来了，冈特神父也来了，在爱尔兰，他们即使不是宿敌，也算得上是竞争对手，但两人在角落里，一时间竟妙语如珠。直到凌晨时分，客人才陆续走光，我和妈妈也睡下了，或至少我是睡下了。我哭着哭着就睡着了。我的悲伤淋漓尽致。

我的小床在阁楼上，早上我从楼上下来，发现家里悲哀的情绪发生了某种变化。我赶紧去看爸爸，一时竟无法理解眼前的情景。爸爸的眼睛看起来有点不对劲。我凑近了才看清。有人用两只小黑箭刺穿了爸爸的眼珠。箭头向上。我立刻认出了它们，是那台安颂雅座钟黑色的金属指针。

我把它们拔出来，像拔棘刺一样，或者蜂针。常言道："循着棘刺找巫婆，循着蜂针找爱人。"这对箭头可不是爱情的象征。但我也不知道它们到底象征什么。总之，这是爸爸一生最后的痛。

他就下葬在长老会的小墓地，来送葬的有很多他所谓的朋友，我都不知道他有这么多朋友。也许他给他们除过鼠，或者在从前的好日子里，曾经埋葬了他们的亲朋。也许那些人怀念他袒露给整个世界的充满人性的灵魂，怀念他的为人。很多人我连名字都叫不出来。虽然是由长老会牧师主持的丧葬仪式，冈特神父也还是出席了，他就站在我身边，像一个朋友，不时告诉我一些名字，就好像我真的很感兴趣似的。这个人是谁谁谁，那个人是谁谁谁，他说完我就忘了。但其中有名不速之客，名叫裘・布莱迪，就是他，受冈特神父之命接替了爸爸在坟场的工作，一个肥头大耳，两眼通红的怪人。真不明白他怎么也来了，我在悲痛之中，对他很不以为然，但是你总不能不让人参加葬礼。致哀的人就像克努特大帝所说的海水潮，人力无法抗衡。我只好相信他也是前来致敬的了。

我的头火烧火燎，悲哀在它黑暗的深处一跳一跳地疼，那种疼痛奔腾跳跃，好像一只老鼠钻进了我的脑子，一只火光熠熠的老鼠。

*

格林医生的俗事小记

医院的烦冗事务令我忙得不可开交，一直挤不出时间来写我的小记。还真觉得缺了点什么似的。我这个人个性里可能比较缺少自我存在的感觉，就是说，总觉得自己的人生和灵魂都渺小得可怜，写这本小记似乎对我很有帮助，至于为什么，我也说不清。应该不是一种自愈疗法。而是它表明，我至少有一个完整的内心世界。希望如此，但愿如此。

这也不是完全没有根据。昨晚回到家，我像往常一样筋疲力尽，牢骚满腹，抱怨罗斯康芒路上该死的土坑，抱怨我这辆老爷车糟糕的悬浮，而走廊的灯又坏了，就是说，我的胳膊肘撞上了水泥柱，于是，走进前厅时，我已经气急败坏了，准备借任何机会诅咒整个世界。

贝特站在楼梯口，不知是否在我回来之前就已经站在那里了，很有可能。她伫立在小窗前，注视着镇上纠缠不清的花园和横七竖八的厂房。她面带微笑，笼罩在月光之下。我应当没有看错。一种如释重负的感觉涌上心头，就像我第一次发觉自己坠入爱河。那时，她多么年轻，水彩画一般清秀，有着轻描淡写的身材和轮廓，在我眼里完美无缺；那时，我以自己的一生相许，保证让她过上幸福的生活，热爱她，抱紧她——尽是天下有情人不切实际的承诺。她在月光里转过身，凝望着我，出乎我的意料，翩然走下楼梯。她穿着一件印花连衣裙，就是平常的夏装，款步而行，身披月色，也许还有其他光彩。她走到前厅门口，靠近我，仰起头，亲吻我的嘴唇，是啊，是啊，我这个傻瓜，不禁落下泪来，静静地，尽量不失尊严，盼望自己举止稳妥以配得上她的优雅风韵，虽然明知她的气质是我永远无法企及的。然后她把我拉到起居室，周围都是我们共同生活中的小玩意儿，她拥着我，再次亲吻我，带着我愿为之赴汤蹈火的激情，把我拉近，温柔，热烈，专注地亲吻，亲吻，我们重温了过去这些年里曾几千次演出过的相亲相爱的小把戏，最后赤身躺在阿克明斯特地毯上，就像两头被宰杀的牲畜。

*

萝珊的自述

我满脑子都是爸爸，对学校里的修女几乎只字未提。

她们每个人都有故事可说，但我还是决定不去一一列举，而是把她们作为一个整体留给含糊的历史。她们对我们这些穷孩子心狠手黑，我们也只能听之任之。挨打的时候，我们一面尖叫，哭泣，一面妒火中烧，眼睁睁地看着她们对有钱人家的孩子嘘寒问暖，和蔼可亲。每个挨过打的孩子都会经历瞬间的自暴自弃，心里所有自尊的希望都分崩离析，就像一条没有船夫的小船，随波逐流，对每一寸疼痛逆来顺受。

这是一个残酷的事实，因为孩子是无知的。

孩子从来不是人生的作者。这尽人皆知。

残酷无情的修女们挥舞着鞭子，使尽浑身解数，驱赶我们身上欲望的魔鬼和蓬勃的无知。尽管如此，她们还是有很多逸闻趣事。但我得放她们一马。我的故事正催我出发。

*

我相信，我们唯一能奉献给天堂的礼物就是我们的诚实。我是说，在我们抵达圣彼得天堂之门的时刻。只希望在天堂，诚实的品质如同海盐之于沙漠无盐的部落，佐料之于北方黑暗的国度。那么，我们在求门而入时，就可以捧出灵魂口袋里的几颗盐粒，我们的诚实。至于天堂里诚实的标准是什么，我也说不好。谨此勉励自己坚持完成任务。

我曾以为，美貌是我最珍贵的财富。也许吧，在天堂。在尘世里可并非如此。

纵然遗世独立，依然每每感到灌顶的欢喜，这才是我最大的财富。我坐在这张桌前，桌身上有十几代人留下的痕迹，他们是囚徒，是病人，是天使，叫他们什么都行，我敢说，他们某种黄金般的精髓被擂进了我的身体，我的血液深处。那不是一种满足感，而是一篇祈祷词，狂野，危险，如同狮吼。

啊，让我来与你从头细说，就是你啊。

亲爱的读者。上苍庇佑你。上苍庇佑你。

*

我到底该不该对那些修女避而不谈？也许仅此一刻，我可以停滞不前，徘徊于凶狠与谦恭之间。还是算了，我绕道而行。虽然在后来的岁月里，我曾多次梦到她们来救我，一大群修女，都戴着白头巾，像一池盛开的莲花，沿着斯莱戈的主街徐徐涌动——现实里绝不可能发生的事。我想不出这个梦有任何依据，因为当我生活在她们中间时，她们从未曾给予我丝毫帮助。当然，我的生命史不久将证实，十六岁时，我便永远地离开了她们。

我对冈特神父的记忆总是出奇地丰富准确，仿佛在照明灯下一般，他五官清晰，表情严峻。这会儿我坐在这里奋笔疾书，当时的情景就历历在目，他来找我，怀着别出心裁的援救计划。

我知道，父亲的去世意味着我不得不立刻辍学，因为妈妈的理智已经被她束之高阁，那里没有门径，没有楼梯，至少我是不得其门而入。如果我们俩还想填饱肚子，我就必须得找份工作。

冈特神父来访那天，习惯性地穿着光滑润泽的法衣——我不是要批判他——因为那天正下着斯莱戈特有的、变良田为沼泽的雨，所以他还罩着一件同样面料的深灰色大氅。或许他的脸皮在娘胎里也是这种光润面料生成的。他手握一把道貌岸然、法度森严的雨伞，估计它夜里挂在架子上都能自动祷告。

我把他让进门，在客厅里落座。爸爸的钢琴还立在那里，像神父的雨伞一样生动，靠墙站着，它的琴弦和琴键充满对爸爸的回忆。

我勇敢地用已经冲了三遍的茶根又沏了一杯茶，递给冈特神父。他说："谢谢你，萝珊。"我只好相信杯里还残存着最后一星茶味，毕竟这茶是乘着杰克逊的茶船，千里迢迢从中国来的。我们是在街角小卖店买的，不是在上流人士购物的黑木商场，所以可能不是什么精品茶。但是冈特神父还是礼貌性地喝了一小口。

他非常和蔼地问道：“你家里有没有一点点牛奶？”

“没有啊，神父。”

他说：“不要紧，不要紧。”看上去后悔不迭，“萝珊啊，我们俩可得好好谈谈，好好谈谈。”

“是吗，神父？”

“你父亲这一走，你可怎么办呢，萝珊？”

“我恐怕得退学，神父，在镇上找份工作。”

“你想不想听听我的建议？”

我说：“什么建议啊？”

他喝着茶，沉吟半晌，然后露出恰到好处的笑容，那是他的看家本事。从这么遥远的距离，我也看得出，他当时是真心实意的，他想尽职尽责，尽力而为。

“萝珊，从方方面面看起来，如果不介意我直说的话，你都有明显的天赋的……”

他似乎一时语塞。我觉得他接下来要说的话可能不会很委婉。他正在从他智慧的锦囊里摸索最恰当的字眼。他当然不想跟我过不去，至少不是成心如此。我想他宁死都不愿讨人嫌。

“美貌。”

我目瞪口呆。

“以你的天生丽质，萝珊，我可以说，不费吹灰之力，我就完全能够——当然，还要考虑到你母亲的意见，甚至你个人的意见，虽然你还是个孩子，我这么说你不要见怪，你非常迫切地，需要人指点——我说到哪了？啊，对了，我想，我可以在镇上迅速地，巧妙地，轻而易举地，以最佳的可行方式，给你找个丈夫。当然，还有几件事要首先解决一下。”

冈特神父越说越起劲。他的话越说越多，朗朗上口，像沾了蜂蜜，泡了牛奶一般，悦耳动听。同所有的权威人士一样，他为自己的微言大义感到由衷的喜悦，尤其当他的观点得到一致赞同的时候。

然而，我说：“我不愿意……”冈特神父的理智好像一块巨石，重压在我的头顶，我想竭力把它推开。

“你先别说这种话，我知道你才十六岁，这个年纪就谈婚论嫁确实有些不同寻常，但话说回来，我已经物色到一个上好的人选，我相信他对你会十分敬重，可能已经如此了，而且他有份稳定的工作，就是说可以养活你，还有你母亲。”

我说：“我可以养家糊口。我有信心。”嘴上虽然这么说，我心里可完全没底。

“其实这个人你认识，就是裘·布莱迪。他接替了你爸爸以前在墓地的工作，为人很好，心地善良，老实可靠，妻子两年前过世，他有意再婚。在生活中，我们要不断寻求事物的某种对称性，他做的正是你父亲曾经担任的工作——嗯。裘还没有小孩，我敢肯定……”

我当然认识裘·布莱迪，就是他，抢了爸爸的饭碗，还来看他入土。这个裘·布莱迪，据我所知，或至少在我看来，得有五十多岁。

“你想把我嫁给一个老头儿？”我问道，带着孩子气。因为我想，要是他真的大发慈悲，起码应该挑个三十岁以下的。如果我想嫁人的话。

“萝珊，你这么个如花似玉的年轻姑娘，在镇上招摇过市，恐怕不仅对斯莱戈的男孩，甚至对成年男子，都造成致命的诱惑。所以，从各个角度来看，把你嫁出去都是件好事，是完全正确的决定，完全正确。”

他的慷慨陈词一时打了个折扣，可能因为他瞥见了我的脸。我不知道自己脸色如何，但肯定不是和颜悦色。

“当然了，我心甘情愿做个中间人，成全你加入信徒的行列，我将为此感到十分欣慰。我相信，你也应该认识到，你的前程会从此一片光明。”

我说：“信徒？”

“你肯定知道的，萝珊，最近爱尔兰时局动荡，对新教的任何教派都十分不利。可想而知，我的观点是，就目前的状态，你是犯了弥天大错，你的灵魂在道德上是完全迷失的。然而，我对你心存怜惜，想伸出一只援手。我可以给你找个天主教的好丈夫，而他最终不会介意你的出身，因为，就像我说的，你天生丽质。萝珊，你真是我们斯莱戈从没见识过的绝代佳人。”

他这一席话没有转弯抹角，就是实话实说——几乎带着天真，或者接近天真的诚意——他说得那么好听，我不禁露出笑容。这有点像在斯莱戈街头受到某位贵妇人的称赞，她们都来自博莱芬或米德顿家族，身着貂皮或华贵的斜纹软呢。

他说："我不会傻到出言恭维你。我的意思是，如果你愿意让我把你收在我的麾下，我可以帮助你，而且我真心想帮你。还得加一句，我一直很尊重你的父亲，虽然他让我非常难堪，我还是喜欢他，一个很直率的人。"

我说："但他是长老会信徒。"

他说："那倒是。"

"我妈妈是普利茅斯弟兄会的。"

"那无所谓了。"他说道，话里第一次带出一丝敌意。

"但是我得照顾我妈妈。这是我必须做的，是一个女儿应尽的责任。"

"你妈妈，萝珊，已经病得不轻了。"

好家伙，这我可是第一次听说，不禁感到震惊。但是，我同时也知道，他说得没错。

他说："很可能，你得把她送进精神病院，我没吓着你吧？"

哦，他可真把我吓坏了。当他口吐那些可怕的字眼，我肚子里一阵翻江倒海，浑身肌肉钻心地疼痛。没等我反应过来，忽然，出乎意料地，我呕吐在面前的地毯上。冈特神父以异乎寻常的神速缩回了双腿，动作敏捷利落。我给妈妈和自己做的早餐，很可口的烤面包片，已经摊在地上了。

冈特神父站起身。

“啊，看来你得收拾一下。”

“当然。”我咬紧嘴唇，抑制住道歉的冲动。不知为什么，我感到自己再也不会向冈特神父道歉了，他将从此成为我生命中一股未知的力量，像无法预测的自然灾害，随时可能降临到大地上。

“神父，你说的我做不到。真的做不到。”

“你先考虑考虑？人在悲痛之中很难做出明智的决定。这个我完全理解。我父亲五年前去世了，得了癌症，死得很痛苦，我至今还在哀悼他。记住，萝珊，丧父之痛至少会持续两年。你很长一段时间都会心情沉重。就让我代替你的双亲，引导你，既然你已经失去了父亲，就让我来做你的父亲，这是一个神父神圣的职责。我们有过很多共同的经历，你父亲和我，还有你，你几乎已经是一名信徒。你的灵魂将可以得到永生，从这血泪悲情的深谷中得到救赎。你将在这尘世的肮脏与不测中得到爱护。”

我还是摇了摇头。穿过时光的隧道，我看到自己，摇了摇头。

冈特神父也摇了摇头，但是含意却大不相同：“你再想想？好好考虑考虑，萝珊，我们回头再说。这是你人生最关键的时刻。再见了，萝珊。谢谢你的茶。很好喝。也替我感谢你母亲。”

他经过小走廊，走到街上。当他已经差不多消失了，早就听不到我的话了，只有他衣衫的气息还在屋子里飘荡时，我才说道：

“再见了，神父。”

第十章

今天，格林医生把胡子剃了。

不知我有没有提到过他的胡子。留胡子的主要目的应当在于隐藏，半遮着脸，半遮着心，如同鸟笼的蒙罩，如同秘密花园的树墙。

我真想说，他一进门我都认不出他来了，你可能就是这么想的。但我当然认得他。

我正坐在这里专心书写，忽然听到他在走廊里的脚步声，于是赶紧把东西藏在地下，紧接着，他就敲门进来了，对我这么个百岁冬妪来说，很是惊险。冬妪是传说中睿智的老太，有时也可能是女巫。我丈夫汤姆·麦科纳提一肚子都是这种故事，讲起来娓娓动听，因为他对每个情节都深信不疑。如果你感兴趣的话，回头我告诉你他在去河沙汀的路上看到双头狗的故事。但我怎么知道你想听些什么？我经常感觉到你的存在，在这个世界上，某个地方。冬妪可真是昏聩了！这个老接生婆。不过我是在给自己的故事接生，所以也称得上是个接生婆了。

格林医生很低调，很安静，面孔光润。他可能剃须之后在脸上擦了油膏，以缓和冷空气的侵袭。当时，我已端坐床头，缩在被单上小巧的画面中间，画里应该是法国的图景，一个人扛着一头驴，还有其他景物。格林医生踱到我的桌前，拿起爸爸那本陈旧的《医生的宗教》，心不在焉地翻看。爸爸去世后，我才惊奇地发现这是1869年的印本，要知道，他在世时已拥有这本书多年。他的名字，南安普敦的地点，还有1888年的日期，都用铅笔写在扉页上，但我还是不切实际地幻想这本书是他的父亲，就是我从未谋面的祖父，亲手交到他年轻的手中。不是没有这种可能性。如此一来，当我捧起这本小书，它就传承了很多双手的历史，我的骨肉至亲的生命史。夜阑人静时分，孤独的心灵常在亲情的回忆里得到慰藉，即便只有远隔岁月的怀念。

我对那本小书烂熟于胸，自然猜得到格林医生正在看哪里。一定是托马斯·布朗爵士留着胡须的画像。在圆形的刻板画里，那部胡须尤其显眼，不知格林医生看到后，是否会感到怅然若失。书是辛普森·罗父子公司印刷厂印制的。父子公司，多么令人艳羡。辛普森的儿子，小辛普森，子承父业。他会是怎样一个人？他是在父亲的鞭打之下碌碌劳作，还是得到了他的尊重与关爱？书里的注解是J.W.威利斯·班德写的。名字，名字，终将随岁月的远去而烟消云散，就如同树林里鸟儿的歌声。如果J.W.威利斯·班德的名字都能被如此轻易地遗忘，我的名字想必更会无声无息地消逝。至少在这一点上，我们的命运别无二致。

儿子。我对自己的儿子一无所知。萝珊·克莱尔之子。

他说："书很古旧。"

"是啊。"

"裘·克莱尔是谁呀，麦科纳提夫人？"

格林医生脸上现出迷惑不解的神情，然后他开始沉思，像个小男孩在努力破解一道数学题。他手里要是有支铅笔的话，估计还会放进嘴里咬一咬。

现在他剃了胡须，不再半遮着脸，我忽然觉得像欠了他点什么似的。

我说："那是我爸爸。"

"原来先父是个受过教育的人？"

"是的。他父亲是个牧师。来自古尼镇。"

他说："古尼镇。古尼镇在二十年代的动荡中惨遭涂炭。"他又补充道，"知道有人曾在那里阅读《医生的宗教》，真令人感到一丝安慰。"

他咬文嚼字地念出书名。于是，我知道这本书对他来说是完全陌生的。

他继续翻看，像常人一样，跳过前言，直接找到书的开头。

"致读者：人类本性贪生，渴望生存，即使整个世界已濒临毁灭……”

格林医生发出一声短促的怪笑，不是真的笑了，而是某种低声的喊叫。然后他把书物归原处。

他说：“明白了。”虽然我什么都没说。可能他是在跟那张古典的留着胡须的脸说话，或者是在跟书说话。托马斯·布朗死于七十六岁上，比我年轻多了。他是生日那天死的，虽然这种事时有发生，但毕竟极为罕见。格林医生大概有六十多岁。我还从没见过他像今天这么严肃。他不是那种爱插科打诨、有说有笑的人，但他身上经常带着一种特立独行的轻松。比起可怜的约翰·凯恩，那个被控强奸等累累罪名的人，格林医生可真像个天使。不过把他跟很多人比起来，可能都会得出同样的结论。如果格林医生觉得自己的人生在这个疯人院搁浅了，成为俗话说的明日黄花，那他可就大错特错了，因为在我看来，他是未来，是明天。我一面对他察言观色，力图化解他的愁肠百结；一面心中思绪万千。

格林医生踱到窗边的小椅子前。天气暖和的日子我喜欢坐在那里，但多数时候那里总是冷飕飕的，好像什么地方透风。窗下是院子，高墙，还有无边无际的原野。听人说，地平线尽头就是罗斯康芒镇，也许吧。一条河在原野中流过，夏天的时候，河水把光线投射到我的窗上，仿佛对某个我不认识的人，在某个我不知道的地方，发射着某种信号。河水波光粼粼，在窗玻璃上舞姿婆娑。美景如斯，我当然喜欢坐在那里。格林医生把他全身的重量压在那把椅子上，让人不禁有点紧张，因为这是所谓的穿戴椅，乡村妇女都喜欢在卧室里放一把，可以把连衣裙搭在上面，哪怕那是家里唯一精致的家具。天知道这把椅子如何进了这个房间，不过估计老天爷也不会记得了。

“你还记得吗，麦科纳提夫人，我是说，你进入斯莱戈精神病院前引发的事件？你记得我说起过，我们找不到有关的记录？之后，我又找了一遍，还是一无所获。恐怕你在这里和在斯莱戈入院的记录都不存在了。但我还会坚持找下去，而且已经联系了斯莱戈方面，但愿他们有什么线索。你能想起什么吗？”

“想不起来了。人们称它为利特里姆旅馆，这个我还记得。”

“什么？”

“人们戏称斯莱戈的疯人院为利特里姆旅馆。”

他说：“是吗？我都不知道。可不是吗？哈！”他几乎笑起来。

“据说利特里姆一半的人都住在那里。”

“可怜的利特里姆。”

“就是。”

“利特里姆是个很怪的字眼。不知原意是什么？估计是爱尔兰语。当然，肯定是的。”

我笑望着他。他像一个小男孩撞了膝盖，这会儿疼痛逐渐消退。疼痛与泪水之后的欢快。

然而他不知为什么又垂头丧气了，一副心灰意冷的样子，像地底下的鼹鼠。我之所以回答他的问题，主要是为了让他振作起来。

“我记得黯黑的场景，失魂落魄，嘈杂的声音，仿佛教堂里悬挂的黑暗恐怖的画。不知为什么，上面什么都看不清。”

“麦科纳提夫人，你对创伤记忆进行了非常形象的描述。”

“是吗?”

“是的，是的。”

然后他又长时间地坐在那里，沉默不语。他坐了那么久，好像已经成了屋里的一个病人！好像他就住在这儿，除此之外无家可归，无所事事，无依无靠。

他静坐在冷光里。河流，已经淹没在滔滔不尽的河水之中，又再次淹没在连绵不绝的二月雨里，无力投射光线。窗玻璃严丝合缝，守口如瓶。只有下方遥远的冬草，隐隐透出静默、浑浊的绿意。没了胡须，他的双眼越发清澈，此时凝视着他前方一尺远的距离，带着肖像画里通常的神态。我坐在床上，大大方方地端详他，因为他根本没有注意到我。他继续凝视着那段中远距离，仿佛那里是一个丰富的，奇异的，人性秘密的所在。随后，泪水渐渐充盈了他的双眼，澄澈的泪水，一尘不染。河流，窗棂，泪水。

我说："这是怎么了，格林医生?"

他说："哦。"

我站起身，向他走过去。无论是谁，都会这样做的。自古以来就是如此。突如其来的悲痛有一种感召力，当然也可能相反，拒人于千里之外。我控制不住自己，向它靠拢。

我说："我就站在这儿，请不要介意。昨天我刚洗了澡，身上没味儿。"

他说："什么?"好像小小地吃了一惊，"什么?"

我站在他身边，伸出右手，搭在他肩上，更准确地说，搭在他肩膀后面的背上。对往昔的回忆油然而生，爸爸坐在床头，拥着妈妈，像哄小孩一样，拍她的背。我不敢拍格林医生的背，只把我衰老的手放在那里。

我说："这是怎么了?"

他说："哦。我爱人去世了。"

"你的妻子?"

他说："是啊。停止了呼吸。她哽塞了，喘不过气来——窒息而死。"

我说："哦，可怜的医生。"

他说："是啊。"

就这样，我对格林医生的了解加深了。我开口告诉了他一些我的个人资料，主要是因为他剃了胡须，于是他也开了口，发布了这条重大新闻。

带着不尽的感伤，他低声加了一句："今天也是我的生日。"

*

现在我要给你讲一件我的蠢事。恐怕你都难以想象，我竟会如此愚不可及。

我想念与爸爸的絮絮长谈，但他已经离我而去。在长老会的墓地里，我感受不到他的存在。我曾去过多次，但找不到他存在的任何迹象，也许他的亡灵根本不在尸骨里。

十二月的下午，不到四点天色就暗了下来，这正好为我提供了掩护。我对另外一个墓地了如指掌，那里的旧门都还开着，我可以趁黑轻而易举地溜进去，没人会注意到我在坟墓中间出没的身影。我相信，那里一定还保留着爸爸的踪迹，那些盘根错节的古老灌木，通幽的曲径，尘封的土地，在它们原始的收音机里，一定还流传着爸爸不朽的信号。

于是，我穿着半旧的蓝裙和大衣潜了进去，形销骨立，身轻如鹤，穿着那件大衣就越发像一只鹤了，加之目光呆滞，脖子伸得长长的，在冷风里簌簌发抖。

那些四通八达的小路多么沉静，所有的石头都那么安详，每个坟墓旁边的地上都插着我熟悉的铁牌号码，那是跟水泥小庙里妥善保存的坟墓登记簿完全对应的。一缕夕阳的余晖还挂在沿途可怜巴巴的小树林里。小树在死亡的阴影里成长，都肢体孱弱，营养不良。我竖起大衣的领子，紧紧裹着自己，然后不假思索，几乎处在与现实脱节的状态，向围绕着小庙的一圈坟墓走去。

那里依然竖立着古老的尖顶，残败的柱子，模糊的人像，可能是某个久远年代里希腊的战斗英雄，小庙的铁门在笨重的门轴上半开着，露出令我无限向往的灯光，里面的火炉和油灯都铭记着爸爸。我不顾一切地，或者说，不计后果地，朝着灯光迈进，我的心鼓励我继续前行，再次占据那温暖的一角，与爸爸团聚，重叙旧语。我从半开的门走了进去。

屋里的一切都原封未动，勾起我对爸爸的温馨回忆。他的水壶还放在东倒西歪的炉台上，旁边的炉栅里炭火忽明忽灭，他的搪瓷杯，还有我的杯子，都还放在桌上，那几本登记簿和账簿都摞得整整齐齐，还有条砖地面上磨损的足迹。我睁大了眼睛，仰起脸，坚定不移地相信他就会来到我的身边，安慰我，指引我，一切从头。

突然，我的背心被猛推了一把。在爸爸的避风港里发生这种事令我大吃一惊。我向前趔趄了几步，差点摔倒，所有内脏都闪了一下才保持住平衡。我转过身，看到门里站着一个陌生人。他过紧的毛衣几乎撑不住里面的大肚皮，看上去像店里卖的那种膨胀出壳的大面包。他的两腮却古怪地凹陷，显得他表情苛刻，眉毛又长又密，像上了年纪的人，虽然他也就五十多岁。不对，不对，这个人我认识，当然认识。他是接任爸爸职位的裘·布莱迪。

冈特神父不是告诉过我吗？我怎么都当成耳旁风了？老天爷，我怎么跑到这儿来了？你可能说我是得了失心疯，已经误入歧途了。他可没有一点求婚者的风度，一点边都不沾。他看起来气势汹汹，两眼通红，这我在爸爸葬礼上就注意到了。我一直忙着怀念爸爸，竟然把冈特神父替他提亲的事全抛在脑后了。

都说女人善妒，可能吧，但男人怀恨在心的时候更可怕。恐惧从冰凉的地砖上升起，钻进我的心里，我魂飞魄散，以至于，我不得不承认——请原谅一个老人对恐惧真实的回忆——我控制不住尿了裤子。虽然小庙里光线微弱，我想他还是看到了，不知是否为这个原因，他发出了一声狞笑。他的笑声仿佛是狗在害怕被踩到时发出的嚎叫，一种警告性的笑声，如果笑声可以用来发出警告的话。记得是在哪本书里读到过，人类的笑起源于远古时代的龇牙咧嘴和鬼脸怪相？当时的情景就是证明。

他说："你还不要我。"这是他有生以来第一次跟我说话，真不可思议，"自甘堕落，你个没信仰的野丫头。"

他向我紧逼过来，不知有什么企图。在他的动作里，我看到一种原始的、抑制不住的暴力天性。死寂的坟场，静默的小庙，昏黑的傍晚，我身上藏着什么他迫切想要的东西。他一步步向我逼近，他的心念似乎也一步步发生变化，脸上的人性消失殆尽，某种在人类拥有灵魂之前的黑暗私欲在他眼里蠢蠢欲动。从当前这个遥远的距离回头看去，他当时就是要把我置于死地，个中情由我却不得而知。我一不小心误入了裘·布莱迪的人生故事，至于他跟冈特神父策划了什么惊天动地的事业，我一无所知。我原本是来找爸爸的，不想却碰到了我的刽子手。忽然，我使出浑身的力气大叫起来。咆哮！

他身后竟然尾随着一个人。这么僻静的地方还有另外一个人，真是不幸中的万幸。这时裘·布莱迪已经迈出了最后一步，来到了我的面前，紧紧扣住我细瘦的脖子，好像这是他在这个世界上最渴望的事，迫不及待地把我拽向他的身边。我下意识地注意到，他在裤子的拉链处一阵乱翻，好像要把里面什么东西释放出来，老天啊，救救我，我才十六岁，虽然略解风情，但也就止于走在街上被小伙子们招惹，对男女之事我还不甚了了。在斯莱戈同龄的女孩子中间，我可能是最天真的一个，我这会儿边写边清楚地记得，我的第一个念头是他可能会从裤子里掏出一支枪，或一把匕首，这么想也不足为奇，因为就在这里，我曾亲身经历了短兵相接，枪林弹雨。

好像应验了我的心思，裘·布莱迪身后新来的那个人真的端着一杆枪，像一根沉重的大扁担，他照着裘·布莱迪的后脑一记横扫，动作仿佛是挥起镰刀披荆斩棘。我站在那儿，吓得魂不附体，但还是把一切都看在眼里。第一下没能扫倒裘·布莱迪，他只是跪在了地上，我瞬间瞥见他两腿之间挺硬的下体，令人作呕，我赶紧用双手蒙上了眼睛。新来的人用他的枪又扫了一次。我不禁自问，这个地方是不是人人有枪，还是我命里注定跟枪有缘？

裘·布莱迪终于安静地躺在地上了。我这才把手从眼睛上移开，看看他，又看看新来的人。那是个瘦瘦的年轻人，一头乌黑的头发。

他说："你没事吧？这人是你爸？"

我说："才不是呢。"然后，几乎带着歇斯底里，我又说道，"我爸爸已经死啦。"

那人说："原来如此。你不记得我吗？我可记得你呢。"

我说："不记得了。"

他说："怎么说呢，你一度曾经认识我。现在我要走了，去美国，来跟我弟弟威利道个别。"

我傻乎乎地问："那是谁啊？他怎么会在这儿？"

"他就埋在这儿啊。你真不记得啦？你不就是那个小丫头，给他叫来个该死的神父，可能还引来了那些兵，就是他们把我们抓走了，杀了我们好几个人，我能逃回老家真是个奇迹。"

我说："我想起来了。我认识你。"他的名字浮现在我的脑海里，可能因为爸爸曾经说起过他，当时爸爸正坐在屋里看报纸，还是在小庙里？"你是约翰·拉维奥。老家在海岛上。"

"我正是约翰·拉维奥，来自鹅岛。我要远走他乡了，离开这个臭气熏天、糟糕透顶的国家，到处是忠心耿耿、信誓旦旦的人，他妈的转身就背信弃义，把人往死里整。”

我瞪着他。这才真是个死里逃生的亡灵。

他气呼呼地说道：“我这下帮了你个大忙，救你脱险，想当年你可没这么好心。既然我以德报怨，你至少应该告诉我威利的墓穴在哪里吧，我在这里上上下下，左左右右走了好几圈，还是找不到他。”

我说：“我哪里知道。但是，登记簿里肯定有，就在那个桌上。地上这人到底死了没有？”

“谁知道他是死是活。他居然不是你爸，但我还是把他打倒了。你应该知道，你爸头上有一项判决，是针对他的种种罪行。或者不是他的，而是你的罪行，引来那些兵。但是我们总不能对女孩子开枪。”

“如果你想做的话，对女孩子开枪也肯定下得了手。你说我爸爸头上有一项判决，是什么意思？”

“这场仗打得最轰轰烈烈的时候，我们给他寄了一封信，里面是他的死刑判决书，他很幸运，战争结束后我们没有继续追究。”

我说：“他很幸运？”我的每个字都喷着怒火，“爱尔兰有史以来最不幸的人就是他。可怜的人，他现在躺在另一个坟场！你给他寄了封信？你知道他生活有多苦吗？他悲惨的命运？原来如此，我就知道有什么事，我一直被蒙在鼓里。你，你，是你害死了他。约翰·拉维奥，你害死了我的爸爸!”

这下约翰·拉维奥哑口无言了。他脸上刚才那种斗志昂扬，热血沸腾，一时都褪了色。他的口气也软下来，几乎变得友好了，不知因为什么。这个变化的原因直到今天我还捉摸不透。那一瞬间，我忽然意识到我的话其实说得不对。我为自己能有这么深刻的认识感到自豪。无论这个年轻人都做过什么错事，他也绝对没有杀害我的爸爸。

他说：“很遗憾你爸爸去世了。真的，我替你难过。你知道他们枪毙了我的战友？把他们押出去就毙了，爱尔兰人杀爱尔兰人，眼都不眨。”

仿佛他的转变是由于患了感冒，我也传染上了。

我说：“我也替你难过。”为什么我忽然腼腆起来了，几乎手足无措？“我为发生的一切感到遗憾。我没有引来那些兵。真的没有。反正我也不在乎你怎么想。我也不在乎你对我开枪。我爱我的爸爸。你的战友死了，我的爸爸也死了。反正除了那个神父，我跟谁都没说话，神父一路上也没机会跟人说话。你还不明白吗？那些兵一直跟着你们。你以为没人看见你们！这个镇子到处都是眼睛，什么秘密都能被识破，这你应该知道。”

他目不转睛地看着我，眼神里泛着海藻奇异的碧绿。也许是他家乡岛屿的海藻，依然漂浮在他的眼底。也许在那里，妇女的子宫里也遍布海藻，岛民们几乎重返大海，如同远古时代最早的生物，就像曾经看过的那些让我信以为真的文字所说的那样。啊，他正擦亮了双眸，凝视着我，于是，我第一次发现藏在约翰·拉维奥心底的善意，那被烽火岁月的创伤和诅咒掩盖了的善意。

他说："那你带我去看看我弟弟的坟墓，好不好？"他用的是别人说"我爱你"的口气。

"好吧，如果我能找得到的话。"

于是我走过去打开登记簿，查看姓名一栏。里面都是爸爸精美端庄的蓝色铜板体字迹，好像出自专业书记员之手。我找到了威利，威利·拉维奥。我记下对应的号码，然后，仿佛我已化身为爸爸，而不再是个差点遭到强暴的十六岁少女，我走过还瘫在地上一动不动的裘·布莱迪，走过约翰·拉维奥身边，走到外面的小路上，把约翰·拉维奥带到他弟弟墓前，让他们道别。

*

从那以后，约翰·拉维奥可能真的去了美国，毕竟在很长一段时间里，他杳无音讯。

约翰·拉维奥去了美国，而我则去了一个开罗咖啡店，倒是没有美国那么远。

第十一章

今天，约翰·凯恩一鸣惊人。他宣布，今年的雪花莲提前开放了。他居然注意到了雪花莲，真令人惊讶。他说，花园尽头，只有疯人院的工人才能去的地方，盛开了一株番红花。他站在地中央，手握拖把，侃侃而谈。他本是进来擦地的，结果报告了这些奇迹后，转身就走，把擦地的事忘了。我估计，他是被自己忽然爆发的诗意惊呆了。这再次证明，很少有人能一成不变地保持自己的个性，多数人会不断挣脱个性的束缚。不过，他上洗手间始终是个生手，因为他的裤子拉链大部分时间仍是开着的。有朝一日，一只小动物可能会发现他敞开的拉链，欣喜地爬进去安家落户，就好像刺猬终于钻进楼树潮湿舒适的树洞里。

我镇定地下笔，虽然此时我心乱如麻。

下午，格林医生在这里待了一个钟头。他进门时面如死灰，吓了我一跳，更令我吃惊的是他穿着深色的外衣，原来，他刚刚出席了妻子的安葬仪式。他称她为贝特，估计是贝蒂的昵称，贝蒂又是什么名字的简称？记不得了。可能是伊丽莎白。他说，前来吊唁的共有四十四个人，他数了一下。我想，哀悼我的人会更少，少而又少，一个人都没有，除了格林医生可能会出席安葬仪式。但那又有什么关系呢？我可以看到他脸上每一道皱纹里的哀伤，他剃了胡须的位置上有一道通红的划痕，他小心翼翼地不停地触摸。我跟他说，今天这样的日子里，他就不用管我们这些人了，他没吱声。

他说："我意外地找到一些资料。都是陈年往事，不知是否像常言说的，于事无补。"

谁的常言？他的熟人？他年轻时遇到的长者？格林医生的青年时代是什么时候？我想，应当是上个世纪五十或六十年代。那时伊丽莎白女王还很年轻，英格兰却已经老了。

"很多年前什么人写了一张供状，不知这份资料是属于我们院的，还是原本属于斯莱戈医院，然后跟你一起转过来的。至少它激起了我的希望，原件可能还存在。抄件已经破烂不堪，是打印的，你可以想象，字迹非常模糊。而且大部分内容都散失了。简直可以与埃及古墓的出土文物媲美。供状是关于你父亲的，他曾任爱尔兰皇家警察署警员，这个机构的名称我也好久都没听说过了，是关于他过世前后的情况，或者说，是关于他遇害的经过。我读了以后心情很沉重。也不知为什么，就觉得今天必须来看你，虽然我也面临着一些——一些挑战吧。这些事读起来好像是最近才发生似的，令人感同身受，也可能是由于我目前的精神状态，比较多愁善感，对悲痛的体会尤其深切。我真的为你感到很伤心，萝珊。还有，我竟然对此一无所知。”

他的话在屋子里余音袅袅，有些话就是这样，一旦说出口就挥之不去了。

我说：“这恐怕是别人的资料。”

他说：“是吗？”

我说：“是的。您完全没有必要伤心。至少不用为我这样。”

“这难道不是你父亲的遭遇？”

“不是。”

“他不是皇家警察？”

“不是。”

“哦，好吧，那我就放心了。可是上面有你的名字，萝珊·麦科纳提。”

“您称呼我为麦科纳提夫人，但这背后有个故事。我其实应当用我的闺名。”

“但你结婚了，不是吗？”

“是的，我嫁给了汤姆·麦科纳提。”

“他去世了？”

“不是，不是。”

我无法及时补充说明。

“文件里说你父亲在二十年代混乱的高峰期是斯莱戈的皇警，不幸被爱尔兰共和军杀害。不得不说，这个时期对我来说一直是雾锁烟迷。上学的时候，觉得这段历史是接二连三的错上加错，而且——到处都是极度的好勇斗狠。在我们看来，连第二次世界大战都——算了吧，到底该如何看待过去，也很难说。都当成古代史好了？我还是战争期间出生的呢。你父亲叫约瑟夫·克莱尔，不是吗？”

我忽然觉得很不舒服，不知你是否有过这种感觉，就好像有人把你全身抹上了泥灰。我闭上嘴仔细品味，我敢发誓，自己正咀嚼满口泥灰。我看着格林医生，惊慌失措。

“怎么了，萝珊？我让你担惊受怕了吗？真抱歉。”

我说：“也许吧。”终于可以从泥灰里挤出几个字来，“是你工作需要吧？”

“让你担惊受怕？当然不是。我的工作是帮助你。在当前的情况下，就是对你做出评估。事实上，这已成为我的职责。这个时代，各种规章制度很严格。我当然可以不管你——不是真的不管你，而是不管这件事，我们随便聊点别的，或者就沉默不语，我发现，沉默其实对健康很有益。”

我忽然说：“我的闺姓是克莱尔。”

他说：“我就说嘛。好像在哪读到过，是不是在那个小册子里？这个姓氏很少见。裘·克莱尔，应该不会有很多重名的。整个爱尔兰也不会有几个克莱尔。是不是由克利尔衍生的，起源于克利尔岛，也说不定。”

他拙嘴笨腮地说着，一脸茫然，又像是小男孩在学校里遇到了难题。

“我想可能是基督新教的姓，很早以前从英格兰传过来的。”

“是吗？当然了，麦科纳提就比较常见了。到处都能碰见麦科纳提。”

“那是斯莱戈的一个古老姓氏。我丈夫告诉我说，他们家族是最后有历史记载的食人部落。不知哪里写到，他们曾饥餐仇敌。”

“好家伙。”

“是啊。我当时是不吃肉的。一闻到肉味就头晕，但我还是每天给他做肉吃。所以我丈夫常对人说，我是爱尔兰最后一个素食主义的食人生番。”

“他真逗，你丈夫。”

不好，不好，又要触礁了。我赶忙住口。刚才可是说走了嘴。

他说：“那么，好吧。”总算显出要走的意思，“我明后天把资料拿来，你也许有兴趣看一看。”

“我阅读的能力可不比从前了。我还能看一点托马斯·布朗，因为他写的那些东西我其实都了然于胸。”

“我们应该为你提供一副花镜，麦科纳提夫人——或者我该称你为克莱尔女士。”

“我可不用花镜。”

“那好吧。”

然后他不知为什么笑起来，好像私下里想到了什么有趣的事，然后不由自主，发出了一串清脆的笑声。

他说：“啊，不是。”我可还什么都没说，“抱歉。没事，没事。”

然后他就走了，一路点着头。走到门口，他举起右手，郑重地挥了挥，好像我是船上的旅客。

是那之前还是之后，约翰走进来，说起了雪花莲？我都记不清了。

啊，想起来了。约翰·凯恩又进来了一次，是为了擦地。很显然，他不知怎么想起，原来他忘记擦地了。不管怎么说，他现在也上了年纪，老年人伺候老年人。其实他也不是伺候人。他扫我床底下时，扫帚带出了一个汤匙。脏的，上面还沾着汤渍，一定是被我从端盘里磕出去的。他眼色阴暗，轻轻拍拍我的脸，然后走了。

*

好端端的历史，到底如何随着时间的推移每况愈下？

*

格林医生的俗事小记

“人类本性贪生，渴望生存，即使整个世界已濒临毁灭……”

她才入土两个星期。贝特。写下她的名字都很艰难。有时夜里独自一人在家，我听到哪里有乒乒乓乓的声音，以前也许无意之中听过无数次了，某扇门在有风的时候碰撞着门框，只是从未留心，现在我战战兢兢地望着漆黑的走廊，想象那是不是贝特。多么荒唐无稽，居然被自己的妻子吓得魂不守舍。

我当然不是真信有鬼。这只是哀痛欲绝的自然结果。

然而，活下去，何等举步维艰，可以说，我的世界已经濒临毁灭了。多少次，带着职业性的事不关己，我曾欣然聆听那些孤苦的灵魂倾诉衷肠，而折磨他们的忧郁症其实就是由我此时的这种大难临头之感所引起的。

我感到如此失落，几乎开始敬佩所有意志坚强的人。我看到萨达姆·侯赛因被判处绞刑时，还始终自称“伊拉克总统”。我仔细观察他的面孔，寻找痛苦煎熬的蛛丝马迹。他看上去很茫然，但依然坚定、泰然。逮捕他的人奚落他时，他表现得对他们恨之入骨。也许他无法相信这些人居然能结束他的生命，决定他人生的结局。他大概以为，只要集中全力，他还可以为自己的人生创造一个辉煌的结局。几个月前，被人从藏身的地洞中拖出来时，他看上去邋遢落魄。在法庭上，他的外衣和衬衫却一丝不苟。谁给他洗衣，掸尘，熨烫？谁是他的奴婢？他的一生，在一个朋友、一个心仪他的人，甚或一个同乡的眼里，究竟如何定义？我羡慕他迈向死亡时的从容自若。那些人没有对萨达姆表示怜悯，就像他对敌人一样残酷无情。他则神态安详。

其实，从十年前开始，贝特就退步抽身到顶楼的女佣间了。此时，我坐在我们以前的老卧室里。这里从很多方面来说都称得上个“老”字：我们一起住了二十年，房间的陈设布置多年未换，我们“昔日”曾经在此同床共枕，等等，等等。我坐在已经习以为常的位置上——这十年里有多少个夜晚，3650个夜——而如今，她已不在我头顶上了，不再踩着地板走来走去，不再爬上吱嘎作响的小床。空屋寂寂，只除了不知哪里传来的叩打之声，仿佛她根本没有死去，而是不小心把自己关在柜子里了，正设法脱身。楼上小屋里，她的床依然铺得整整齐齐，跟她走的那天早上一样。我简直不忍碰触。她搜集的关于玫瑰的书籍还占据着窗台，两边的夏威夷书立上精雕细刻着两个赤裸的妙龄女子。（想当初，我们同床的时候，她那边放的总是玫瑰方面的书，我这边一般是爱尔兰历史。）她床边是一张中式桌子，上面放着她的电话。桌子是她的姨婆遗留给她的，姨婆死于阿兹海默症，桌子是她年富力强的时候打牌赢的，贝特收到这件遗物时悲喜交集。抽屉里都是她的衣服，衣柜里挂着她的连衣裙，有冬装，有夏装，还有她的鞋，包括以前出席正式晚餐时穿的高跟鞋，那时我觉得这并不适合她，但没有说出口，我还不至于那么没风度。当年，我们还活跃于社交场合的时候，至少我没犯过那种错误。让我心碎的并不是那个我在走廊里发现的她，由于肺塌陷上不来气，她的最后一声呼唤，让我踢踢踏踏跑上小楼梯。让我心碎的是我最初爱上的贝特，年轻的她在我心头挥之不去。令人魂牵梦萦的端丽芳姿，违背父命的一意孤行。她决心下嫁一个一文不名的学生，当时他正在英格兰一家医院里钻研一门不见经传、前途渺茫的精神病学。她在斯卡布罗度假时偶遇了他，就此一见钟情。生命就是这样充满了偶然。

她父亲是爱尔兰第一大河香农河水力发电工程的分包商，负责提供在康诺特省采石场开掘的沙砾。他具有史诗般壮丽的情怀，因而我在他眼里一无是处。但贝特还是占了上风，我们顺利地举行了婚礼。婚礼上，女方成群结队的亲戚占满了教堂的一侧，另一侧是我的养父，只身一人，忍受着从对面射来的审视的目光。我父母都是天主教徒，这本应于他们有利，但他们属于英格兰天主教，这在我岳父母家人眼里比基督教更基督教，至少，非常，非常神秘，好像来自一个久远的年代，那时亨利八世正心急火燎地打算再娶。贝特家人一定以为她嫁给了一个来自过去的鬼魂。

贝特最大的心愿就是我能够始终如一，我多么后悔未能让她如愿以偿。只有在玫瑰身上，她才愿意看到变化，当枝条渐趋成熟时，玫瑰会经历一个神奇的阶段，花枝招展，花蕾饱满，新的气象在已知的体内激情蓬勃。终于，玫瑰深藏的美丽怒放出来。

“我去花园里看看有没有什么新的消息。”她一年到头总这么说，因为她的玫瑰花在整年里次第开放。

她总在等待神明或者哪位神秘的魔术师对玫瑰施行魔法。然而我对这一切都漠不关心。错当然都在我。我虽尽力而为，但心底里总是缺乏那种热情。我应当跟她一起出去，戴上手套，操起大剪刀，好像要参加一场小人国的大战。

曾经的疏漏，如今在头顶高悬，成为弥天大罪。简直令人发狂。

总之，我在此记述也是为了保持正常的神智。我六十五岁了。对有些人来说可能还不算太老。然而当一个人在四十岁生日的清晨睁开眼时，我们可以肯定地说，他的青春已经一去不复返了。这么说似乎显得很小气，近乎荒诞。一个身心健康的人应当满足于生命本身，因而，能够旷达地品味岁月流逝，年事渐增，以及老之将至。但我无法承受这副重担。贝特死后，很多年来我第一次看到自己镜中的形象。虽然每天早上都照照镜子，修剪胡须什么的，但我从来没有仔细端详过自己。镜中的形象令我十分惊诧。我几乎认不出自己来了。头发在顶部如此稀疏，而且斑白如獾，完全出乎我的意料。脸上的皱纹仿佛长期历经户外风吹雨打的皮革。我很震惊，更难以接受。贝特在世的时候，我竟然忽视了一个简单的事实。我老了。不知何去何从。于是，我找出旧剃刀，剃光了胡须。

六十五岁。再过几年就退休了。看来面临终极折旧的不仅是这座建筑。退休。然后做什么呢？在罗斯康芒镇上混日子？萝珊·麦科纳提已逾百岁高龄。她要是英国人，女王会给她寄封信。不知玛丽·麦克丽丝是否给爱尔兰的百岁老人寄贺卡？有一点我可以肯定，玛丽·麦克丽丝像整个外面的世界一样，对萝珊的存在一无所知。

其实我没打算写自己的事。我一心想写的是萝珊。

因为这中间有个不解之谜。我怀疑多年以前，在与此类似的机构里，她曾在“护士”的手中饱受虐待。在过去的历史中，这类事件可能屡见不鲜。而在那之前，在所谓外面的世界里，在现实生活中，她所遭受的苦难无疑更加深重。我小心翼翼地提出了一系列问题，尽量不去惊吓到她，也不要令她陷入沉默。她一贯擅长轻松谐谑甚至荒诞不经的交谈。多年以前，我和贝特也曾一度如此，我们相亲相爱的时候——算了，往事不用再提。但我还是不禁忖度，贝特躺在坟墓里寂寞吗？多么令人难以置信，我居然会给殡仪馆打电话，那是我曾无数次驾车经过的地方，豪华的前厅，灵车停满后院，低语轻声，实际的考虑，人数，茶点，三明治，墓穴所需的文件，仪式，搬运，关于死亡的方方面面。然后今天早上，谨慎的账单，每件花费的明细，如期而至。我挑选的棺木，令我在葬礼上后悔不已。一时吝啬买的便宜货，竟用来埋葬我的妻。

她所有的细枝末节，举手投足，顾盼流转，我们之间的缱绻温存，每件礼物，每次惊喜，每个玩笑，每回出行，先去本多兰度假，后来去本尼多姆，每句温馨的话语，细心的叮咛，都汇聚在一起如同海水，贝特之海，涌向我灰白的海岸，淹没我，携我而去。

哦，天哪。我又跑题了。最近几个星期，这已成为我的常态。

萝珊，老人家。传说中的冬妪。多么古老，她的皮肤如此单薄，仿佛隐约透出她青年时代的芳华，她往昔的自我。哦，她一定已经抽缩了很多，护士给她洗澡时，她可能就是一副皮包骨，曾经的美丽与丰腴如今都荡然无存了。我是否可以下结论说，贝特逃脱了这样的命运？讨论我们由于死亡而逃避的现实是没有任何意义的。可能连死神都会觉得好笑。每个生灵在死亡的过程中都会意识到生命的可贵。

我尤其好奇，特别希望能看看萝珊年轻时的照片。她当年肯定是个绝代佳人。可惜照片都找不到了。

刚开始，我一丝线索都没有。可以说，像她这样的高龄，我也不抱能找到任何资料的希望了。那么，我对她到底都了解些什么呢？不管怎么说，我跟她有一搭没一搭地已经对了二十年的话了！然而事实上，我对她的了解少之又少。她一度曾被称为麦科纳提夫人，但没有已知的亲人还继续与她保持联系，从来也没人来医院看过她，我隐约知道她是从斯莱戈转来的，可能是四十多年前的事了。我是怎么知道的，却有些记不得了，或许以前在什么资料里读到过，那时我还年轻，刚从英国来到爱尔兰。贝特自然希望离家近一点，而我又从父亲那里了解到自己的爱尔兰渊源，所以我欣然遵从了贝特的意愿。

偶然，一切都是机缘巧合。当年，这里的主治医师阿莫达·辛先生的信从天而降，给予我一个初级的职位，我多么喜出望外，简直受宠若惊。不知他如何听说了我这么个寂寂无名的人，那时我刚毕业，还没找到工作，又迫不及待地想娶贝特。一份在爱尔兰的工作正合她的心意。真是天作之合。阿拉伯人说世上发生的一切事先都已写进了生命之书，我们的人生使命就是演绎书中的故事，不知不觉，无影无形。我还以为辛先生可能是跟我同一所学校毕业的，但事实并非如此，他全部的职业训练都是在爱尔兰接受的，那种旧式的皇家系统在印度和爱尔兰取得独立之后仍沿袭多年。也许有人向他推荐了我，原因是什么却不得而知，因为说实话，我的成绩难称斐然，也就算过得去吧。无论如何，那封神奇的信寄到了，我兴高采烈地回了信，满怀年轻的朝气。可以说，当时我对罗斯康芒一无所知。即使这里是一潭死水，它也是贝特钟爱的死水。我们曾经拥有多种多样幸福的可能性。

阿莫达·辛看上去颇像一位圣人，愿上苍慰藉他的在天之灵。也许由于他是锡克族，所以在爱尔兰这块土地上，他的才华没有得到充分发挥。按业务水平，他真应当成为爱尔兰的精神病总监。他在世的时候，这所医院是真正意义上的避难所，他对此有很多真知灼见。他特别推崇荣格和R.D.莱恩的理论，两者的结合尤其势不可挡。可悲的是他英年早逝，而且，可能是自杀。总之，我非常感谢他把我招收到这里，虽然其中的原委我可能永远都不会知晓。

我来的时候，萝珊·克莱尔已经在这里了，也可以说她在精神病院（省去“所谓的”字眼）的体制内已经待了差不多二十年。

这门怎么咣当个不停。我好像又回到五岁的年纪，在帕德斯托老家如今已不复存在的老房子里，担惊受怕，不敢去看个究竟。不就是个门嘛，可能是通向贝特最看不上的空房间的门，就在我这层。

我已经向斯莱戈精神病院发出了询问，看他们有没有关于萝珊的资料。他们可能也没有。同时，我在这里找到了一些残存的供词，多半已被老鼠啃食，而且爬满了蠹虫，好像沙漠里的出土文献，一部逸事遗闻的福音书。作者不详，但肯定是个受过良好教育的人，但又不像出自一位医生之手。打印的字迹隐约可见，可能是使用了旧式复写纸的结果，那种皱巴巴的蓝纸，垫在打字机里第一页纸的背后。但愿斯莱戈医院还保留着原本。

同时，我尽量多跟萝珊聊天，从其他业务中挤出时间去看她。有时，我承认自己有些流连忘返，在她身上投注了过多的精力。但每次在她的房间里，都可以肯定地说，我悲痛的心情总能得到暂时的缓解。几天前，我居然在她面前崩溃了，然后，力图保持职业上的距离，我失口说出贝特之死，结果事与愿违，反而使得麦科纳提夫人向我更靠近了些。而我好像被祥和的闪电击中了一样，萌生了某种原始，奇特，异常清晰的感觉。

也许，一个从来没有亲友探访的人会积蓄一种热量，像一个从未输出电能的发电站，就像香农河水力发电工程的初期，那年头所有人家都还没有用电。

但是，我的问题多数得不到回答。一开始，我怀疑她会不会根本不知道答案，是否完全丧失了对过去的记忆，就是说，在某种意义上，她真的疯了？她被置于避难所的“护理”之下，是否由于她确实患有精神错乱，或精神崩溃？就像一些精神分裂症患者那样，她熟知一些事情的来龙去脉，对它们的说法能始终保持一致。但同时，她也坦率地承认对有些事情一无所知，这又显然说明她不是精神分裂症患者，而只是她的记忆也难逃岁月的蠹鱼罢了。精神分裂症患者趋向于用个人的版本回答所有的问题。他们特别仇恨一无所知，因为这能引发错乱时的痛心疾首，令他们难以忍受。

我接下来又想，她如此战战兢兢，会不会是因为对我有所忌惮，或者害怕一旦话说从头，便会重拾宁愿忘掉的往事。但无论真相如何，我都能发现她生命中曾承受的沉痛苦难，这可从她的双眼中一览无余，并赋予她一种奇异的饱经沧桑的风华。这一点，我在落笔之前倒是从来没意识到过。看来，写这本日记还是对我很有帮助的。

总之，可以说，我希望通过不管什么方式，找到她人生经历的中心与线索，她真实的生命史，至少找到那些还能够拼凑起来的部分。毕竟，她已是风烛残年。据我所知，爱尔兰现代长寿的纪录是一百零七岁。但我怀疑，她还能不能再有七年的时间。

希望斯莱戈方面有进一步的消息。

我最引以为憾的是贝特搬去了女佣间。这应该都是那件风流韵事造成的。我愚蠢的内心精挑细选出一个如此过气、美其名曰的辞藻，以掩盖我深重的罪孽——对方的生活也因此急转直下。很可能，贝特因此看清了我的真实面目——一个远低于她的期望的人，一个龌龊的人。

第十二章

萝珊的自述

格温·法拉唱道："无所事事的天气，总下着雨。"比利·麦耶的双手在琴键上翻飞。格温的歌声如泣如诉，想来一定是斯莱戈人。"猜想我们出生时，身穿雨衣……"

无穷无尽的倾盆大雨淹没了大街小巷，战栗的房屋拥在一起像足球赛场上的人群。斯莱戈不可思议的降水量仿佛一百条河流从天而降。而真正的河流，格拉沃戈河，水涨得如此之高，完全出乎那些美丽天鹅的预料，它们顺流而下，冲过桥洞，在桥的另一侧现身，好像经历了一场失败的自杀，神秘的黑眼珠目光凝滞，神秘的优雅却依然无懈可击。在众所周知的美丽外表之下，天鹅保持着内心原始的狂野。雨也落在开罗咖啡店门前的人行路上，我缩在锅炉和各种设备中间，火辣辣的眼睛透过窒闷的空气窥视着窗外。

往事如昨。那一刻，我是谁？一个陌生人，现在还潜伏在我身上，藏在我的骨血里。藏在满布皱纹的皮囊中。那个昔日的我。

*

我从昨天开始记述自己在开罗咖啡店的经历，但瑟瑟发抖的危惧让我屡屡停笔。骨头都化成了水，周身寒彻。这都是格林医生无意中说出的话引起的。他的话好像压在枯萎花朵上的一块石板，让我整天在床上辗转反侧，感觉苍老凄惨，惶恐不安。约翰·凯恩进来时看到我，也不禁吓了一跳，但他没吭声，勾着背，用那把蹩脚的扫帚在屋里匆匆忙忙扫了一遍。可以想象，我看上去有点疯狂。据说我们人类像下雨一样不停地蜕掉死皮。他那把扫帚一定携带着所有病人散落的肌肤。然后他再到每个房间里一阵挥舞。不知这意味着什么。

我觉得自己现在的所作所为跟原本的初衷有些脱节。我一方面在此记下庸庸碌碌的一生，一方面却抗拒格林医生所提出的大部分问题，这似乎完全不合情理。我知道，他肯定会想读我写的东西，至少，这会让他的工作容易进行。等我死后，如果有人想起查看那块松动的地板，格林医生就会如愿以偿了。我倒不在乎让他看，但不喜欢别人刨根问底，而如果这会儿这些纸页落在他的手上，他肯定会这么做。也许实际上，我就是为他写的，因为从“认识”

这个词的总体意义上来讲，他是我唯一认识的人。即便如此，他也是最近才开始来得比较勤。记得以前，我一年才见他两面，复活节和圣诞节，他匆匆而来，问问我的情况，心不在焉地听听我的回答，然后匆匆而去。当然，那时，他有上百个病人，具体数字我不清楚，也许更多。现在，人员可能比过去减少了很多。我们就像那些可怜的修女和修士，在古老的修道院里消减凋零。除非到各处都转一转，否则我也无法确知这里的情况，但那恐怕是不可能的了。

下面的院子里，今天又结了厚厚的一层霜，即便约翰·凯恩的雪花莲能凌霜傲雪，但我敢肯定，那棵老苹果树还是冷得够呛。差不多百年的老树了。多年以前，在得到许可的情况下，我曾去到那棵树下。那里有张环树的木椅，像古老故事里古老的英格兰村庄。村头的绿地。其实那只是一个有太阳时光亮的日影，在春天给老树带来温暖，激发它的生命力。然后老树春花绽放。但这会儿花肯定还没开，即使老树斗胆展示几个花苞，也会被霜冻打黑，然后一切又得重新开始。

这里曾经有个小帮厨，在下面一张临时的桌子上扔一些面包渣，都是厨房里切大量面包剩下的。于是引来了蓝山雀，绿山雀，馋嘴的燕雀，让人不禁想起罗斯康芒。她也早就不在人世了。苹果树应该比人活得长。

老苹果树能把乌鸫变成哲学家。苹果花比樱花气质安详，但仍纷纷扬扬，令人心驰神往。曾几何时，我在春天泪流满面。年年岁岁，苹果树迟早会开花，无论有没有霜冻。我多么希望能再次看到满树的苹果花。霜冻只会推迟花期，但老树终将战胜霜冻。可现在的问题是，谁能帮我下楼呢？

牛奶到家时已冻在了桶里，

牧羊人迪克吹着他的指尖。

老汤姆，我的公爹，在他们斯莱戈的家里有一个美丽的花园。他是冬季种菜的高手。记得他说过，霜冻之后的冬包菜和冬莴苣味道格外好。他一年四季都可以种菜，简直神了，据说这也不是不可能的，只要你知道其中的要领。世事皆不过如此。

老汤姆·麦科纳提。直至今日，我也不知他是敌是友。直至今日，我对他们这伙人也拿不定主意，比如杰克。也许我可以大义凛然地指斥冈特神父，还有汤姆和杰克的老妈，那位货真价实的麦科纳提夫人。但换个角度来看，我并不知道全部的真相。麦科纳提夫人至少是公开地与我为敌，杰克和冈特神父则一向以朋友的身份出现。哦，令人烦恼的不解之谜。

现在我忽然心生疑窦，格林医生不也是以朋友的名义出现吗？一位职业性的朋友。无论是敌是友，没有人可以垄断事实真相。连我也不能，这又是个令人烦恼的问题。

他那么随口说我爸爸是警察，真是不堪入耳。我觉得他这样做很不妥当。这种说法我以前也听到过，在哪里听到的，出自谁口，却记不得了。谎言，丑陋的谎言。这种谎言在过去能带来杀身之祸，在爱尔兰的历史上，行刑式枪杀曾经风行一时，新政府在内战期间枪决了七十七个人。死的多数是他们从前的战友。约翰·拉维奥侥幸逃过了一劫，没有成为第七十八个人。但我敢肯定，另外还有在私下里执行的枪决，只是没有记录，也没有记忆。男孩子们在山上凄凉地死去，就像我曾目睹的一幕，或者说我目睹的结局，那出发生在约翰的弟弟威利身上的惨剧。

历尽苦难之后，能在开罗咖啡店穿起女招待的制服，对我来说是莫大的安慰。我们招待斯莱戈的各色人物，从不对人妄加评论。店主一家是贵格会信徒，经常教导我们不要把任何人拒之门外。所以，你完全应该无视一个潦倒的靠退休金为生的人坐在那喝茶，以为没人看见，从怀里揣着的奶酪上掰下一小块，偷偷放在嘴里。我清楚地记得那个人，穿着一件陈旧的棕色西装，当时觉得他真是太老了。其实他可能也就七十岁！那些贫困的顾客根本没有影响咖啡店的生意，斯莱戈的贵妇们照样进来叽叽喳喳。她们围成一圈坐在桌边，像院子里的一群母鸡，闲言碎语和家长里短在她们中间此起彼伏，如一撮撮飞扬的尘土。她们中间有些人聪明绝顶，我们这一班女招待就特别崇拜她们，也爱招待她们，恨不得她们天天来。有些人则咄咄逼人。形形色色，三教九流都来光顾，于是这里成了我的大学，在彬彬有礼的端茶送水之间，我学到了很多人情世故。

这里也许可以成为我幸福生活的开端，但如今已无从知晓了。

我本有可能通过正常渠道找到这份工作，比如，先看到店窗里张贴的招聘启事，然后走进去，向负责人介绍说，我虽然看上去其貌不扬，但毕竟是长老会信徒，所以很适合这份工作（贵格会的店主即便很开明，雇员中也还是没有天主教徒，除了克丽茜，她本是天主教徒，但却是在基督教特许学校里长大的）。但事实上，我是通过截然不同的方式得到这份工作的。

爸爸去世后，妈妈，已经沉默不语，用这家医院的话说，越发每况愈下。一天清晨，我醒来后下楼给她沏了茶，然后上来，发现她床上竟然没有人。我大惊失色，急忙跑到楼下，叫她，到处找她，街上，哪里都找遍了。当我碰巧从厨房的窗户看出去时，才发现妈妈正缩成一团，像一只牧羊犬，躲在爸爸破旧的摩托车下。我赶紧把她带回家，安顿她在床上躺下，羞愧地意识到，床单已经发灰了，因为她长时间不洗澡。我心情沮丧，从斯莱戈走出来，一直走到罗斯海岬，那里有最可爱的海滩。我想去高尔夫球场走走，那里有小湖和形单影只的鸟儿，还有忽然显现的海市蜃楼，那是远处水边的豪宅，好像它们都在海边喝水（当然，是海水，就是这个意思了）。我向水边走去，经过那些房子，兔儿岛就在青野河水流的对岸，还有那位气定神闲的铁人，身着蓝铁衣，头戴黑铁帽，永久地举手指向深水区，为靠岸的船只指引安全的方向。他置身在危险的礁石上，却标识着安全的水域，如此巧妙的建筑方式一定是古往今来独一无二的。我有一次听说，他的兄弟在都柏林荆棘岛的一个小公园里，承担什么任务我就不知道了。

兔儿岛和铁人之外再远处就是河口岭的地界了，那里的沙滩略逊一筹，后来却成为我受难的现场。

当我到达了罗斯海岬的浅滩上，那种本地特有的狂风正肆意劲吹，沙丘后面停着几辆黑色轿车，车主一定都躲在里面，浅滩上一个人都没有，只有东冲西撞成帮结伙的风。但远处有个人影，是位女士，她的白色连衣裙被风吹得鼓鼓的，趔趔趄趄地推着一辆黑色的大婴儿车。我走近时，听到她在喊着什么，随着风向的改变，她的声音时高时低。终于，我走到她身边，在爱尔兰六月的寒风里，她却大汗淋漓。

她说："哦，我的天哪，我的天哪。"看上去颇像《爱丽丝漫游仙境》里的兔子，"找不到她了，找不到她了。"

我问道："夫人，您找不到谁了？"她的口音听上去像是有钱人，所以我决定称她为夫人。

她说："我女儿，我的小女儿。"声音带着哭腔，"我在沙丘上睡着了，在一片可爱的日影下，我的小不点就在我身边玩儿，但我醒来时，她就不见了。她才两岁。哦，我的主啊，我的主啊。"

我忽然灵机一动，说道："她不在婴儿车里？"

“没有，她不在里面，她已经会走路了。车里是她弟弟，睡得正香呢！我女儿温妮已经会走了。温妮，温妮!”

她似乎打算从我身边跑开了，估计在我提出了关于婴儿车的愚蠢问题后，她放弃了我能给她任何帮助的希望。

我说：“我帮你找。我帮你。”还一把抓住了她的胳膊。白色麻布下，细瘦的胳膊。她停了下来，注视着我，悲戚的眼里满含绿色的泪水。

我向沙丘跑去，取道高处的小径，按照爸爸和我以前多次走过的路线。小径蜿蜒起伏，过了一会儿，我又回到那些轿车附近。海岸在这里变成礁石，潮水已经开始拍打着礁石的底部。完全出于本能，我向水边冲过去，我记得那里有个岩洞，那种小孩特别喜欢的神奇的洞穴。爸爸告诉我，洞里曾出土了爱尔兰最早的人类遗迹，那些曾经在此藏身的先驱者们，毫无疑问英勇卓越，但同时也一定惶恐不安，孑然孤立于无垠的森林与绵延的沼泽之间。

我走进幽暗的洞穴，我的本能准确无误。一个小小的身影，正俯身在干沙子里挖得起劲，除了后屁股上湿漉漉的一大片，浑身都洋溢着快乐。我把她一把抱起，她也不害怕，可能以为我是她梦幻世界的一部分。回到露天之下，我看到那位妈妈已经跑出很远，在浅滩的另一端类似的礁石中间找寻。那是一幅枉费心机，大错特错，母爱一败涂地的画面。我多么希望我的妈妈也会这样不顾一切地找我，挥汗如雨，在世界尽头迷失的浅滩上寻寻觅觅，救助我，并为此调来援兵，然后再次拥我入怀，就像远处的那位母亲迫不及待地要跟我怀里快乐的小家伙团聚一样。

我走过遍布刀蛏贝壳的沙滩，风卷起那一寸深的浅水到处飘洒。我走到一半时，那位妈妈似乎觉察到了我的脚步，她的脸依稀转向我。即便从那么远的距离，我仍然能得到一种神秘的强烈印象，就是那个身影痛彻的恐惧，还有，当她以为，祈望，最后看到女儿在我怀里时，她的如释重负几乎像火焰一样一跃而起。我加快步伐，深一脚浅一脚，越过我们之间的一亩沙滩。现在她向我这里奔跑，还推着那辆巨大的婴儿车，当我们之间的距离只差几丈远时，她开始欢快地啼叫，至少听起来像啼叫，婴儿车几乎把我撞倒，孩子从我手臂间挣脱，这时才开始放声大哭起来。好像我把孩子从阴间抢救回来了一样，尤其当我说起那个岩洞，还有上涨的潮水。

她说："我没法，真的没法向你形容，找不到她时我万念俱灰的心情。脑袋里好像有一千只海鸥在这里同时尖叫。胸口疼得像被浇了热油。整个浅滩空荡荡地对着我呼啸。啊，我的好孩子，好孩子，好孩子。"

这最后一句是对我说的，她一面紧紧拉着另一个"好孩子"，一面拽着我的胳膊。

"我谢谢你，谢谢你，好孩子。"

这位普兰提夫人是开罗咖啡店老板的妻子。在回斯莱戈的路上，坐在她的大黑轿车里，她一会就问清了我的情况，虽然我小心翼翼，遮遮掩掩。既然我已终止了学业，父亲去世了，母亲又用我的话说卧病在床，她欣然建议我来开罗咖啡店工作。

*

我不记得汤姆第一次来咖啡店的情景，虽然他的形象我至今记忆犹新，仿佛一张照片，镶着金边，像斯莱戈电影院外悬挂的那些剧照，我记得他的一身灵气，无比良好的自我感觉，五短身材，胖乎乎的，穿着结实整齐的西装，跟他的哥哥杰克截然不同。杰克的衣服都是精心剪裁的，昂贵的外套还带着软皮领子，打扮得像个电影明星。兄弟二人都戴着奢华的帽子，虽然不过是斯莱戈疯人院裁缝的儿子。这一事实可能解释了汤姆直截了当的西装样式，却无法解释他哥哥的装束。当然，他们的父亲也是斯莱戈主要的舞乐队汤姆·麦科纳提交响乐团的领班，这就意味着在多数人手头拮据的年代，他们手上会多几个钱。他们的父亲也身材矮小，盛夏天气里可以看到他头戴平顶草帽，身穿那种在镇子后面星期三的赛马会上才会看到的条纹西装，人称老汤姆，汤姆本人则被称为小汤姆，这种区分很重要，因为汤姆也是那个赫赫有名的乐队成员之一，虽然所谓有名也只是相对于河口岭的沙丘和斯莱戈人的梦想而言。

我可能已经在开罗咖啡店工作两年多了，才开始注意到麦科纳提兄弟。在那里从事一份简单的女招待的工作给我提供了一种单纯的幸福，我和孤零零的克丽茜成了死心塌地的好朋友，彼此是对方生活的支柱，两人共同面对世界。克丽茜身材娇小，干净利落，心地善良，世上这种好人也是有的。人生并不都是刀枪剑戟。还有，虽然难得见到普兰提夫人一面，可我始终感觉到她的存在，她藏身于热气腾腾的锅炉、精致的多腿蛋糕架、银河般流动的餐刀汤匙和细点专用的可爱餐叉之间。在这一切的背后，在精雕细刻的门里，在无人知晓的埃及主题之下，我确信普兰提夫人无处不在，像一个贵格会的天使，为我美言。至少我是这样想象的。我挣得那几个先令的薪水，喂妈妈吃饭，给她清洗，然后就泡在电影院里，看了上千部电影，还有新闻纪录片等等，满眼绮丽的梦想，超越巅峰的奇迹。这期间，我对生活无甚奢求，拒绝了所有正式“交朋友”的建议，跟任何人都只跳一两次舞。我们这些年轻的女孩子经常从镇上一拥而出，成群结队地奔向汤姆·麦科纳提海滨舞场，像萧索的路上激流勇进的玫瑰，有时洋洋洒洒漫到浅滩上，简单的快乐溢于言表。这里，路从河口岭上方的村落通下来，沙滩上一个接一个的缆桩标示出低潮时通往兔儿岛的方向。你可能以为我们是海鸥，一群优雅的白鸟在陆地上空盘旋鸣叫，而海上正预示着风暴。哦，如果得到许可，十七八岁的女孩子最懂得生活的真谛，因为她们如此热爱生活。

依我看，除了杰克，没人见识过埃及，他曾经在不列颠商务海军服役，所以去过世界上所有的港湾，虽然当时我还并不知晓。杰克的英雄史，即使是本地的平凡的小型的英雄史，依然有英雄史的气概，只是我对此一无所知。我所见到的，或意识到我所见到的，是穿戴整齐的两兄弟进来喝茶而已，汤姆喜欢各式中国茶，杰克偏好格雷伯爵茶。

*

我很久以后才了解到他们的弟弟伊尼斯的悲惨经历，也只是一知半解而已，像旧书里撕下的几片纸页。你能否真心爱上一个只有过一夜情的男人？我不知道答案。但我们之间确实存在着爱情，温柔，强烈，正式的爱情。愿神明拯救我。

*

格林医生的俗事小记

完全出乎意外，斯莱戈精神病院转来了进一步的资料，是旧的供词记录打印的首页。他们的档案设施一定比我们的先进，所以全部纸张都完好无损。我得承认，文件里萝珊的故事激起了我浓厚的兴趣，仿佛我忽然找到了一幅画面，可以给那个卧床不起的老人家充当背景。一种命运多舛，历尽磨难的人生风景，像达·芬奇笔下蒙娜丽莎背后的城堡和山丘（是我记忆中的背景，也许没有城堡也未可知）。因为她总是拐弯抹角，顾左右而言他，我尤其感到令我战栗的一睹为快的渴望，好像这份文件会提供所有我在她口中无法得到的答案，对此我要格外小心谨慎。文字，一旦被诉诸笔端似乎就具备了某种权威，即使事实上所写的仅是一纸空文。我千万要避免以他人的文字取代她的沉默，毕竟这是极大的诱惑，一条捷径，或一种绕道而行。纸页总共有十七张，密密麻麻打着字，记载了她入院（我几乎想说入狱）之前引发的一系列事件。共有两部分，第一部分详细描述了她的早期生活，包括她的婚姻，以及婚姻取消的前因后果。然后她的生活似乎完全脱离了正轨，翻江倒海，彻底地乱成了一团，既可悲又可怕。有些事件发生在很久很久以前，堪称爱尔兰二三十年代的蛮荒童话，然而她最大的悲剧发生在第二次世界大战期间，发生在当时的爱尔兰总理德·瓦莱拉所谓的“紧急状态”之下。

我扪心自问，仍无法肯定我可以在多大程度上告诉她文件的内容。根据她那天的反应，我怀疑她肯定难以接受。如果内容属实，那么这骇人的真相一定已成为她生命中难以承受的重负。在这种地方，我们最好不要过分考虑道德或法律意义上的对与错。像监狱里的神职人员，在尘世的权柄执行裁决之后，我们服务于犯人所剩无几的自我。我们尽力帮助他们做好准备，帮助他们稳定下来，但都是为了什么呢？为了在理智的绞刑架下接受板斧的重击吗？为了在这里等待漫长的无期刑罚？

这份引人入胜也触目惊心的资料是由一位冈特神父签署的，名字听起来倒是有些耳熟。我苦思了一会儿，忽然想起来这人是谁了，他在五六十年代曾经晋升为都柏林的辅理主教，从宪法的含糊其词中找到了某一条清楚的说法，从而确认了他和他的神职弟兄们对整个城市道义上的霸权。他的全部慷慨陈词都旨在把女人禁锢于家门之内，同时把男性的尊严升华到崇高的洁身自好和赛场上的赫赫神威。现在，这些话听起来几乎滑稽可笑，当年，这种事可没有任何幽默感可言。

年轻的冈特神父在斯莱戈期间似乎对萝珊·克莱尔的情况了如指掌。她是皇家爱尔兰警队警长之女（我从以前支离破碎的资料里已经读到过）。爱尔兰独立战争的年轻领导人德·瓦莱拉宣布，任何警员如果在运动中曾经影响到革命的进程，可以被判处枪决。于是，这批人，都是爱尔兰人，多数是天主教徒（萝珊的父亲属于例外，他是长老会信徒），全家都随时面临着受到冲击的危险。在烽火岁月这种事屡见不鲜，但年仅十二岁的小萝珊肯定无法理解。在她眼里，所有发生的一切肯定是扑朔迷离，惨绝人寰，可惊可怕的。

我刚看了一眼手表，已经七点五十分，不能再迟了，必须马上出发，才能赶上八点十分的巡视。抓紧时间。

备忘：建筑工人说，再过六个星期，新楼就可以完工了。这可是他们的原话，那天我在工地上，像个名副其实的奸细，亲耳听到的。好了，就此收笔。

第十三章

萝珊的自述

值得一提的是，我跟汤姆不是在开罗咖啡店“正式”认识的，而是在一个全然不同的环境里。确切地说，在海里。

在浅滩这类地方，有孩子的优势在化日光天之下一目了然。老处女和单身汉必须承受百般折磨，目睹各式各样的小魔王或小天使，在浪花里排成一行。势如某种动物的大规模迁徙。在远古时代，人类的祖先就起源于大海里蠕动的生物，它们怀着莫大的遗憾，艰难地登上了陆地。这就是为什么我们如此怀恋大海。

我其实不是从来没有过孩子的人。

那个故事也属于大海，属于这片浅滩。

我的孩子。我的孩子去了拿撒勒，这是别人告诉我的。

或者，是我偶然听他们说的。在当时那种状况下，也可能没听清楚，我当时什么都听不真切。他们说的是怀俄明都有可能。

浅滩岭的海滩很窄，礁石磊磊，地势险峻，连沙山仿佛都惧怕下方的险象环生而蜷起巨大的双腿，双臂抱膝。在凹凸不平的海边长堤上一度曾经停着马车、挎斗摩托、双轮车、机动车，车上的人们怀着同样的期待一拥而出，孩子们嬉闹玩耍，父亲们说说笑笑、骂骂咧咧，母亲们婆婆妈妈、一惊一乍——都是忙碌混乱幸福生活的写照。齐膝的泳装和玄妙的比基尼争奇斗艳。那些比基尼泳装我在杂志上看到过，多么渴望也有那么一套。

刚开始，沼泽地里只有几幢勇敢的房子，周围是几英亩的浮沙，地面层层升高，直抵月亮山的领地，那里，梅芙女王在石墓中长眠。从月亮山顶你可以看到浅滩岭的沙滩，大人们都小得像别针，孩子们更小如细沙。

我曾经从那里向下张望，泣不成声，悲痛欲绝。

那里后来成为“我的”地界。浅滩岭，浅滩岭，浅滩岭的疯女人。

刚开始，只有几幢房子冒险建筑在岌岌可危的地面上，然后是那家老饭店，后来，出现了小别墅和更多的房子，再后来，在远去的二十年代，汤姆·麦科纳提建起了广场舞厅。一座浮华的波纹铁圆顶仓库，大厅前面是一个方形的水泥入口，还有不合时宜的简约大门和售票口，两处透出的光线召唤星期五晚上迫切的人群，许诺他们汹涌的梦想和澎湃的激情浮升天堂，安慰神明对创世的疑惑和焦虑。

那是汤姆·麦科纳提父子联手贡献的杰作，给梦想发放入场券。此时，我的内心仍然为那些完美的梦想激荡。

坐在这里，写下这些文字，我的手苍老如《圣经》里的老寿星玛土撒拉。看看这手。你当然看不到。皮肤薄如——什么呢，你看过刀蛏的贝壳吗？它们遍布罗斯浅滩。贝壳上覆盖着透明的丝状物，像一层未干的清漆。很奇怪的一种物质。我的皮肤现在就是这个样子。我都可以历数皮下包着的骨头。事实上，我的手看上去好像已经入过土，然后过一阵子又出土了。你看了准会吓一跳。我自己也有十五年没照过镜子了。

*

浅滩岭距离水边最近的几英尺还算安全。在夏天里感觉就像浴池。海流在这里不动声色。海水暖烘烘的，也许是小孩爱在水里撒尿的缘故。总之还算比较舒服。我和克丽茜，还有开罗咖啡店别的女孩子……普兰提夫人总是为咖啡店挑选出色的姑娘，不但性格好，相貌也漂亮，这两个标准可不是一回事。我们那时看起来像青春的女神。玛丽·汤姆森绝对可以上杂志，温妮·杰克逊已经上过了，上的是《斯莱戈冠军报》。“温妮·杰克逊小姐在浅滩岭享受风和日丽。”她穿着一件漂亮的连体泳衣，是装在盒子里从都柏林的阿诺特百货公司通过火车邮寄过来的。那才可以称之为时尚。她胸部饱满，估计小伙子们看到了都惊慌失措，结果谁都不敢跟她搭讪。

八月滚烫的天气里，我们的皮肤都染上了非洲的颜色。傍晚，我们的脸都晒得火红，穿过浅滩回家，躺在床上，肩膀都不敢碰到被单。第二天早上，皮肤已经消停了，于是又向往着海边和沙滩，如此周而复始。每天兴高采烈。我们都是简单纯朴的女孩子。就喜欢让小伙子们遭罪。

他们从侧面觑着我们的欢天喜地，像鲨鱼一样将我们的风采尽收眼底。跳舞的时候偶尔我也会跟小伙子们说说话，他们话不多，即便开口也说不出个所以然来。倒是无所谓。形形色色的人都来跳舞，从镇上有头有脸的人物，到裤子过短、露着袜子，甚至光脚穿烂鞋的小伙子。舞厅外面总拴着几头驴，还有各色老马，套车都停在一起。山野喷吐着它的子子孙孙，像一场怪异的雪崩。多么奥妙无穷的人性。

冈特神父总是到场，有时也有其他的辅教，站在那里如同鲤鱼群里的鹭鸶。天哪，我记得当时似乎还颁布了什么舞厅法。或者是我想入非非了。好像是教堂强烈反对跳舞，但我对事情的来龙去脉知之甚少。据说，按规定跳舞时不许有肌肤之亲。然而，男女授受不亲地跳舞岂不是又死板又别扭。一曲终了时搂一搂舞伴是很惬意的，大夏天，两人都汗流浃背，男孩身上散发着香皂和青草的味道。还有他们抹在头发上的那种东西，想起来了，光辉牌头油。

有些小伙子的父母是斯莱戈后山上说爱尔兰土话的本地人，可他们却在看了几部电影之后决心打扮成银幕上明星的样子，至少打扮成爱尔兰的爱国主义者。迈克尔·柯林斯的头发油光可鉴，看上去桀骜不驯。德·瓦莱拉的头发则总是抿得整整齐齐，循规蹈矩。

汤姆·麦科纳提乐队的演出堪称狂风暴雨。小汤姆站在舞台边缘，举着他的小号或单簧管，能吹出当时所有流行的曲调。你必须擅长爵士乐，也得会吹比较传统的狐步舞曲，甚至于圆舞曲。汤姆还出过一张唱片呢，叫作《汤姆·麦科纳提回旋乐队》，天哪，乐队演奏起来的时候，整个舞场都进入一种疯狂状态。那当儿，汤姆浑身发光。那个年头，汤姆可是个了不起的人物，虽然除了在咖啡店里，我从来没跟他说过话，而咖啡店里的交谈总是千篇一律的。我问他："想叫点什么?"他的回答多半是："中国茶，再来个死蝇包。给这位仁兄来杯格雷伯爵茶。"他特别爱吃死蝇包。不知如今还有没有这种点心了。那时，死蝇包是不可或缺的，没有它就不成其为咖啡店，完全没有意义了。真好笑，那时，一切都按部就班。死蝇包、奶油糕、闪电饽，上面带一层白冰糖的樱桃饼，各色点心约定俗成，天经地义，如同鲸鱼、海豚、鲭鱼，如同自然现象，咖啡店自然历史的一部分。

父亲去世对我造成了深刻的影响，但我把满怀心思都塞在枕下，然后散发睡在枕上。早晨醒来，我无法抑制内心的快乐，我完全能够独立照顾妈妈，她总是一言不发，也哪里都不去，就待在家里，穿着一身条纹便装，而我，好像一辆手摇曲柄启动式摩托车，每天早晨曲柄神秘转动，待我醒来，已经精力充沛如点燃的火苗，十足的马力把我从屋里扫到斯莱戈的大街上，我冲进开罗咖啡店的玻璃门，亲吻我的好朋友克丽茜，兴高采烈，问候她早安，如果普兰提夫人在的话，她就会对我莞尔一笑，令我心花怒放。

所有的幸福都值得细细回味，因为生活中的不幸比比皆是，所以你最好记取点滴的欢乐时光。当年，在那种精神状态之下，世界看起来美不胜收，连淅淅沥沥的雨也成了天上坠下的万条银丝绦，凡事都趣味无穷，每人都和蔼可亲，连那些斯莱戈街角乜斜着眼的野小子也没那么讨厌，虽然他们手指焦黄，永远叼着烟头的嘴唇也染着尼古丁的颜色，口音像后街上摔碎的酒瓶。

你看，这些不相干的内容不请自来。而我本来是准备坐下来写汤姆与海的。写他如何将我从欢乐的海洋中救起。

*

我一头扎进水里。勇往直前。不可思议的是，我这会儿居然还能原原本本地回忆起那件薄羊毛的泳衣贴在身上的感觉。三条粗纹交织更替，攒了一冬天的钱才买下它来。在斯莱戈绝对找不出比这更漂亮的泳衣。炎热的天气好像给人施了魔法，我们眨眼间都变成了疯疯癫癫的外国人。雨天，人们都躲在室内，创造历史。热天，空荡舒坦，世界的本质便是潮湿，田野和群山突发的碧绿仿佛是神奇的火焰，燃烧的奇迹。大地展露芳容，浅滩上的青年男女也进入了画卷，栖身于黄褐色的沙滩和蓝天碧海之间，燃烧，燃烧。至少在我眼里便是如此。全镇的人似乎都来了，一切都在炎热的画笔下溶解，浑然一体。我不记得当时广场舞厅是否已经建成，应该是吧，我一定已经看过汤姆·麦科纳提的演出了，如果是这样的话，当时应该是1929年或在那之后，所以我已经不是小姑娘了，这里我的记忆有点混乱。身穿泳衣就是很难准确记得时间，在肆无忌惮的光线下，我看不清自己的年纪，我的记忆回到了过去，那里满眼是灿烂的光芒。

海底波光粼粼，光怪陆离，仿佛充满连绵不绝的奇迹，眼睛在水下会进入一种奇妙的半盲状态，视线恍惚，因为海水本身就是一个巨大的透视镜，而你把大海之镜戴在眼前。海底的一切越来越像一幅激情狂野的画面，市府图书馆里有一大本书，里头全是这种画，那群画家都是法国人，刚开始受尽冷嘲热讽，人们都说他们根本不会画画。我可不敢写下他们的名字，虽然我能清楚地记得那些粗糙生硬的字眼，还有他们坎坷多舛的命运，我此时边写边默念着那些名字。但我还是羞于下笔，害怕拼写错误。我在海底，全身轻松，感觉敏锐，空气先是充满了我的肺，然后逐渐稀薄，我的头脑越来越轻，心情越来越好，水渐冷渐深，冲洗着我的面孔，询问这是谁的脸，它是什么形状，以及无穷无尽的细节。我忽然间非常渴望告诉格林医生这一切，不知为什么，我想他一定感兴趣，会马上笑逐颜开，但恐怕随后他又会寻找什么弦外之音。他就是喜欢解析，这其实是个危险的习惯，很危险。啊，对了，浅滩岭的海滩，正在涨潮，刚开始还好，随后潮水扑面而来，不知不觉你已经在海湾的深水之中，周围波澜壮阔，像著名的哈得孙河，当然水量没有那么巨大，但我还是觉得我不是陷入了而是触摸了某种在神的眼皮底下伸展肢体的强大力量。与此同时，我是否感到被那种超自然的神力迅速地拉向远处，拉向深处？我不知道。我只记得我把心交给了它，因为它打动了我的心弦，也许我泪眼模糊，不知在水下能不能哭，应当还是可以的吧？我游了多久没上来换口气？一分钟，两分钟，三分钟，我是南海的采珠人。南海在哪里？谁是采珠人？只有我和我的泳衣，上面一个小兜里揣着两个先令，那是我搭乘破旧的绿色巴士回斯莱戈的车票钱，为了安全藏在兜里。我想着我的青春，我的柔情，我的刚强，还有我湛蓝的双眼，我的金发在水下光滑润泽，也许周遭有三百条鲨鱼，它们也精美绝伦，妙不可言，我无所畏惧。宁愿化身为鲨。

我被海流强大的力量征服了，像文字沉醉在音乐的浪潮之中。

在这种极乐状态之下，忽然之间，我被一双人类的手臂揽住，很专业地拖回到现实世界里。而这个人，油光水滑，圆滚身材，身强力壮，把我举起，穿过狂放的波光，跃出水面，喧嚣的世界又重现了，天空无所不在，海面起伏跌宕。这位泳者把我推回到浅滩上，回到孩子们中间，他们的挖沙前，古炮对着海面，房子，舞厅，受惊的驴子，几辆机动车，斯莱戈，浅滩岭，我的命运，像爸爸的命运一样可悲，我的荒诞不经，铁石心肠，啼笑皆非的命运。

这个世界上除了汤姆·麦科纳提，还有谁能把我从水里捞出来。命里注定就是他。总之，他是出了名的游泳健将，已经因为救人获得了斯莱戈市长亲自颁发的一枚奖章，他每每说，自己就是因此参与了政治。他以前救起的那位是个老太太，她在岸上被潮水冲了下来，但那个老太太也没有我现在这么老。差远了。

他说："我认识你。"他在沙滩上熠熠生辉，胖乎乎的四方脸上笑容灿烂，整个世界的闲人都纷纷围了上来，杰克也在人群中间，穿着死气沉沉的泳裤，他的身体看起来从来不像真人，像石头打造的，一副旅行者的筋骨，"你是开罗咖啡店的。"

我笑起来，或者说想笑，盐水咕嘟咕嘟从嗓子眼往外冒。

他说："哦，老天爷，你可不是把整个海里的水都喝下去了。没错，真是的。基督啊。你神圣的浴巾在哪里？你有浴巾吗？有？你的衣服呢？好了，来来来，你就跟我来吧。"

于是，浴巾披上了我的双肩，杰克收拾起我的衣服，小心翼翼地抱在手上，两人陪我走过滚烫的马路，我们都尽量踩在路边有草的地方，穿过沙漠般炎热的停车场，来到广场舞厅售票处，汤姆一路嘻嘻哈哈，估计是为救我一命沾沾自喜。我不记得他有没有又获得一枚奖章，希望如此，他的确当之无愧。

*

哦，我的天，回忆快乐从前，心中难免伤感，但话说回来，我深知，任何幸福都来之不易。

我对自己的好运心知肚明，那就像麻雀寻到了一丁点只属于它的面包屑。

当然，我也有虚荣心，我为汤姆感到骄傲，他的小有名气和自信不疑。

我们沿着月桂树墙之间的水泥台阶款款步入电影院。简直就是活生生一对好莱坞情侣，我可能就是玛丽·毕克馥本人，即便汤姆做道格拉斯·费尔班克斯还稍嫌矮了一点。

然而在斯莱戈的世界，酗酒的恶习笼罩着我们。汤姆和他的哥哥每天在凌晨时分都喝得酩酊大醉，根本不记得接下来发生的事，也幸好如此，他们最好完全忘记。

我只身伫立在舞池里，自得其乐，仰望着台上汤姆的乐队，他的爸爸身材矮小，衣冠楚楚，不但单簧管吹得出神入化，所有的乐器他都无师自通。夜深时分，汤姆会吹上一曲《了不起的姑娘》，他的一双鹰眼向我张望。有一次我们在罗斯浅滩海边散步时，他逗着我唱起了《在开罗，灯火阑珊》，因为我在开罗咖啡店工作。他模仿卡万·奥考纳惟妙惟肖，在他心目中，卡万是全世界最伟大的歌唱家。汤姆或多或少是听着杰利·罗尔·莫顿长大的，像所有的小号手一样，他对巴博·弥雷顶礼膜拜，其程度比崇拜路易斯·阿姆斯特朗更疯狂。汤姆说，是巴博令艾灵顿公爵的爵士乐欢蹦乱跳起来，这一点毋庸置疑。这些关键性的问题对汤姆来说跟政治观点一样重要。但是他一说到这些，我的头脑就开始走神了。对我来说，音乐本身更令人神往。很快，每当乐队正式的钢琴师身体不适，汤姆就让我接替他的位置。那位大个子的钢琴师住在月亮山后，有肺结核。晚会上他的拿手戏可以算是《黑臀跳》。杰克从来不登台，但是喝上几杯之后，他心情优哉游哉的当口，也爱跟着唱几句。他喜欢《皮卡第玫瑰》《漫漫长路通向蒂珀雷里》，因为他年轻的时候曾经在不列颠商务海军服役，我好像已经写过了。他见识过世上所有的港口，包括开罗，这个我也写过了。这些都值得反复炫耀。

一般情况下杰克无所不在，然后，忽然之间，他要离开一段日子。有时，他会签约去非洲。啊，汤姆多么以他的哥哥为傲，杰克在戈尔韦拿下了双学位，地质学和工程学。他确实才华横溢。我也不得不承认，他比他的弟弟好看三倍，虽然这一点无关紧要。事实上，他有那种小城影星的模样，如果你在电影院里看了《红伶秘史》，或其他类似的影片，电影结束时，灯光亮起，你便又回到了该死的斯莱戈——但对杰克而言则不同。他身上有种好莱坞的气质。

杰克跟我保持着一定距离，多远我说不清楚。他爱冷嘲热讽，难以接近，但有时在插科打诨、谈笑风生之间，我会偶然发现他正注视着我。眼神并非爱慕，而是不以为然。每当觉得没人注意的时候，他就长时间盯着我看，打量我。

杰克有辆福特轿车，正配他的皮衣领。我们总是坐他的车，从车窗里看尽上千个爱尔兰的风景，雨刮左摇右摆，洗尽百万吨的雨水，他们在车里一路痛饮，喝尽几加仑的威士忌。我们最重要的活动是在低潮的时候赶到兔儿岛的浅滩，在寸许深的水里随波逐浪，欢呼雀跃。我们总是有朋友随行，那些追逐乐队的漂亮姑娘，斯莱戈和戈尔韦的小伙子。杰克有个叫梅的女朋友，他们都准备成亲了，但奇怪的是，我们谁都没见过她，她跟父母住在戈尔韦，家境殷实。父亲是卖保险的，这点对杰克来说很重要，她家住在戈尔韦某某别墅，这对一个斯莱戈疯人院裁缝的儿子来说是一个不容忽视的事实。他们在大学里相识，她是最早上大学的那批女孩子之一，啊，我得说是最早做很多事情的女孩子之一，比如对我嗤之以鼻。这么说可能不公平，毕竟，我跟她只有一面之缘。

我这么描写汤姆也是不公平的，他其实面临着很多压力。他的一位表兄不但是《斯莱戈冠军报》的业主，还是所谓真正的第一届国会（就是爱尔兰独立后的第一届国会）里面的一位众议员。另外杰克一直声称——我曾亲耳听到他对新相识这么说的——他是那个狼子野心的爱德华·卡森的表弟，卡森的选择脱离爱尔兰自由邦就像老鼠逃离沉船，或许卡森本就盼着并祈祷自由邦成为一艘沉船。汤姆还告诉我，他的祖上在斯莱戈做进口奶油的生意，或者也可能是出口，所以拥有船只，就像杰克逊家族或坡勒芬家族。他的全名是汤姆森·奥利弗·麦科纳提，中间的命名奥利弗就是为纪念克伦威尔时代的一位先人奥利弗·麦科纳提，奥利弗因拒绝改信基督新教而痛失家园。汤姆讲这个故事的时候目光审慎地看着我，观察我作为一个新教徒对此的反应。我确实是新教徒，但很遗憾，不是他们期待的那种。杰克欣赏那些身居豪宅的新教徒，因为他自认为是天主教徒里的绅士名流。但我是劳动阶层。这个出身令人难以启齿。

杰克对人不屑一顾的时候会说道："那家伙是彻头彻尾的劳动阶层。"因为他去过非洲，所以还常说些阴阳怪气的俚语，比如"装什么白人"，还有"叽里咕噜"。他见识过上千个烂醉的夜晚，所以还有个说法叫作"保证晚会人员纯洁"。如果他觉得某人不可靠，那人就是"一捆儿老奸"。

他一头红发，更确切地说，留着红褐色的大背头。一副冷峻的面相，双眼尤其犀利。啊，是的，有点像克拉克·盖博，更像贾利·古柏。风流倜傥。

*

我在这段记忆里寻找我的妈妈，但她杳无踪影。她在时间的海洋里销声匿迹了。

第十四章

格林医生的俗事小记

今天早晨开车上班的路上，我看到一片山麓上的风车，以前从未注意到过。但也可能以前根本不存在，果真如此，那我就是完全没有留意到它们的修建，这样的工程应该需要相当长的一段时间。它们就这样从天而降了。贝特总说，我这个人就是心不在焉。有一天我在雨中走进了家门，在沙发上坐了一会儿，然后碰巧摸到自己的头，脱口问道："这头发怎么湿了？"贝特喜欢讲这个故事，一度乐此不疲，在我们还有听众的时候。

无论如何，风车已经忽然出现了。那座岭，或者说是那座山，如果爱尔兰有山的话，叫作拉班纳卡拉克，那里有片树林，叫纽珍特林地，向上一直达到冰冻线。纽珍特是谁，他为什么种下了那些树，如今已不得而知，也许只有前朝遗老才知道这种事。我本来开着丰田车，兴味索然，不争气的脑袋里翻来覆去全都是自责，但是当我看到一只只风轮旋转的银光，心情便不禁向上飞升，好像一只鹌鹑终于挣脱了沼泽。它一飞冲天。那些风车真是非常美观。我想起绘画里的风车，它们始终具有某种特殊的寓意。都是堂吉诃德在作怪。多年前，每次看到废弃的风车，我总感到无比遗憾。当然了，很多人反对风力发电。不过风车的景致真是美不胜收。它们令我感到一种积极向上的力量，好像我还能有所成就。

夜里醒来，骇人的羞耻感每每涌上心头，令我惶恐不安。如果我可以列出悲伤的种种属性，在某个刊物上发表，也算给这个世界做了一点贡献。我怀疑悲伤难以尽数，因为它无影无形。但它是灵魂发出的哀嚎，我再也不会低估它在别人身上腐蚀性的威力。即使最终一无所获，我至少积累了新的认识，希望悲伤过后，我还能记取它在临床上的病理表现。

感谢老天，美丽的风车啊。

凌晨时分，我再度惊醒。一定又是因为那种神秘的敲打之声，可我还是不清楚声音的来源。也许是贝特，恳求我不要忘记她。这一点她完全不用担心。我重新阅读了关于萝珊·克莱尔的小记，最触目惊心的是关于萨达姆·侯赛因那一段。幸好我是个无足轻重的人，无须把个人观点公之于世，只把那些有失检点、令人汗颜的想法保留为个人隐私就够了。

前任教皇逝世的时候我的心情也很异样。我被教皇之死深深打动了，虽然他没有为我那些信教的病人提供任何帮助，也没有惠顾过同性恋者，神明宽恕他，他甚至没有帮助过女人。他的生，似乎是现身说法，代表了具有崇高意义的生存。而他的死，更是光辉荣耀，英勇无畏。也许面对死亡时，他变得更民主了，因为死亡包罗万象，它渴望吞噬生命，贪得无厌，也因此对众生一视同仁。死亡没有荣耀。确实，但死亡力大无穷，令人生畏。教皇面对死亡没有徘徊，毫不犹豫。

想来想去都是关于死亡。毕竟，它是我们时代的主题乐章。千禧年已过，像我这样的傻瓜还以为终于可以感受和平世纪了。抽着雪茄的克林顿要比挎着步枪的布什强百倍。

*

我越看越觉得冈特神父的供词值得信赖。材料文笔流畅，风格古典，这无疑是在梅努斯的天主教中心接受过语法与写作的良好训练的结果。在他的字里行间，我能读出拉丁文的特点，这让我不禁回想起在康沃尔读书的时候，学习西塞罗的艰难。冈特神父迫切的叙述欲望，以及几近崩溃的精神焦虑，都使得整个故事尤为引人入胜。

他渴望一吐为快，仿佛迫不及待地要卸下罪责的重负。当然他笔下的文字离神圣庄严还差得远。但他绝不退缩。

他坚强不屈。他无所畏惧。冈特神父一丝不苟，原原本本地细说从头。

通常按规定，爱尔兰的警察不会被派驻在老家附近的乡镇，以免涉及任何偏袒自己人的嫌疑。萝珊的父亲却是个例外，他在古尼镇土生土长，那里距斯莱戈不远，或者说，不够远。他对周边地区了如指掌，然而，这对他来说，却并不见得是件好事。很可能，他在镇上更加引人注目，尤其当英国派来了由参加过第一次世界大战的军官组成的皇家警察辅助队，还有后来成立的黑棕部队，那些士兵和军官也见识过同样的腥风血雨。这些独立战争期间的举措是对很多所谓“大逆不道”行为的反击，这里的“大逆不道”指的是偷袭和枪击那些当时被称为皇家武装的军人与警察的事件。

她父亲似乎对镇上的任何风吹草动都嗅觉灵敏。也许他可以通过那些陌生人无法摸清的渠道，不经意间就轻易得知一些小道消息。傍晚，人们在公共场所的闲言碎语可能对他没有提防。当然了，她父亲喝起酒来可是海量，像个码头工人一样，一晚上能喝下十五品脱的波特啤酒，然后踉踉跄跄地回家。显然，他的女儿萝珊总是等着他，无疑忧心忡忡，整晚侧耳倾听，期待着他的脚步声，等他一拐到自家街上，就出去接他回来。

萝珊玩耍的乐园是她家屋后的斯莱戈墓地。她熟知那里每条小径，每处洞天，尤其喜爱墓地中央一座古老庙宇的废墟，经常在门廊的断壁残垣之间玩跳房子之类的游戏。一天傍晚，冈特神父写道，她目睹了一场奇异的葬礼。一伙人抬进来一口棺材，没有神父也没有任何仪式，在黑暗之中把它放进一个坟坑里，然后悄悄掩埋了，只有他们叼着的闪烁不定的烟头和轻声低语，标示出他们的所在。萝珊自然赶忙跑去告诉父亲自己的亲眼所见。她可能误以为有人盗墓，虽然事实上，棺材是被埋进去而不是挖出来，在爱尔兰已经有半个多世纪未发生过盗墓的案例。

不知冈特神父是如何了解到其间的种种细节，他的明察秋毫令我迷惑不解，不过在那个年代，一位神父的最高理想就是能够无所不知。

第二天早晨，她父亲让人把棺材挖了出来。冈特神父当时也在场，结果棺材里面根本没有尸首，而是藏着一大堆军械，都是在独立战争期间非常珍贵的枪支，通常只有在杀害警察之后，从尸首上缴械才能获取，否则很难弄到手。经检验，棺材里的很多枪支确实是发给警察的，都是伏击和突袭的赃物。所以，从萝珊父亲的角度看来，他面对的是死去战友的遗物和他们被害的证据。

墓碑上新刻的名字是约瑟夫·布莱迪，但镇上最近没有叫这个名字的人死去。

令人难以置信的是，那些人把他们秘密集会的记录也跟枪支埋藏在一起了，尤其堪称愚不可及的奇迹的是，里面居然还有与会者的姓名和地址，包括在逃的杀人犯。对警察来说，这显然是一次可悲的大获全胜。还没等任何人明白事情的来龙去脉，名单上的一些人已经被捕了，其中一人因“拒捕”遭到杀害，这人名叫威利·拉维奥，而他的哥哥，按照这位神父的说法，将在萝珊此后的斯莱戈生活里扮演重要的角色。不知为什么，威利·拉维奥居然被埋葬在叛军徒劳地隐藏枪支的那个墓穴里。

缴获枪支和文件，杀害对方一个人，这些在地下的圈子里激起了深仇大恨。无疑，对方下达了各种各样的命令，想方设法对警察施行报复。但是报仇雪恨并没有马上开始，在漫长的等待之中，萝珊全家每一天都战战兢兢，每分钟都担惊受怕，他们的生活笼罩在无边无际的恐怖之中。可想而知，他们一定祈望叛军被一网打尽，爱尔兰可以尽快重现和平。然而，就像俗语说的，世事机缘难凑巧。

冈特神父这些枯槁的纸页落到我手上之后，我就一直在考虑到底该如何使用这些资料。难道我能让萝珊重拾这段伤心往事吗？我必须牢记，调查的主要目的，并不是让她早年生活中的苦难沉渣泛起，而是聚焦苦难创伤的后果，并确认她被送进精神病院的真实原因。我重新明确了这些求索的初衷，说白了其实就是诊断她到底有没有精神病，分析她入院是否合乎情理，以及决定是否建议她重返社会。我想，恐怕必须在证据不足的情况下得出结论了，除非她自愿提供佐证。我要做的，就是准确判断摆在眼前的事实，避免盲目听取一面之词，更不要被自己的直觉所误导。

城里圣托马斯教堂的钟声敲响了八下。我真像路易斯·卡罗笔下的兔子一样不可救药地迟到了。

*

萝珊的自述

汤姆无人不知，无人不晓，跟他在一起，我真是见识了芸芸众生，然而，我第一次跟他的妈妈见面却是几年以后的事了。对她我当然早有所闻，他们哥儿俩聊天时经常提到她。我心里对她有个大致的印象，她身材瘦小，心爱的剪贴簿里完整记录了她儿子们的骄傲事迹，包括杰克远行的票根和文件，汤姆在《冠军报》上的舞会消息，以及，迄今为止，他在镇上针对各种时事的慷慨陈词的记录。我感觉，她和她的丈夫关系并不好，在她眼里老汤姆一无是处，无所作为。其实她才堪称一事无成的专家。尽管她自己并不这么认为。她把自己唯一的女儿从小就许给了修道院，这个名叫蒂茜的姑娘长大以后真的加入了善心姐妹会。那是一个托钵修会，成员都住在一个叫拿撒勒院的地方。她们的组织不但遍布英国各地，甚至还远及美国。不知这位母亲是否也希望她的儿子们成为神职人员，她可能以为，奉献出一个女儿已经足够为灵魂的永生上了保险。

当然了，她还有一个叫伊尼斯的儿子，他的名字只被偶尔提到，有那么一两次，他好像从浪迹洪荒中返回，偷偷摸进家门，然后，就是昼伏夜出。在那个神秘莫测的年代里，他的存在不过是一个小谜团，所以我也没太留意。

只有一次，我问汤姆："为什么你弟弟伊尼斯总不在家?"

汤姆答道："就是一点偷鸡摸狗的事而已。"他只肯说这么多。

另外一次，我们一起在镇上，他的对手，一位共和派的后起之秀，在街上对他出言不逊。那人叫约瑟夫·赫利，也不是什么坏人。

他说："哦，汤姆，警察的兄弟呀。"

汤姆说："你说什么?"口气全失他往常和事佬的四平八稳。

"没关系，没关系。无所谓，谁还没点儿见不得人的事。"

"马上要选举委员了，赫利，莫非你要就此做点文章?"

约瑟夫·赫利说道："哪里话? 怎么会呢。"他几乎显得很窘迫，虽说他们是竞争对手，每个人心里其实都喜欢汤姆，而且，就像我说的，赫利骨子里并不坏，"我跟你说着玩儿的。"

然后，他们俩还算诚恳地握了握手。但是，我看得出，汤姆心情沉重，接下来，他一路上一声不吭，闷闷不乐。内战结束了，每个人都有些见不得人的事，无一幸免。但汤姆仍对此愤愤不平。他目标远大，计划周详，对他这个年纪的年轻人来说，这难能可贵。他目前最忌讳的就是自己有见不得人的事。

他的母亲跟他是一条心。她热爱杰克的优秀，她热爱汤姆的荣光，虽然他们迥然不同，杰克始终在古老的传统里翻箱倒柜，而汤姆则对新爱尔兰的摩登高帽情有独钟。这些都是我从他们的交谈中东鳞西爪拼凑起来的，他们提到她的时候我就竖起耳朵，像个间谍在酒吧里对人们的闲言碎语侧耳倾听，因为我知道，有朝一日，当我不得不跟她见面的时候，我只有用尽所有一点一滴的信息，才有机会生还。

不过在这场游戏之中，虚无，阴险，最冷酷的一张王牌，竟是我的妈妈。

*

变幻无常的岁月，什么千奇百怪的事情都有可能发生，比如，德·瓦莱拉先生忽然成了国家的最高首领。

汤姆气呼呼地说："这下枪杆子要上众议院了。"

我问道："汤姆，这话是什么意思啊？"

"他们那帮人总是害怕得紧，恨不能荷枪实弹出席内阁。"

可以理解，汤姆对此深恶痛绝，因为这些人曾经是他们严厉镇压的对象，很多都锒铛入狱，有些甚至被处以死刑。汤姆之类的年轻人恨不得把这些反约派从爱尔兰的历史上斩草除根，怎么能甘心让他们来执政……你能感到斯莱戈的生活都好像被闪了一下。现在，约瑟夫·赫利之流忽然占了上风。汤姆怎么都咽不下这口气。至于我嘛，这一切对我本来都无足轻重，只不过汤姆现在说起情话来也是满口政治了，搞得我一头雾水。

他说出以上这席话的时候，我们正躺在那座巨大的沙丘背后，浅滩岭就是以它命名的。他的未来面临着前所未有的艰难险阻。动乱岁月结束之后他才成人，所以，从来没摸过枪。再说，他认为靠武力解决问题的时代早过去了。他相信北爱尔兰终究会回归南爱尔兰，还曾诙谐地说，他甚至抱着卡森会成为爱尔兰第一位国王的疯狂念头。这是汤姆一派的陈旧观念。他的观念有时会跳摇摆舞，就像他的音乐。换了约瑟夫·赫利，如果暗杀可以无声无息地进行，他会毫不犹豫地让卡森吃个枪子儿，然后若无其事地回家。

这年头，有家有业的人也掺和进来了，不再只是小伙子们满世界没事找事，小丫头们从旁边煽风点火。

即便如此，只过了一会儿，他又翻身过来亲吻我了，在安静的沙丘之间，只有气急败坏的海鸥看得到我们，另一面便是大海，那里起伏的波涛依然记取着汤姆的英勇行为。浅滩岭习以为常的劲风吹动岸草。这样冷峭的天气最适合亲吻取暖。

几个星期后，在天鹅饭店旁边的桥上，猜猜我遇到谁了，风尘仆仆的约翰·拉维奥。

他应当还算个年轻人，但是边边角角已经出现细微的变化。他在美国，或其他什么地方，一定经历了艰辛的生活，我低下头，看到他的鞋子已经穿得破旧了。我想象，他从一辆火车跳上另一辆火车，像个流浪汉，四处游荡，一无所获。他脸色苍白，依然瘦削英俊。

他说："瞧瞧，这出落得，简直不敢认了。"

我说："你也变样了。"虽然周围没人，我还是觉得心虚，因为斯莱戈像一个村子，谁都认识谁，如果人们不了解你的底细，他们肯定要想方设法弄清楚。约翰·拉维奥注意到了我魂不守舍的样子。

他说："怎么啦？不愿意跟我说话？"

我说："啊，不是。我愿意。你怎么样了？这段时间一直在美国？"

他说："本来打算去的。后来没去成。再好的计划也没用。"

我说："嗯，可不是嘛。"

他说："至少我在爱尔兰能自由行动了。"

我说："哦？"

"德·瓦莱拉当政了嘛。"

"哦，对啊。能自由行动是件好事。"

"总比他妈的库拉监狱强。"

他的咒骂吓了我一跳，但想来也是合情合理的。

"你在那里待过？"

“就是那儿。”

“那么，约翰，我们回头见啊。”

“我先回家待一段时间，岛上，然后就回来。还得给政府干活呢。”

“你当选啦?”

他说：“没有。是修路。市政府的活儿。就是挖坑啊什么的。”

“那也不错。总算有份工作。”

“是，有份工作。工作不好找呢。听说，就算在美国也不好找。你上班了吗?”

我说：“在开罗咖啡店。做服务员。”

“太好了。等我回斯莱戈的时候再来看你。”

我说：“好啊，你来吧。”忽然，我觉得浑身不自在起来，简直无地自容。也不知为什么。

*

约翰·凯恩刚才给我送汤来了。

他说：“这倒霉的活儿，非把我累死不可。还不如在康诺抓鼹鼠呢。”

他的喉咙一刻不停，惨兮兮地吞咽。

我说：“康诺可没有鼹鼠。”

“别说康诺，整个爱尔兰都没有。那样的活儿才适合老头儿做呢。这该死的楼梯。”

然后他就走了。

*

汤姆妈妈家的小房子倒是不错，就是有股煮羊肉的味——在当时高度警惕的状态之下，我几乎想说煮的是祭祀的羔羊。在房子深处的什么地方，似乎有很多锅在煮东西，羽衣甘蓝、卷心菜，都是老汤姆园里的产物，还有一只小羊，已经煮得滚开，沸沸腾腾，走廊里散发着它特有的温和、湿润的味道。这就是那座房子留给我的印象。我一辈子只靠近它两次，每次它都把我推向死亡。那段时间，我一闻到烹饪肉类的味道腹内就翻江倒海。尤其受不了煮肉的味道。也不知为什么，我的妈妈特别爱吃各类肉食，包括那些能把手术师吓倒的内脏杂碎。她会兴冲冲地吃下一颗羔羊的心脏。

汤姆带我走进前厅。我觉得自己像一只农场上的牲畜，我忽然体会到在过去的年代里，奶牛、牛犊、猪等等，在晚上被带进农舍的感受。以前在爱尔兰，人畜都睡在同一屋檐下。这就是为什么乡村厨房的地板是倾斜的，从火炉，老女人的床和高处的卧室向下倾斜，以防家畜的粪便向那个方向流淌。我感觉自己就像一头家畜，跟屋里家具不停地磕磕碰碰，在别处从来没有这样。我根本就不应该来。这里没有我的位置。我的出现恐怕使神都感到意外。

她把屋里仅有的几张椅子和沙发都用一种暗红色的天鹅绒包裹起来，这些座椅都陈旧不堪，疙疙瘩瘩，好像里面的什么东西已经在天鹅绒下面死了，变成了坐垫。到处弥漫着那头小羊的腥膻。我不是故意写下“腥膻”两个字。我不是成心把那里说得一无是处。愿上苍宽恕我。

她温和地看了我一眼，令我不禁吃了一惊。但是她的声音却不像眼神那般和蔼。现在回头看来，她当时可能也想尽量表示友好，以便我们有一个良好的开端。她非常瘦小，头发在前额上有个所谓的寡妇尖。穿着一身黑，小巧的黑色套裙，黑色的面料上有可疑的磨光，像神父穿的外套胳膊肘的部位。不出所料，她的脖颈上挂着一个精美的十字架。我知道，她是镇上疯人院的缝线女，而她的丈夫老汤姆是那里的裁缝。是的，是的，他们就是在那里相遇的，共用一张剪裁桌。

有一次，老汤姆对我说：“她坐在窗灯下，看上去像个天使。”不知他指的是何时何地。也许是早年比较灿烂的日子。他的思维具有很大的跳跃性。他是个非常自以为是的人，也许因为他有这个资格。但这会儿，她看上去可一点都不像天使。

她严厉地盯着我的腿，说道：“你没大腿。”

我说：“我没什么？”

“没大腿，没大腿。”

汤姆说：“小孩儿需要坐在大腿上啊。”他想帮忙，不想帮了倒忙。

我说：“哦。”

她的轮廓泛着一层奇异的白色，好像路边三心二意的飞雪。可能是扑了粉的缘故。而那天从室外洒进室内的日光出卖了她的真实面目。

我必须格外小心，保持公正。

老汤姆安顿我坐在一张疙疙瘩瘩的椅子上。每个把手上都有一个小臂垫，上面绣着朴素的花朵。简单整齐的手工。麦科纳提夫人坐在沙发椅上，旁边是一摞书本，估计都是她的剪贴簿。此时，她没碰它们一下，像嗜食巧克力的人对一块巧克力暂时置之不理。老汤姆拉出一张木椅坐在我对面。他看上去要多高兴有多高兴。手里握着一只短笛，二话不说，马上吹起了一支爱尔兰民乐，技艺娴熟。然后他停下来，笑了笑，又吹了一曲。

他说："你觉得大提琴怎么样？喜欢吗？"

奇怪的是，他在乐队里既没吹过短笛，也没拉过大提琴，好像不言不语，他就可以通过这些富有异国情调的乐器跟我交谈。只是，他似乎顾左右而言他。我们在广场舞厅经常聊天，但那种正常的交流在这里完全失去了意义。我们好像素昧平生。场面非常怪异。

麦科纳提夫人发出"哈"的一声，站起身，飘然而去了。也许那一声并不意味着什么，我希望，她只是习惯性地脱口而出，就像小说里描写的一样。老汤姆又表演了几首擅长的曲目，然后也站起身，走了出去。之后，汤姆也离开了。都没有回头看我一眼。

只有我呆坐在那里。独自一人，面对空屋，屋里还回荡着老汤姆的音乐，而麦科纳提夫人留下的一声短叹，像盲人竖琴家奥卡罗兰的乐段一般神秘莫测。

终于，汤姆回来了，扶我站起身。他没说话，脸上挤出一丝笑容，好像在说：唉，你呀，怎么办呢？

我们走出来，浅滩路上还有其他三四座类似的小房子，每户大概占地一英亩。路还没修好，就像我和麦科纳提夫人的会面，只进行了一半。

我说："她不喜欢我？"

汤姆说："怎么说呢，她主要是担心你那位妈妈。可以说，她是出于一种职业性的关注。但这也不是主要问题。不是。我本以为这会是问题的关键。但其实不是。妈妈是虔诚的教徒。这才是最大的难处。"

我说："哦。"然后挽起他的手臂。他还算温柔地笑了一下，我们溜达着，走向镇边古老的小巷。

他说："啊，对了，如果可能的话，她希望你跟冈特神父谈谈。"

我说："有什么好谈的呢？"我心想，哦，天哪，她是冈特神父的朋友。

他说："你知道的，还不就是必须做这个，不许做那个，乱七八糟的东西。嗨。不就是什么该死的婚姻法则嘛。都是无稽之谈，就算你是印度教徒又怎么样了，我根本不在乎，但是，你看，关键问题是长老会，你知道我的意思。哦，耶稣，她还从来没让新教徒进过家门呢。以耶稣的名义起誓，从来没有。”

“但是，我呢，她到底喜不喜欢我这个人？”

他说：“不知道。这个她根本没提。我们在厨房开了个家庭会议，你可以想象，挺正式的。”

汤姆还没开口求婚，但我知道，这些讨论都跟我们的婚事有关。忽然，我觉得自己其实不想结婚，无论是跟他还是跟别的任何人，也不希望有人向我求婚。我才二十出头，那个年代，你要是二十五岁还没出嫁，就算老姑娘了，连驼子都不会娶你。当时爱尔兰女多男少。有脑筋的女孩子在陷入爱尔兰的无边泥沼之前都赶紧去了英国和美国。美国特别需要女人，爱尔兰出口女人就像美国出口黄金。每年都有成百上千的女人离开。活泼可爱的，丰满浑圆的，娇小玲珑的，其貌不扬的，筋骨壮硕的，疲惫不堪的，青春烂漫的，成熟老练的，各种规格一应俱全。她们一心向往自由，凭直觉奋勇向前。宁可在美国做保姆，也不愿在该死的爱尔兰做老姑娘。我忽然感到一种强烈的、迫切的、狂野的愿望，想步她们的后尘。我的衣衫里还残留着小羊的味道，只有横渡大西洋才能彻底清除那种腥膻。

但是，你看，我爱着汤姆。愿上苍救助我。

第十五章

格林医生的俗事小记

今天约翰·凯恩的事简直令人难以置信，搞得我心烦意乱。在工作人员全体会议上，我们对该如何处理一份病房报告进行了讨论。一位家属发现病人情形不对，是一位来自利特里姆郡的女患者，才五十出头，在这里老龄化的群体中间，算是相当年轻的。她最近才入院，由于精神病发作，自以为是弥赛亚，救世失败，因而要自行鞭挞。为此，她使用了铁丝网。这一切都发生在利特里姆一家普普通通的农场里，发生在她有着美满婚姻的家庭之中。这已经够不幸的了。而那位家属，应该是她姐姐，有一天早晨发现她在房间里失魂落魄，撩着医院的病号服，腿上有可疑的血迹。也不是很多，就一星半点。当然，我们必须做最坏的设想，所以才召开了工作人员全体会议。大家都怀疑约翰·凯恩，毕竟，他有过类似的嫌疑，后来就不了了之了。可是，他那么一把年纪了，还能做这种事？想来男人总是乐此不疲。问题是没有找到任何证据，完全没有，我们唯一能做的只是提高警惕而已。

我再次意识到，在这种大会上，在任何需要开诚布公的场合下，人们都表现得紧张兮兮，都担心对外来的无论哪方的专业人士出口不慎，言多必失。即使是厨房需要协助调查某个病房轻度的食物中毒，大家也像今天早上一样提心吊胆。全体人员都扎成一堆，翻着针刺，一致对外。必须承认，我也想跟大伙儿同仇敌忾。在外人眼里，我们对错误的包容程度可谓惊世骇俗，就连滔天大祸也不在话下。其实，这不过是一种根深蒂固的本能，尤其是在一家精神病院，工作不仅艰难烦琐，而且稀奇古怪。在这里，每天可能突发的临头大难都可以用台风和海啸的程度来衡量。医院内部的事情最好在内部解决。也不知病人家属对此会作何感想。

难以想象，在不久的将来，这些人员，这些房间，这些琐事，都将随着医院的沉落烟消云散了。

碰巧，这个星期约翰·凯恩得到确诊，他的喉癌又复发了。他自己还不知道呢。要是没有其他的问题，本来这是件很令人伤感的事。但要是那件事属实，他还真不如清清白白地一命归西。他已经上了年纪，所以喉癌的发展非常缓慢。但是，他具体的岁数却无人知晓。他自己也承认没有出生证明，因为是由养父养母带大的。在这一点上，我们俩经历了共同的命运，希望再没有其他相似之处了。他还在继续工作，主要因为没人想到要让他退休，他的年龄根本没有记录在案。另外，他的工作如此低微，很难找人接班，就算那些从中国、波斯尼亚，或者俄国来的外籍劳工也未必愿意干。再说，约翰·凯恩从来没有自发地表示过任何放下扫帚的愿望。他尤其要坚持照料萝珊，虽然每次爬那截楼梯都累得气喘吁吁，而且院里跟他说过了，完全可以把这个任务交给别人干。不得了，没门儿，一提到这个话茬，他就以叽里咕噜的方式“大发雷霆”。

不得不承认，由于贝特的缘故，我的心思根本没放在这些事上。我的头脑饱含哀痛，像一个充满红籽的石榴。怎么挤都是千愁万恨，除此之外一无所有。主治医师和护士们都在谈论那位受到侵犯的可怜女人，如果事实果真如此，但我听在耳里全是噪音。我坐在人群中间，头脑里一片喧嚣。

于是，我上楼到麦科纳提夫人房间里，跟她坐了一会儿。这么做似乎完全合乎逻辑。可能是《星际旅行》里史波克先生的瓦肯逻辑，可怜的是他没有人类的情感。我可是感慨良多。我没有继续调查她入院的前因后果。实在进行不下去了。我也感到很无奈，但这是个不争的事实。

黄昏时分，我坐在她的房间里。她肯定在对我察言观色。但是，她也一言不发。我心里狂野的新仇旧恨翻江倒海，但万千思绪无论如何都不能对她言说。

我只能试图自我排解。昨天夜里，我又经历了一桩咄咄怪事。要是像我这样的一位病人这会儿来找我做心理治疗，我可真不知道该怎么处理了。如今，我已经完全不知所措。只有下过地狱的人才知道地狱的深度。悲哀之旅是穿越地心的航程，必须用沉重的器械凿穿地壳。一个弱小的人在控制台前渐趋疯狂。惊恐万状，惊恐万状，但他已难觅归途。

都是被那种敲击之声搞的。一件如此微不足道的小事，却令我心惊肉跳。神经质！我听上去可能像个维多利亚时代的医生。然而，我的表现确实像维多利亚时代的神经质，相信扶乩，活人能跟死人通灵，让人联想到耶柔米山墓地里那些半死不活的坟墓，谁都不敢碰，因为已经被永久性地购买了，任凭它们腐朽，也没有生者来访，无人擦拭墓碑上的铜牌。

昨晚，我的精神状态又进一步恶化了。躺在床上比狗还要清醒。夜阑人静时分，一团漆黑之中，突然，贝特的电话响了。就在我头顶响起。是我给她接了第二条电话线，因为她抱怨我总是上网，她都没法用电话了。那时她说，朋友们给她打电话总是占线，所以只能留言，而我从来也不把留言转达给她。于是，我就给她接了第二条线，虽然要多花几个钱。电话就在她床边。现在，它忽然铃声大作，把我吓得一跃而起，像个卡通人物。从内分泌角度来看，可以说我被打了一剂肾上腺素，应该是吧。铃声突如其来，不可思议，令人紧张得作呕。然后，响个不停，当然了，因为没人接听。我可不愿意深更半夜起身上楼去。但是，我忽然想起，以前贝特不在的时候，电话响几下就会进入留言状态，可这次没有。可能是电话公司把留言停了。然后，我又想起，几个星期前，我不是已经给电话公司打过电话，取消了那条电话线吗？我无法确定，但是，如果确实如此，那么其中一定有什么差错。一直躺在这里任凭电话响个不停也不是办法。

还好，铃声停了。我尽量自我宽慰，让自己悬着的心放下来。可惜，好景不长。哦，耶稣啊。我又听到了电话铃声，就在我头顶，稍微有点模糊，因为毕竟要穿过地板和陈旧的石膏棚顶，但是这次，我听到了一声回答，就是一个字，“喂”。是贝特的声音。

我吓得几乎控制不住自己的膀胱。我的头脑里出现一幅画面，一头怪物，像一条大蟒蛇，用身体缠绕着我，并且开始挤压。大蟒蛇是通过挤压猎物内脏，造成它们心脏碎裂以导致死亡。那“喂”的一声几乎让我的心跳出了嗓子眼。我日夜思念贝特，但说句实在话，我可不想听到她的声音，至少不想通过这种方式听到。活生生的人是一回事，这么一个字从天而降，刺向我的胸膛，却是另外一回事了。恍惚之间，我想到，会不会阴差阳错，她的死只是我的想象，或者，她被活埋了，但是，我还没有足够时间胡思乱想，就又听到一声呼唤，清晰地叫着我的名字："威廉!"

哦，耶稣啊，我想，电话原来是打给我的。但这个想法完全不切实际。我是说，明摆着，电话根本不可能被接听，所以，当然不可能是打给我的。

我的名字被叫到了。声音一如既往，同样的口气，同样的不耐烦，反感我把她的号码给了别人，占用了她的电话线。

我不知如何是好。"什么事?"我想都没想，就随口应了一句。

我无法充耳不闻——这里显示了我新的疯狂——更无法置之不理。我从床上爬起来，感觉跟死人差不多，好像我已经来到了阴间，或者进入了贝特喜欢的M.R.詹姆斯写的某个鬼故事里。我很不情愿地走出屋门，光着脚穿过走廊。如果她看到我这个样子，肯定会责怪我为什么不穿拖鞋。我来到楼梯狭窄的入口，一步步走向顶楼。

我走过楼梯转弯处，我就是在这里找到贝特的，她做着临死前最后的挣扎。我拨了一下开关，但没有任何反应，肯定是灯泡坏了，我之前没有注意到。楼梯台上洒着晦暗的月光，像一碗清汤。我给她的房门留了一条缝，以便空气流通，防止发霉。我迈着沉重缓慢的步伐走到她门前，在那里站住了。

我说："贝特?"

我不禁感到毛骨悚然。无论是哪种跟恐惧有关的化学物质——肾上腺素，还是它的姐妹激素——它们令我丧失了理智。我双膝发软，肠子里都是水，想呕吐。多年前，我还小的时候，有一次在帕德斯托屠宰场，看到母牛排着队等待被屠宰，它们惊恐万状，屎滚尿流。跟我现在差不多。一方面，我希望她就在屋内，另一方面，我更强烈地希望她不在，因为生命惧怕死亡。这是人类求生的本能。我们埋葬或火化尸体，因为需要将失去生命的肉体与我们的爱和回忆划清界限。我们不愿人死后还躺在卧室里，我们希望牢记亲人生前的形象，让他们在我们的回忆里永生。

然而，倏忽之间，仿佛山雨欲来时的第一阵微风悠然而起，我觉得自己其实渴望她就在里面，渴望她还在人世。我推开门，走进去，满心期待与贝特相会，我要温柔地拥她入怀，已经太久没这么做了，我要笑着向她解释，我的头脑有多么荒唐，居然以为她离我而去了，我要恳求她，恳求她可不可以终于原谅我在小水脚做出的蠢事，让我们重新开始，我们可以出去度假，比如说，就去帕德斯托，看看那座我生活过的老宅，听说那里新建了很多家豪华的餐馆，我们可以出去吃饭，好好玩玩。

空荡荡。屋里空无一人。

当时，如果有人看到我的话，肯定会以为见了鬼——我就是那个鬼魂。一个目光狂野，相貌蠢笨的六十五岁男人，在他死去妻子的房间里，悲哀得发了疯，恳请谅解，寻求救赎。这是我对她思念的基调。贝特——救救我，原谅我。而可悲的事实是，她就早该把我赶出家门。

我坐在萝珊的房间里心潮起伏。

但对她，我必须守口如瓶。这是病人的房间，我的责任是对她做出评估，考虑是否应当让她出院，“重返社会”。这是撒切尔夫人那个年代英国的口头禅，可以说，直到如今铁娘子的风格还阴魂不散。萝珊静坐在床头，披着那种斗篷式的白色外套，在半明半暗的光线下，看起来好像生着一对皱巴巴的翅膀，气血贯通之前蝴蝶的双翼，有朝一日，令蝴蝶也大吃一惊的是它忽闪着这对翅膀翩翩飞舞了。

对她进行评估。多么荒谬，我不禁笑出声来。这屋里如果有哪个人的心智值得怀疑，那人无疑是我。

*

萝珊的自述

我们在都柏林结了婚，婚礼在萨屯区的一座教堂里举办，一切都很顺利。那里的神父是汤姆的好友，他们当年在都柏林同时入了大学，但是进了不同的学院。汤姆在三一学院学法律，虽然他只坚持了几个月，但已足够让他在城里广结人缘。汤姆是那种在马场泡一个下午就能结下一个莫逆之交的人。该准备的他都准备好了，特许证明，结婚启事，所有跟长老会女孩结婚必需的事宜都安排就绪。萨屯的居民可能对这场婚礼颇不以为意，毕竟没有通常的欢声雷动。他在都柏林的哥们儿都来了，仪式结束后我们在巴里饭店住了两晚，第二个晚上我们去大都会跳舞，汤姆认识那里的乐队领班，我们几乎是第一次共舞。奇怪的是，我们在他家的舞厅里倒是很少跳舞。我也不知为什么。汤姆似乎对一切都心满意足，只字不提他家没人出席婚礼的事。如果杰克不是刚好去了非洲，他肯定会到场，婚礼那天的中饭是他出的钱，算是送给弟弟的一份礼物。结果汤姆在席间喝了太多的威士忌，晚上已经烂醉如泥，但是跳舞的那天晚上他将功补过了。他可是个甜蜜的情人。千真万确。

我们黑着灯躺在饭店的房间里。白天，汤姆在他当年就读的教学楼后面的学院绿地买了一包俄式椭圆口香烟，这会儿正在吞云吐雾。当时我二十五岁，他比我稍大一点。

他说："你觉不觉得，这里真的很不错。我在想，有朝一日，能不能来都柏林闯一闯？"

"你不会想念西部的家乡吗？"

他说："当然想。"他在昏暗之中吐着烟圈。

我说："汤姆？"

"嗯？"

"你爱我吗？"

"当然了。肯定的。"

我说："那就好。我可是爱你的。"

他说："是吗？这说明你很有眼力。你可是个聪明人呢。这点我得承认。真的。"

然后他笑起来。

他说:“你知道吗?我是真心的。”

我说:“真心什么呀?”

“我的意思是,我不是嘴上说说而已。我是真心的。真心爱你。”

对他的话,我深信不疑。

*

他是个非常正派的人。这一点很重要,我必须强调说明。

*

德·瓦莱拉和英国之间著名的经济战所造成的严重后果,你从车窗里看出去就可以略知一二。我们是春天结的婚,新出生的羔羊没有买家,农夫们不得不铁石心肠地在田野里把它们宰杀。火车穿越乡村,我们不时看到散落的羔羊的尸骸。汤姆对这一切感到愤愤不平。在他看来,德·瓦莱拉的人在《英爱条约》签署后曾一度试图颠覆这个国家,现在他们上台组阁,相当于枪手和杀人犯掌了权。这让汤姆一派恨得咬牙切齿。汤姆年轻气盛,奋发向上,他想继承这个国家,完成建国的大业。令他忧心忡忡的是,德·瓦莱拉过去想把这个崭新的国度扼杀在襁褓之中,如今又想把它的童年时代搞成一团乱麻,不把这个地方毁了他不会善罢甘休。总之,屠杀初生羔羊令最粗壮的农夫也心碎不已,但他们确实不知道除此之外还有什么办法,他们全部的梦想都破灭了。

汤姆坐在我身旁，看着窗外萧条的乡村。他说："真他妈的成了疯人院。"他这么说不无道理，毕竟，他的父母都在疯人院工作，"整个爱尔兰现在就是个疯人院。"

于是，汤姆让他爸爸给他剪裁缝制了一件蓝衬衫，然后，他开始参加小型集会，在斯莱戈组织游行，试图扭转时局。蓝衫党领头的是个叫欧达非的人，他曾经负责管理警察，后来不知怎么丢了那个职位，现在他有点像墨索里尼或者佛朗哥那类人。汤姆很佩服他，因为他做部长的时候曾经试图在爱尔兰实施儿童保护法。虽然最后没有成功，他还是相当了不起的。他讲演的时候激情澎湃，汤姆还以为所有英雄人物都在动乱岁月里牺牲了呢，尤其像内战中被枪击身亡的迈克尔·柯林斯。欧达非是柯林斯的重要盟友。所以，对汤姆来说，追随欧达非是自然而然的事。我还没见过比汤姆更爱出汗的人呢，每次游行之后他的蓝衬衫都拧得出水来。腋下的部位很快就发白了，不好看，我不得不多次给它重新染色。我从来没去参观过游行，但还是希望他看上去精神抖擞，做妻子的这么想也是天经地义的。

与此同时，我们在浅滩岭一座波纹铁屋顶的小房子里安顿下来了。其实就是个窝棚，虽然距离舞场不远，却能保证把我隔绝在斯莱戈镇之外。他要回镇上也就是几步路的工夫。我们的卧室正对着月亮山，能看到山上梅芙堆的顶部，躺在那里感觉十分异乎寻常，我们是一对三十年代的摩登小夫妻，而她，躺在那座高高在上的床上，一晃已经四千年了。通过房前东倒西歪的门廊，我们可以清晰地看到兔儿岛，即使隆起的岛身挡住视线，我还是知道那位铁人就在岛的另一侧，永生永世，坚定不移，我在想象之中可以看到他，始终如一，带着斯多葛式的沉静，指向安全的深水区。

*

《随你到巴西》《礼帽》。得到人们衷心爱戴的不是德·瓦莱拉形销骨立的面孔，而是弗雷德·阿斯泰尔勾魂摄魄的眼神。

*

豪门显贵也光顾电影院。如果是教堂，恐怕还得给他们预备板凳。在影院，各式皮草云集包厢。斯莱戈的老百姓就得在楼下挤一挤了。幸好克兰西先生和他的兄弟们都服过兵役，指挥观众仿佛管教刚入伍的新兵一样驾轻就熟，否则情况可能会一片大乱。如果哪个小子胆敢寻衅滋事，马上会被揪着耳朵拎出去，遗弃在斯莱戈暗夜的凄风冷雨之中。哦，但是在亲嘴的问题上，克兰西先生只能听之任之，他又不是教区牧师，而且一旦灯光暗下来，他可怎么管呢。这里虽不是教堂，但胜似教堂，比教堂强百倍。放眼四周，你会看到人们聚精会神的表情，那表情就是神父们梦想有朝一日能够在教众脸上看到的。整个斯莱戈抱成湿漉漉的一团，不同的背景、不同的学历，王子或贫儿，都被银幕的魔力凝聚在一起。几乎可以说，至少在电影院里，爱尔兰已成为一个自由团结的国度。虽然汤姆把我隔离在浅滩岭，等着他那位妈妈缓和敌意，给我大赦，但他还不至于狠心到星期六晚上也继续让我流配。于是我们驾着他那辆漂亮的小车，风驰电掣般开到镇上，占据我们通常的位置，好像在心灵深处生怕被别人取而代之。

电影院里总不乏说笑调侃，小伙子们随口出言不逊。有时政治路线也被牵扯进来，多数时候没人在意，但偶尔，大事没有化小，尤其在三十年代，矛盾渐趋尖锐。从星期六晚上人们在电影院里的争长论短，你可以一窥当时这个国家的民情。当然，克兰西先生不加入任何党派之争，甚至对政治本身持反感态度。一句污言秽语，你就可能被撵出去，所以据汤姆说，这里跟众议院比起来，堪称秩序井然。

"有些话在众议院里说了也没人敢把你怎么样，在这儿，你一言出口，马上就得被扫地出门。"

正片开演之前通常放映一些新闻片，如果是关于西班牙内战的消息，有些观众就会对声援西班牙国民军的蓝衫党冷嘲热讽。克兰西先生和他的兄弟们这下有的忙了，他们立即试图在人群中揪出起哄的元凶。

这种时候，汤姆就会骂道："乌龟王八蛋。"

如果杰克没有出差非洲，他也会骂道："一捆儿老奸。"

不过他倒是没有追随蓝衫党。

他也会对汤姆说："你那位朋友欧达非恐怕也是一捆儿老奸。"

汤姆听了总是哈哈大笑，他太喜欢杰克了，以至于他说什么都无所谓。这就是汤姆作为一个朋友和兄弟的无穷魅力。他骨子里都透着敦厚宽容。而且，他认为杰克是个天才，在戈尔韦攻下了双学位，工程学和地质学，他自己在法律学院才坚持了几个月而已。在他听来，杰克的话字字珠玑，这是他们在孩提时代就养成的习惯。我不知道他们的另外一个兄弟伊尼斯跟他们俩关系如何。关于可怜的伊尼斯，他们很少提起。

一天晚上，正放映《礼帽》，在去洗手间的路上，一个熟悉的黑色身影挡在了我的面前。在那个时代，单身男子跟已婚女子随便搭讪是很少见的，但话说回来，约翰·拉维奥可从来不是随随便便的人。如今，他那一派大权在握，他看起来也发达了，虽然还在给市政府砍伐路边的野荆棘，总比东藏西躲或者在库拉监狱啃土豆饼强。他可能特别喜欢黑色，从来只穿黑衣服，看上去像个西部牛仔，肤色苍白，一头浓密的黑发。作为一个清道夫，他可对燕尾服的马甲颇有研究。至于我嘛，那天刚好穿着最心爱的紫色连衣裙，其效果不言而喻。总之，约翰·拉维奥从来不在乎自己的行为得不得体。

"你好，萝珊。小姑娘，你真是光彩照人啊。"

这话从他嘴里说出来显得夸大其词。他从来不曾对我说过一句甜言蜜语。毕竟，我们俩是在穷途末路的悲剧里相识的。也许此时的轻薄无礼是对过去含蓄的报复。谁知道呢，我才不把这种话当回事，跟他擦身而过，继续走自己的路。人家还急着上厕所呢。

他说："星期天我一般都在月亮山。星期天下午三点你可以在梅芙堆那里找到我。"

我羞得满脸绯红。我们周围到处都是中年妇女和年轻姑娘，都跟我一样等着用卫生间，大家都屏息静气，因为身后电影正在放映之中。其实，约翰·拉维奥说什么我也听得不太真切，但还是大致听明白了。希望没有别人听到就好。也许他只是客套而已。他的意思可能是，我知道你住得离那儿不远，我也经常到那儿去。

我在舞场里从没见过他。当然了，如今我也不像过去单身的时候那样经常去跳舞了，也不能在乐队里弹钢琴了，因为总有人说三道四。那个时代，已婚妇女没有在外面工作的。我们当时跟穆斯林差不多，男人就想把女人藏起来，除非是特殊场合，比如，有精彩电影上映的夜晚。

约翰·拉维奥可不是平庸之辈。他不是路上游手好闲的汉子对着我的背影评头品足，他在我心中占据着重要的位置，因为他认识我的爸爸，知道他的经历。我们的命运被死亡紧扣在一起，他弟弟的死，我爸爸的死。我们本该成为死敌，但是没有。我不反对他，虽然我也不赞同他。

直到今天，历史上的孰是孰非依然令我困惑。我很少跟他见面，但他经常出现在我的梦里。在梦里，他总是被子弹射中，像他的弟弟在现实生活中一样。在梦里，我一次次看到他死去。我只能握住他的手。仿佛是他的亲人。

这事我从来没跟汤姆提起。我没法说。该从哪里说起呢？汤姆爱我，爱他所了解的我，他眼中的我。这里，我不想说出什么不堪之语，不过他尤其赞美我的屁股。这可是事实。

有一次他说道："情绪低落的时候，我就想想你的屁股。"

不是很浪漫，但换个角度，又是非常浪漫的。男人其实不是人，不，我的意思是，他们轻重缓急的观念跟女人不同。当然，我也说不清女人轻重缓急的观念到底是什么。我对汤姆充满了不可遏制的欲望。想把他全部占有。他随时随地都令我目眩神迷。有些东西就是能让人乐此不疲。巧克力有吃厌了的时候。但有些东西百吃不厌。无论以什么名义，我都喜欢有他相伴。跟他喝茶。亲他的耳朵。可能我从来就不是个正经女人。愿上苍宽恕我。也许我的弥天大错是自以为可以跟他平等相处。在我心目中，我们俩就像邦妮和克莱德，当时，那对鸳鸯大盗正在美国到处杀人流窜，以传奇的方式表达他们的爱情。

那么，为什么接下来的星期天我马上去了梅芙堆呢？我无法解释。就是因为约翰·拉维奥叫我去的？不是。我知道这是天诛地灭的行为，我将犯下严重的错误。为什么鲑鱼放弃自由自在的大海，偏要回归青野河？

*

格林医生的俗事小记

早年刚开始的时候，我们每次都忠实地去小水脚度假。人们现在都取笑小水脚，称它为旧式爱尔兰度假胜地的典型，其特色包括阴暗潮湿的民宿，连绵不断的雨水和令人反胃的食物。但是我们喜欢那里，贝特和我。我们也拿它开玩笑，但不怀恶意，就像打趣一位古怪的姨婆。我们喜欢那里——每次都迫不及待地赶过去，仿佛急着在小水脚的圣殿里接受洗礼。

阳光最善于察言观色。一年一度去到同一个地点，我们的旅程就好像钟表一样忠实记录着贝特容颜变换的准确时间。每年都有新的故事，序列里的肖像按部就班。要是我每年都在同一时间同一地点给她拍照就好了。她总是抱怨，担心自己变老，对自己每一条新增的皱纹明察秋毫，像狗从睡梦中惊醒，听到陌生人踏入家园边界隐约的足音。她唯一的奢侈品就是那些瓶瓶罐罐的晚霜，那是她与皱纹作战的弹药军火。她为人聪慧机敏，熟知连篇累牍的莎士比亚的作品，可能是学生时代受了哪位激情洋溢的语文老师的影响。但是，在皱纹的问题上，她完全丧失了理智，只依靠一种原始的直觉。至于我，可以对天发誓，那些细枝末节对我来说从来都无关紧要。有了婚姻之约神奇的佑惠，我们夫妻应当在彼此眼中几十年如一日。连我们的朋友们也从来不显老。多么吉祥如意，我年轻的时候对此没有丝毫怀疑。但其实，即便我们有所怀疑也无可如何。在老人院里，从来没有哪位老人不是满腹狐疑地左顾右盼，发现其他人都显得老态龙钟，不愿加入他们风烛残年的行列。只有我们自己，可以长生不老，青春永驻。因为在时光的尽头，我们乘风破浪的航船不是肉体，而是灵魂。

哦，笔下居然写出这样的文字，我堪称爱尔兰头号不可知论者。一如既往，我无法准确地措辞以表达自己的心声。其实，我想说的是，我爱贝特，是的，一个灵魂爱着另一个灵魂，至于那些皱啊褶啊，都属于贝特苦心孤诣地解读人生的另外一个故事。我不会低估衰老带给她的痛苦。她自认为本已相貌平平，再加上人老珠黄，就越发见不得人了。但是我很怀疑她的所谓自知之明。她的面孔不但娴雅秀丽，而且经常容光焕发。还记得当年，我们在教堂里并肩而立的时刻，在她即将说出“我愿意”的一瞬间，我低头看着她的脸，然后听到她说出终生的许诺，当时她的脸庞溢彩流光，向上照耀着我。那是爱的光芒，是我今生得到的难能可贵的福泽。

既然如此，我为什么偏偏选择了在小水脚背叛她？

我当时独自出门，没带她同行，其实完全无可厚非，因为我是要参加一个座谈会，会议在小水脚浅滩上一家新开的饭店里举行。当然，座谈会是关于精神病学方面的交流。主要围绕着老年精神病和老年痴呆等课题。会上我概述了自己的一篇论文，内容是关于记忆的不同版本，包括法西斯式的确定性，以及专横跋扈的压迫性。其实说白了，都是人到中年的胡诌八扯，但当时，我还真觉得自己的观点挺激进的，算是标新立异。座谈会将我的论文划归为考虑不周、不管不顾之流，被视为过线失控之举，属于思维上的失足堕落。那么接下来，肉体上的失足堕落也就顺理成章了。

可怜的玛莎。家里有四个出色的儿子。丈夫是他那一代最有天分的初级大律师之一，性格可能略显孤僻，经常郁郁寡欢，但肯定是个响当当的人物。事情的经过非常简单。我们两人都喝过了量，溜进旅馆的走廊，周围都是些不起眼的客房，忽然欲火中烧，我吻了她，两人在黑暗之中动手动脚，苍天呀，她连裤衩都没脱，就被我用手弄出了高潮，不过我们也就到此为止了。实际上，就是偶然的一次随心所欲，仿佛在恍惚之间重温了青春期的激情，那时连私下摸索抚弄都带着勇敢的诗意。

玛莎回家就对她那位好丈夫坦白了。也许她不是成心的，而是不由自主。我相信，她其实希望什么都没有发生过。这个世界并非到处充斥着背信弃义的人，多数人都抱着良好的意愿，真心希望自己不要辜负那些了解他们、热爱他们的人。很少有人意识到这一点，但这是千真万确的事实。从个人经验出发，这么多年的工作实践使我对此深信不疑。我知道，这听起来好像天方夜谭，但我的结论完全经得起考验。我们经常把人性归结为粗暴野蛮、利欲熏心、低级趣味，但那并非人性的真实写照，我们不是豺狼，我们是羔羊，在牧场的边缘惊异于夏季耀眼的阳光。玛莎失去了她的世界。我失去了我的。无疑，我们是咎由自取。但她的丈夫和贝特承受的痛苦却不是罪有应得，他们是无辜的。

一个人忠诚与否并非取决于他的个人品质，而是天意使然。

说来说去又是老调重弹。

*

我真想知道，冈特神父对此会作何感想。

孜孜不倦的冈特神父，专心致志地揭发萝珊，要将她的天性暴露无遗，一心一意欲加之罪。

供词在隔壁房间里，但我筋疲力竭，实在不想动弹。让我看看凭记忆可以写下多少。发生在墓地的事件我已经记录在案。之后爱尔兰宣布独立，帝国警察宣布解散，可以想象，萝珊的父亲从此心惊胆战，然后……随着时间的推移，他应该是感到越发软弱无助，还是这种感觉有所缓解？萝珊的父亲在那个墓地里找了份活儿。这是个从当地政府拿俸禄的差事，不知怎么竟会落到一个有污点的人手里，也许派给他一份卑微工作的目的就是要折腾他。事实上，过了不久，他连这份工作都没保住，又被安排在斯莱戈捕鼠，这对萝珊父亲来说，简直是奇耻大辱。冈特神父以诙谐的口吻写道："既然他曾经对同胞们穷追不舍，可以说，他在捕鼠方面已经拥有了一定的经验。"（大意如此。）但是，在爱尔兰，人们的记忆长短不一，良莠不齐，这可能是战争年代的通病。内战打响后，斯莱戈年轻人敦厚朴实的天性又受到新的挑战。终于，惩治萝珊父亲的问题被提到日程上来了，他的结局不但荒谬怪诞，而且痛苦缓慢。

一天晚上，回家的路上，他在街角被人劫持了。当时他已经习惯性地喝得烂醉，而他的女儿正习惯性地等着他。我相信，而且冈特神父也明确写道，萝珊热爱她这位行止古怪的父亲。他被若干男子劫持，连推带搡进了墓地。她悄悄尾随其后。冈特神父认为，那些人准备把他拖到坟地里的圆塔顶上，然后从窗口把他扔下来，或者对他施行别的什么类似的刑罚。

他被塞了一嘴白色的羽毛，这可能是为了羞辱他在过去的行当里胆小怕事，但我实在看不出他什么时候有过畏缩懦弱的表现，他只是随波逐流、受人指使而已。这些人用锤子把他暴打一顿，然后试图把他推出塔顶的小窗。萝珊正在塔底翘首张望。小屋里传出的号叫一定十分惨烈。他们把他半推出窗，没想到，他日积月累的啤酒肚又圆又大，使他卡在窗口无法纵身寒夜。锤子也没能取他的性命，就在他呼天抢地之时，羽毛飞出了他的嘴巴。这些人怒不可遏，又把他拉了回来，其中一个人随手将那几把血淋淋的锤子扔出窗外。羽毛飞升，锤子坠落，给站在塔底仰望的萝珊当头一击，她顿时就失去了知觉。

他们只好换个不那么具有戏剧性的行刑方式，在附近一所弃屋里对他处以绞刑。在当时的氛围之中，估计没有人怀念他。他的确曾经迫害过自己的同胞。而那些性格冲动，笨手笨脚的年轻人，一心想要报仇雪恨。像他这种角色，没有人会对他念念不忘。

只除了萝珊。

这些事，我怎么跟她说呢？这才只是第一部分，还有一部分讲述了她后来的生活。里面包含对她惨无人道的指控。父亲的罪孽已经如此深重，更加上母亲的罪孽……我必须牢记，并反复提醒自己，只有如此才能不改初衷。保持专业性。拉开一定距离。好在，我毕竟是在英国长大的，即使是作为一个爱尔兰孩子被抚养成人，自己与这个国家扑朔迷离的历史上最怪异的几个章节之间还是有所疏离。

其实，我们个人的历史也往往纠缠不清，甚至达到惊人的地步，就是说，连我们自己都无法理解和想象。比如，我母亲之死，无论从哪个角度看来都残酷无情，我能冥思苦想出来的它唯一的意义就是自己因此上了杜伦大学，走上了研究精神病学的道路，即使明知这一切都无力回天，于事无补。

她生活在帕德斯托对岸的人间仙境，我们家在浅滩上那座绿树掩映的老宅是夏季游客们艳羡的对象。

当然，她不是我的亲生母亲，父亲也不是亲生父亲。

爸爸妈妈退休后每年都去湖区度假。一天早晨，爸爸独自出去爬山。从山顶上，他俯瞰着下方的山谷，那里有一个湖，一个小小的身影，正走向湖水深处。他一看就知道是谁。但距离如此遥远，没人听得到他的喊声。

收养了我三年之后，当他们已经放弃了生小孩的梦想时，他们的亲生孩子，我的弟弟约翰，降生了。他跟我特别好。小时候，我们在本地的河道里钓鱼，他穿着短裤弯腰站在水里，一站就是几个小时，用果酱瓶抓呆鱼给我做鱼饵。

我十四岁那年，每天早晨我们俩骑着自行车，经过河口，然后搭乘汽车，我去天主教的文法学校，他去我以前的预备学校。两个车站距离很近，分别在马路两侧，因为两所学校方向相反。那是一条普通的乡村公路，就在村子外面，那个年代的公共汽车都漆得锃亮，车身粗壮。

一天早上——历史上的每个瞬间都能变成一个小故事——就差用“从前”这个字眼——我们像往常一样，把自行车搬到树墙后面，我看到我们俩的公共汽车同时从相反的方向驶来。约翰，那时才十岁，搂着我，跟我贴贴脸，然后过马路。这时，我才想起自己还拎着他的外衣，和我自己的拎在一起，就赶紧叫他：“嗨，小家伙！”约翰停下来，转过身。“你的外衣！”我说着，准备给他扔过去，我看见他的笑脸，回身向我走了几步。这时，两辆汽车都到了，不知两位司机怎么估算路上那个小孩的速度，但我这一喊的后果肯定给他们的估算造成了极大的误差，我要坐的那辆汽车从他身上碾了过去，而我还怔怔地伸着手，拿着他的外衣。

这是妈妈悲痛的根源。

悲痛欲绝。无法想象。她的心完全碎了。她的悲痛将我拒之门外。对她，我始终无法真正理解。

她生活的其他方面都圆满充实。住在仙境里。最后将爸爸一个人抛弃在仙境里。我是不是对她心存怨恨？不是还有我吗？再加上爸爸？为什么她就不能忍受痛苦？我知道，这么想是不公平的。我心知肚明。承受痛苦需要坚忍不拔的个性。我想写的，不是对妈妈有什么不敬，而是，萝珊真的是含辛茹苦，即使她的生活一文不名。

我的胡言乱语令人作呕。

为什么我又潸然泪下了？

重读我刚才写下的内容连我自己都感到震惊。居然把弟弟夭折的悲剧写成了一个小故事，而且字里行间流露出明显的引咎自责。在杜伦学习期间，同学们经常互相练习心理分析，但我根本没有提起这件事。其实，过去五十年里，我都没有认真思考过。这是我的生命里一个从未揭起的疮疤。现在，直面赤裸裸的事实，我终于清楚地意识到了这段往事的严重性。但是，该如何看待它，该如何疗伤止痛？我完全无能为力。唯一可以谈心的人是阿莫达·辛，但他早就长眠地下了。或者是我的父亲，他也不在了。他一定在英国老派的彬彬有礼之下备受煎熬。

但这些反正都无关紧要。我已经是不可救药了。整个人完全垮了。特此记录，我现在不仅声泪俱下，而且浑身颤抖。

当然，萝珊的一生包罗万象，她是我们所能知晓的全部世界过去一百年的写照。她应当是人们朝拜的圣地，一件国宝。但她什么都不是，且身无立锥之地。她没有家人，几乎丧失祖国。一个信奉长老会的女人。人们经常会忘记二十年代第一届爱尔兰议会成立时集思广益的精神，毕竟那种劲头不久就变得三心二意了。我们的第一届总统竟是一位基督新教教徒，堪称极富诗意的高姿态。遗憾的是，我们的历史缺失了那么多条线索，最终导致爱尔兰生活的浮世绘不可避免地分崩离析。没有什么力量能把历史贯穿起来。无论跟哪场世界大战擦肩而过，我们都会成为一盘散沙，只需一阵风起云涌，我们全得被吹到西伯利亚。萝珊不过是荒野边缘飘舞着的一片纸屑。

我知道，自己在她的问题上陷得过深，欲罢不能。关于她的生命史，我从她口中完全问不出个所以然，而且，她会全盘否认我手上的版本。同时，这里另外还有一打人需要我处理，我得倾听，交谈，决定是否应当让他们重返社会。天哪，这个地方不久就要拆迁了，人员需要遣散，我有很多重任在身，不计其数。

但是每天，仿佛身不由己，我必须去她的房间，而且是风风火火地赶去。好像如果迟了一步，她可能就不在了。她确实随时都有可能离开。

没有贝特，我活不下去。现在，我只好从头学起。

也许萝珊是我疗伤止痛的途径，我一方面可以照顾她，同时又对她具有一定的权威。我必须对自己的动机明察秋毫，因为即使不算那项对她严重的指控，或者更贴切地说，那项对她不利的谣言，她的一生已经饱受冤屈。她在这里可以算是入土半截，但她绝对不是萨达姆身陷黑暗的洞穴，她不会被揪出来，像马一样被人检查牙齿，然后祛虱，受辱，放逐。（注：她需要看牙医，我注意到多处黑龋。）

第十六章

萝珊的自述

格林医生刚刚来过。他进屋的时候，一脚踩在我藏纸页的地方，松动的地板块发出一声无情的吱呀，好像老鼠触动了鼠夹，吓了我一跳。但是，格林医生对此充耳不闻，他甚至连我都没注意到。他只是坐在我的旧椅子上，沉默不语。窗口透进的微光照不清他的脸。我从床上这个角度，正好看着他的侧面。他表现得旁若无人，不时发出长吁短叹。无意识地不由自主地叹息。我于是顺其自然。我喜欢有他在我房间里，只要他不刨根问底就好。反正我有好多心事可想。最好我们的心思都悄无声息，深藏不露，就让它们尘封心底。

果真如此，我为什么还要写这份自述？

后来，就在我以为他要走了的时候，他在门口转过身来，像旧电影里的侦探，看着我，面带笑容。

他说："你还记得加维神父吗？"

"加维神父？"

"他曾经是这里的牧师。大约二十年前吧。"

"是不是个鼻孔里有毛的小个子？"

"我可记不得他有没有鼻毛。刚才坐在那儿，也不知为什么，我忽然想起，你以前不喜欢他来看你。这中间有什么缘故吗？"

我说："哦，也没什么。我就是不喜欢教内的人。"

"你是说教众？那些有宗教信仰的人？"

"不是，不是，我是说神父修女那帮人。"

"为什么呢？"

我说："他们对什么事都那么确信不疑，我可不行。倒不是因为我是长老会信徒。所以我不喜欢那些神职人员。加维神父人还不错。他说，他完全理解。"他确实很通情达理。

格林医生在门口犹豫了一会儿。他还有什么话要说？我看得出，他的话就在嘴边。但他欲言又止，只是点了几下头。

他说："你总不会介意医生吧？"

我说："不会。我一点都不介意医生。"

他笑着走了出去。

*

弗雷德·阿斯泰尔，《礼帽》的男主角。也算不得特别英俊。连他自己都说不会唱歌。还一辈子受着光头的折磨。但他跳起舞来的时候啊，仿佛猎豹闲庭信步，一派天生的潇洒风流。神创世的第一个星期里，一定就忙着把弗雷德·阿斯泰尔做好了。说不定就是赶在星期六做的，毕竟那天是放电影的日子。你一看到弗雷德，就会觉得这个世界真的很美好。他是一剂灵丹妙药。藏身于银幕背后，他走遍世界，从卡斯尔巴到开罗，让瘫子行走，使盲人复明，医治百病。创造真实的福音。圣弗雷德。救世主弗雷德。

*

那时，我对他顶礼膜拜。

*

在山脚下，我从雨后的小径上拾起一枚光滑可人的石头。这是一个古老的风俗，上山一定要带块石头，放在山顶的梅芙堆上。哦，是的，我处于一种异常兴奋的状态。不是由于爬山，那时爬山对我来说根本算不了什么。而是由于，我像言情小说里经常描写的女主人公，心乱如麻。我也说不清为什么，但我知道自己的行为有些不对头。那天，天气特别平和，镇定自若，滚滚积云间撕裂出伤痕般的蓝天。但我的心情却有着与此全然不同的天气，风暴席卷月亮山，洪流好像无形的兵马或张牙舞爪的巨龙，冲下浅滩岭，奔向村舍和大海。我袒露着双臂，弯腰拾起一枚石头，虽然心情激荡，还是小心翼翼地选了一块像样的，袒露着双臂，袒露着心灵。

如果说爸爸有他的命运，那么我有我的。

亲爱的读者，我请求你的庇护，因为我心怀恐惧。我衰老的身躯瑟瑟发抖。这段陈年往事依然令我胆战心惊。时光荏苒，而我仍旧伫立在那里，弯腰拾起一枚石头，我的指间依然感到它的存在。为什么往事如此历历在目？但是，我是否还能感受到那时蓬勃的精神，阔步向前，奋勇登山。爬啊爬，无所畏惧。我依稀还能体会得到。周身热情燃烧，面孔神采奕奕，完全置自己的青春于不顾。多么浑然无知，当时如此，现在依然如此。萝珊，萝珊，我呼唤着你的名字，如今的我呼唤着当年的我自己，你能听到我的声音吗？如果你听得到，你是否会倾听我细诉衷曲？

*

半山腰上有一群人正往下走，我听得到他们的嬉笑，偶尔还有小石子沿山路滚下来。然后，我们擦身而过，周围都是斜纹布外套，窄檐帽，围巾，欢声笑语。是斯莱戈比较和蔼可亲的一群人，我认识其中一位女士，她曾经是开罗咖啡店的常客。我还记得她点餐的习惯，接下来的招呼表明，她也记得。

她说："你好，你好！我要一杯可可，一个樱桃包。"

我笑起来。她当然没有一丝轻贱的意思。她的同伴们对我投以好奇的目光，如果她愿意的话，他们随时准备对我表示友好，但她没有正式介绍我。

她低声说道："听说你结婚了。嫁给了我们广场的好小伙。恭喜你啊。"

难得她这么说，这场婚姻在镇上没人在意，即便有人谈起，也没什么好话。可以肯定，事实上，我的婚姻造成了一桩低调的丑闻，就像本地其他异乎寻常的事件。阴雨绵绵的斯莱戈小得可怜。

"那么，见到你真高兴。爬山愉快。回头见。"

然后，带着英国式的淑女气质，她倏然不见了，好像逶迤的山路把她拖走了，那些帽子围巾以及欢声笑语都在山路上消失了。我还隐约听到那位女士甜美的声音，可能是告诉其他人我的背景，也可能是议论汤姆为什么没跟我同行，谁知道呢。突如其来的不期而遇令我对自己的当务之急感到十分气馁。

我的当务之急到底是什么？我其实并不清楚。我为什么要应一个内战中非正规军人的邀请爬上月亮山？他的个人生活可能也是非正规的。一个出狱的犯人，在斯莱戈挖沟。就我所知，未婚，独来独往。我知道这些情况，也了解这些在别人眼里会怎么看，但我不知道自己为什么要出来爬山。也许，无尽的好奇都源于我对爸爸的热爱。我想靠近对他的回忆，靠近所有能使他虽死犹生的回忆，包括坟场里那个悲苦的夜晚，一个晚上的两出惨剧。

山顶阒无人迹，当然除了梅芙女王，她古老的尸骨被压在百万块小石头下面。从远处浅滩岭的海边低地遥看过来，梅芙堆虽然显眼，但是很小。此时我走上山顶，腿酸脚乏，才发现梅芙堆的宏伟，古代修建这个工程一定征用了上百个劳工，从山里开采拳头大小的石头，刚开始，女王可能仅仅住在几层精心搭建的石板之下，然后，经年累月，好像一个个小故事组成一部壮丽的史诗，一座恢宏的墓堆耸立起来，让她在下面安睡。我说安睡，但其实我的意思是腐烂衰败，转化为石楠和苔藓，珠光闪耀。一瞬间我恍惚听到了乐声，美国传统的爵士乐充塞于耳，但周围只有醉意蒙眬的风，跌跌撞撞冲过峰顶。在风声乐声之中，我听到有人呼唤我的名字。

"萝珊!"

我四处张望，但周围没人。

"萝珊，萝珊!"

儿时的恐惧攫住了我的心，这声音是否来自另一个世界，也许报丧女妖班茜就坐在墓堆上，布满尘垢的长发一绺绺垂下，两腮深陷，要把我拉入地底。但是，我分辨得出这不是女声，是男声，我又环顾四周，看到一片低矮的石墙后面站出一个人影，一袭黑衣，一头黑发，面色苍白。

约翰·拉维奥说："你到底来了。"

在浅滩岭村头的杂货店里，我特意看了一下时间，但我还是觉得仅只依靠那么一点点信息，我们几乎不可能在这里成功见面。礼拜天三点。如果是一桩历史性事件，比如两支队伍会师偷袭敌军，都不见得会如此机缘契合，准确无误。但是，命运最擅长运筹帷幄，在关键时刻，以鬼斧神工铸就我们的毁灭。

我下行到他伫立的地方。我意识到自己对他怀着深切的同情，应当就是这么一回事，他的弟弟死得那么悲惨。他是我少年史的一部分，我无论如何也无法割舍。我始终都无法解释自己为何对他如此看重。对一个掘沟的人，我竟然满怀一种敬畏，在我眼里，他英勇盖世，是沦落为乞丐的王子。

他站在一小堆石头中间。过去这里可能也有个石板屋顶，后来屋顶坍塌了，石板也被抽走了。

他说："我刚才就躺在那儿。那里特别适合晒太阳。你摸摸我的衬衫。"

他拉起黑衬衫的前襟。我用手碰了一下，确实很温暖。

他说："你看，只要有一线机会，这就是爱尔兰阳光的功效。"

然后，过了半晌，我们俩好像都没话可说。只有我的心在肋骨后面狂跳，真怕被他听到。哦，这不是爱情。是我对爸爸刻骨铭心的怀念。我渴望靠近曾经靠近爸爸的人。多么危险、可悲、愚蠢、荒唐。

我忽然间看出来，忽然间领悟到，汤姆娶了个疯子。自那以后，这个念头曾多次出现在我的脑海里。我几乎可以自豪地说，是我自己最先有了这个想法。

我无法抗拒河流的诱惑。辽阔的大海关不住我。鲑鱼要回归故乡的小河里最后一道狭窄的卵石滩，在水流最初从地底涌出的地点产卵。大千世界里，从女王的墓堆到地底的河流，奇迹就是这样层出不穷。

过了一会儿，他说："你知道吗，萝珊，你和我的妻子像一个模子刻出来的一样。"

我心头火起，说道："你的妻子，约翰·拉维奥！"

"对，我的妻子。你跟她长得很像，或者，在我的记忆中，你的面孔已经取代了她的。"

"那么，你的妻子，她在哪里？"

"她在野鹅群岛的北岛。1921年的时候，岛上的小伙子们烧毁了警察后备队的营房。也不知他们图的什么，里头一个警察都没有。黑棕部队开着船出来寻仇。当时，我家的双胞胎刚出生不久。我的妻子姬蒂站在家门口，一手一个，用我们的家乡话说，抱小孩出来"晾晾"。黑棕的船离得还远，所以他们决定找容易的靶子，就对她开火了。一颗子弹打穿了她的脑袋，另一颗打死了小迈克，小肖恩从妈妈怀里跌出来，一头磕在石槛上。"

他静静地说着，仿佛生怕打扰了别人。我拉住他的衣袖。

我说："我真为你难过。"

"毕竟我还有小肖恩呢，今年都十五了。他脑子不太正常，因为摔过那么一次。其实就是有点与众不同。他喜欢置身事外，静观事态发展。是他妈妈那边的人把他拉扯大的，所以他跟了妈妈的姓，凯安，不知你听说过没有，是个岛上历史悠久的姓氏。他跟我很谈得来。上次回家，我跟他说起你来，结果他问了上百个问题。最后我跟他说，如果我有个三长两短，就得他来照顾你了，他说他会的，但是，恐怕我说的话他连一半都没听懂，斯莱戈在哪儿他都不知道。”

我说：“你干吗要让他照顾我呀，约翰·拉维奥？”

“我也不知道。就是……”

“就是什么？”

“我不知道自己的未来会怎样。恐怕又得拿起枪杆子了。总挖沟也不是个事。这是一个原因，我其实也怕得要命。另外一个原因呢，就是我从来没见过像你这么可爱的人，当然除了姬蒂。”

“你几乎是个陌生人。这种想法很不正常。”

他说：“可不是嘛。一个陌生人而已。可以说，现在整个爱尔兰，到处都是陌生人。你说得没错。但即便如此，他们在我现在这种心情下该说什么呢？估计还是得说，我爱你。”

我们在那里待了很久。直到出现人声，从下面传上来的新的人声。我这才回过神来，急忙收敛自己，向着山路落荒而逃。然而，下山的路只有一条，我想到向东横穿石楠林和岩砾堆，但是，我知道月亮山有个大悬崖，得走几个小时才能绕到下面的路上。那么长的时间不回家，汤姆可能会以为我出了什么意外，说不定会动员很多人出来找我。这就是我在风中的思绪，黄昏，正是起风时分，风势逐渐凌厉起来，吹得我披头散发，而下面的一小群人正走进我的视线。

他们都身着黑色的外衣和长袍。是一小群神父星期天出来远足。这其中有没有一点亵渎神灵的意味？他们的虔诚，他们的祈祷，他们的戒规，应当足够让他们滞留在镇上。但他们却来到这里，带着他们特有的笑声，他们喃喃的低语。我猛回头想看看约翰·拉维奥在哪里。天哪，他就站在我背后，好像化作了一阵风。

我说："还不快走！你就不能躲一躲？不能让人看到我跟你在一起！"

他说："为什么？"

"为什么？你疯啦？你跟我一样发疯啦？还不快点藏在石堆里。"

但是太迟了。毫无疑问是太迟了。一群叽叽喳喳的神职人员走了上来，都笑容可掬，都彬彬有礼，有的殷勤问候，有的举帽致意。只有一张脸，涨得通红，或许是被风吹的，也可能是走路累的，面无表情。冈特神父向我投来的目光刺穿了我的心脏。

*

我回到浅滩岭的小家时，汤姆还没回来。他到斯莱戈车站迎接“将军”去了，为即将在酒街开始的游行做些准备，或者用汤姆的话说，为欧达非将军在镇上的活动埋下热烈的伏笔。他甚至还央求我也穿上那件他连哄带骗让老汤姆为我缝制的蓝上衣，他在这方面的全情投入令我不寒而栗。我想起，在开罗咖啡店，水烟曾被大量使用，有时还有小有名气的弄蛇女来跳肚皮舞，当然，普兰提夫人是从来都不在场的。我从未见过吸食了鸦片的人，但每当说起那位将军，汤姆脸上都浮现出一种具有东方色彩的光泽，仿佛所谓的社团主义（也不知是什么意思，估计他也不懂），“爱尔兰历史光辉的新起点”，以及“跟大叛徒德·瓦莱拉秋后算账”等等，那个时代诸如此类的慷慨高歌已令他意乱神迷。在斯莱戈的游行结束之后，他们会到浅滩岭的广场上进行示威。跟约翰·拉维奥见面后，我心里越发七上八下，因为他明摆着是将军策划的这场运动的“死敌”。我说不清为什么这事让我如此心烦意乱，我只是呆立在小客厅里，这里虽家徒四壁，但还算温暖整洁，而我穿着连衣裙还是禁不住浑身颤抖。是的，我心惊胆战，远处汽车发动机的轰鸣令我越发抖成一团，轰鸣声不断加强，我跑到窗前，看到福特式的蒸汽车队从我面前掠过，汤姆开着他的车一马当先，身旁端坐着一位头戴折叠帽，耀武扬威的人物，他的鹰钩鼻和汤姆的哥哥杰克的不相上下。几十辆车滚滚而行，放声高奏着金属的凯歌，在狭窄的滨海路上，车轮卷起灰白的尘沙，仿佛这里就是撒哈拉。男男女女，所有悬浮在蓝衫上的面孔都熠熠生辉，喜出望外——彰显着无与伦比的乐观主义，就像那些从美国寄来后，被斯莱戈的亲戚们辗转传阅的杂志上纸醉金迷的广告。

一种奇异的感觉袭遍全身，仿佛我正窥视着别人的世界，别人的汤姆，别人的斯莱戈。好像我在那里的日子屈指可数了，又好像我才初来乍到，或是素昧平生。一切都似曾相识，又恍若隔世，仿佛我已化身成了自己的鬼魂。

我躺在床上清凉的被单下面，试图镇定下来。我想回归自我，但却不知道那个自我身在何处。萝珊。她正在离我而去。也许她早就不在了。独立战争期间，战死的不仅是军人和警察，还有那些懵懵懂懂地参加了第一次世界大战的小伙子们，他们想都没想过为什么要参战。当然，还有乞丐和流浪汉在这期间继续死去。在某些人看来，就是这些人腌臜了这个世界，他们不小心被纳入了风景名胜照片的边缘，不堪入目。在第二次世界大战期间，当德国在贝尔法斯特投下炸弹时，几万人疏散流离到了乡间，其中有几千人来自贝尔法斯特的贫民窟，没人愿意在家里收留他们，因为他们是被遗忘的野蛮种族，穷得连厕所都没见过，除了茶和面包没吃过别的。他们在好好的房子里随地大小便。这些人曾经隐藏在都市里，直到德国人把他们炸了出来，烧了出来。就像爸爸对付那些可怜的老鼠。我虽然躺在干净的床单上，但我和那些人没有区别。我像他们一样忘恩负义，玷污了美好的家园。我知道，聚集在外面广场上的汤姆的那些朋友们，如果他们得知我的所作所为，他们可能，怎么说呢，马上下结论，要把我清除，把我排斥在生活写照的框架之外，排斥在他们以为日常生活的温馨场景之外。当然，那时我对德国还一无所知，但是那位将军却很像他在意大利、德国、芬兰的同僚，都是一副吵吵嚷嚷，神气活现的做派，善于鼓舞人心，号召大家追求干净、健康、纯洁的生活，于是顺理成章，他们可以成群结队地出行，消灭那些蹩脚的、褴褛的、道德败坏的个体。在我的心灵深处，如果你能翻开我心灵国度的护照，你会看到上面有我真实的面目——蓬头垢面，皮焦肉烂，惊恐万状，病魔缠身，而且愚不可及。

凌晨时分，汤姆在屋里小心翼翼的动作令我惊醒过来。窗外，月亮山顶挂着一轮巨大的月亮，明如白昼，墓堆的轮廓清晰可见。在半梦半醒之间，我仿佛看到墓堆顶上有个人影，一袭黑衣，身后收拢着两只巨大的光辉灿烂的羽翼。但是，距离那么远，我根本不可能看见。

汤姆说："宝贝，你醒了？"他正在挣扎着脱下裤子的吊带。

我坐起身来，说道："你脸上怎么有血。"

他说："还不只是脸上呢，我神圣的衬衫上也到处是血。亏得这蓝色，所以不太明显。"

我说："天哪，出什么事了，汤姆？"

"没什么大不了的。就是斯莱戈的守卫试图干涉。我们正游行得好好的，忽然从埠头街上冲出一队杀气腾腾的小伙子，他们都不是斯莱戈正式的守卫，肯定是从别处调来的。其中一个用大棒给了我一记横扫，我跟你说实话，真他妈的疼。将军开始咆哮，那些守卫就跟他对着喊：'你们没有在斯莱戈游行的许可！'几年前，将军还曾经是这些守卫的头儿呢。到处是一片呐喊，场面极其混乱。所以，我跟你说啊，终于挤出人群的时候，我们都不禁舒了口长气。不过，真是痛快。难得一见的人山人海。"

这时，他已经换上了可爱的条纹睡衣，站在水池边使劲往脸上撩水，再用毛巾擦干，然后，就一头栽倒在我身边。

他说："你今天都干吗了？你真应该来的。可热闹了。"

我说："我就是出去走走路而已。"

他说："啊哈，是吗？为什么不呢？"

然后他用左臂把我紧紧搂在怀里，过了一会儿，在血光与月光中间，我们沉沉入睡了。

*

格林医生的俗事小记

昨天楼里一片大乱。我得承认，如此激烈的反应几乎令我感到欣慰，因为一向以来，这座古老的屋檐之下似乎弥漫着一种无能为力的氛围。原来，那位忐忑不安、身上有血迹的年轻妇女失踪了。病房的护士大惊失色，因为病人的姐姐刚刚来过，送给病人一件漂亮的新睡袍。护士注意到腰带是用和睡衣同样轻柔的面料做成的，就没忍心立刻把腰带拿走。这时，她急得像热锅上的蚂蚁，到处询问有没有人看到这位不幸的妇女，多年来第一次惊动了那些老朽的病人。最后她才发现，病人没有上吊自杀，而是穿着她的新睡袍，来到前面的收发室，签了名，自己出门去了，在新的规章制度下，她这样做完全合情合理。在大路上，她截下一辆车去了镇上，从那里搭乘公共汽车去了利特里姆郡，一路上一直穿着那件睡袍。好像那件睡袍具有神奇的魔力，居然能把她一直承载到利特里姆郡。她丈夫昨天晚上打电话来了，从电话另一端传来的声音听上去义愤填膺。他说，医院本应是一个避难所啊。护士长接电话的时候卑躬屈膝，跟以前这里护士长的疾言厉色截然不同。我无法预见最终的结果，但是这整个事件带有浓厚的逃亡色彩。我只能祝愿那位可怜的妇女一切顺利，同时，我也为自己所在机构的无能感到遗憾，不仅无能，而且有害。我更庆幸那位护士最担忧的悲剧没有成为现实。

于是今天早上，我带着开朗的心情去看望麦科纳提夫人——不不，应当称她为萝珊。虽然那位年轻妇女还是前途莫测，但她毕竟活了下来，而我已到了那种珍视生命本身的年纪。

萝珊的房间里，一缕斜斜的春阳带着歉意，犹豫不决地穿过窗玻璃。一方光斑在萝珊的脸上婉转流连。她真是高龄啊。阳光一面毫不留情地记录着人生的蹉跎岁月，一面忠心耿耿地描绘出它的细枝末节。我回想起在英国读书时学过的T.S.艾略特的诗句：

我的生命是手背上一片轻盈的羽毛，

悄然等待着死亡的微风。

诗中这句话是西缅说的，他一直希望可以活到弥赛亚降生那一天。我想萝珊可不是在等待这个。我又想到伦勃朗的自画像，它们那么实事求是，完全不同于我们为免于自怨自艾而在内心中树立的自我形象。如今，我们甚至可以对自己的双下颌采取一些措施，阻止松弛的皮肤像石膏坠落老式房梁一样垂下我们的下巴。

她的皮肤薄如蝉翼，下面的血管一览无余，像地图上的道路、河流、村庄和界标。像绷着的丝帛以供书写。但没有哪个修士会忍心按下他们锋利的笔端。我不禁感慨，她在百岁的风烛残年还如此异乎寻常地标致，年轻时不知曾怎样风姿绰约。主要是骨骼周正，记得父亲以前爱这么说，仿佛随着自己年事渐高，周遭熟人渐趋衰老，他越发意识到良好骨骼的重要性。

但她一边脸上出了疹子，红红的，就像人们常说的，“气势汹汹”，我还觉得，她说话的时候舌头根子有点发硬。我得想着，回头让温大夫来看看她。可能需要开点抗生素。

不知她是否感受到了我的心情，她的谈吐相当活跃，几乎是跟我推心置腹。这也可能是她的内心里有按捺不住的喜悦。毕竟，天气风和日暖，季节渐入佳境。她对路边的水仙花充满了信心，那也许是某位古老的贵族，在某个远逝的年代，当这里还是一座富丽堂皇的宫邸时亲手种下的。终于，在和煦阳光的鼓舞下，我小心地、委婉地说起了她的孩子。我用了“终于”这个词，好像我已经成功地说起了一千个其他的话题，或者是一直在向孩子的话题靠拢。其实，两者都不是。整件事一直在我心头萦绕，挥之不去，因为如果冈特神父所写属实，那么关于她的心理状态，她进入斯莱戈精神病院的原因，以及她在这里的长期居留是否合理就能一目了然了。说起斯莱戈，我又查询了一下，请求尽快去拜访一次，跟那里的负责人谈一谈。结果，那位负责人竟然是位旧相识，名叫坡西沃·昆，他是这个时代我所听说过的唯一的坡西沃，当然也是我所认识的唯一的坡西沃，不幸被取了一个如此老气横秋的名字。原来就是靠着他的鼎力相助，才找到了冈特神父的那份供词，而他手中可能还掌握着其他更加敏感的资料。我们这些从事精神病学行业的人有时候有点像英国“军情五处”的谍报人员，必须嗅觉灵敏，火眼金睛。所有的信息都是高度机密的，但极易受损，着实堪忧，有时甚至事件发生的钟点也可能具有某种特殊含义。不过，我还是要遵循自己的直觉。

今天晚上家里特别安静。这种寂静几乎和以前屋内的敲打声一样怪诞诡异。但我还是心存感激。孑身一人，日渐老去，我依然心存感激。在此处这么写合适吗，直接写给你，贝特，说我依然爱着你，并为此心存感激？

萝珊多么脆弱，又多么令人叹服，她在交谈中对我毫无保留，我知道，我可以问她任何问题，无论什么话题，她都会畅所欲言，告诉我全部真相，或者说，告诉我那些她深信不疑的事实。我之所以对此心知肚明，是因为我已占尽先机，但如果借此越发大做文章，可能反而会得不偿失。看来今天是她对我倾诉衷肠的日子，但我选择了体谅她保护自己的隐私，任她缄默不语。我忽然意识到，世上有比下结论更可贵的东西。那可能就是慈悲。

*

萝珊的自述

格林医生来了，兴致勃勃，拉着椅子坐过来，显然有话要说。我大吃一惊，手忙脚乱之下居然跟他谈了起来。

他说："今天真是春光明媚啊，所以我壮起胆子来重拾一些老生常谈的话题，虽然心里明明知道，你其实希望我再也不提起这些往事。但我确实觉得，这么做还是有一定的必要。昨天，我忽然得知一些信息，令我觉得世上没有绝对不可能的事情。有些乍看起来黑暗混沌的问题，可能会在意想不到的时候豁然开朗。"

他就这么兜了一会儿圈子，然后终于进入了正题。又是关于我爸爸的事情，我耐心地再次向他解释，爸爸确实没有做过警察。我另外告诉他，倒是麦科纳提家跟警察有些渊源。

我大概这样说的："我丈夫有个弟弟名叫伊尼斯，他倒是个警察。他是1919年加入警察部队的，那可不是吃那口饭的好时代。"

格林医生说："哦，你认为这就是为什么警察会被牵扯进来吗?"

我说："我也不清楚。外面那条老路上的水仙花都开了吧?"

他说："几乎开了，都跃跃欲试。大概担心最后还会有场霜冻。"

我说："霜冻对水仙花来说其实算不了什么。它们像石楠一样，可以在雪中盛开。"

他说："我完全相信你。那么，我想谈的第二个话题是关于你的孩子。我跟你说起过有份供词，里面提到你曾经有个孩子。在某个时期。"

"是啊，是啊，有个孩子。"

然后，我再也无话可说，还有什么可说的呢。我只能尽量压低我的啜泣。

他非常温柔地说道："又惹得你伤心了。"

我说："我知道你不是成心的。只是，回首往事，一切都那么——"

他说："悲怆？"

"那倒不至于。但我想起来，真是非常不幸。"

他伸手从外衣口袋里摸出一块折叠整齐的纸巾。

他说："别担心，没用过的。"

我不胜感激地接下这个小东西。他自己最近也历经磨难，为什么他没有用到这块纸巾呢？我想象，他独自一人坐在家里，一个我完全不了解的地方。他的妻子已然不在了。死神像一个残忍的情敌，夺走了他的爱妻。

我拭去泪水。忽然觉得，自己表现得像芭芭拉·斯坦威克出演的傻乎乎的催泪剧。格林医生注视着我，他看上去如此愁眉不展，让我不禁笑了起来。然后，他似乎振奋了一点，也笑起来。我们俩一起低声温和地笑着，好像生怕被别人听到。

*

应该承认，我头脑里有些所谓的"记忆"令我自己都感到惊讶。这话我可不敢对格林医生说。我想，记忆，一旦被忽视，就可能会变成一个储藏室，或者一个旧房子里存放木料的房间，它的杂乱无章可能也不仅仅是由于被忽视，还因为主人太多次的东翻西找，加之那里收藏了大量不相干的物件。我当然有所怀疑——说实话，我也不清楚自己到底怀疑什么。总之，我越是细细思量，越感到晕头转向，好像我所有的回忆都可能是不真实的。那个时代的生活颠沛动荡，以至于——以至于什么呢？我是在不可能的非历史里，在梦幻中，从狂想里寻求慰藉？事实究竟是怎样，我没有答案。

毕竟，我对有些事件的记忆还是有把握的，也许它们可以作为我涉过往昔之河的基石，助我不会失足溺水。

人们说，老年人至少拥有回忆。不知这是福是祸。我将尽我所能忠实于头脑中的记忆。希望我的记忆也能忠实于我。

事情的经过很简单。他就是再也没有回来。我等了一整天。早上答应他做的薯饼早已做好，他就是爱吃这种捣碎之后重新加热的菜肴，虽然其实他哥哥杰克才是一名海军。水手和军人都特别喜欢吃薯饼，我爸爸就是这样。但是，薯饼在盖子下面渐渐变凉了。夜色笼罩着月亮山，笼罩着斯莱戈湾，笼罩着鸟喙峰，约翰·拉维奥的弟弟威利就是在那里被杀害的。在空气稀薄的高坡上，在石楠丛里。当时他已经投降了，却被一枪打中心脏，或者打在头上。约翰·拉维奥从藏身之处目睹了这一幕惨剧。他的亲弟弟啊。爱尔兰的兄弟们。约翰和威利，杰克、汤姆和伊尼斯。

我立刻就意识到，自己已然大祸临头了。很多时候，你明知如此，却在头脑里拒绝承认，不让这个念头进入你的思维范畴。但它依然在你的潜意识里手舞足蹈，不受你的控制。于是，痛苦油然而生。

我坐在那里，对我的丈夫满怀爱意。我想念他特立独行的高效率，包括他在斯莱戈的石板路上稳健的步伐。我想念他的斜纹布外套，他的背心，还有那件有四层里子的风衣，那双加厚底的漆皮靴子，那双靴子多么结实，从来无须鞋匠修理（只除了一次）。我想念他的笑脸，红光满面，嘴角叼着一根“军人俱乐部”，那是他抽的跟哥哥同样牌子的香烟，还有他天生的乐感和自信，随时整装待发，准备面对这个世界。他其实不仅是面对这个世界，他还要征服这个世界，征服整个斯莱戈以及它的四面八方，像我们俗话说的，“从葡萄牙到牙买加”，虽然这么说其实很不合理。汤姆·麦科纳提，一个从任何意义上来说都生龙活虎的人，永远活得那么热情洋溢。

天哪，天哪，我坐在那里。我至今依然坐在那里。

我已经活到这把年纪，早就明白时间的推移只不过是一种欺人的幻觉，一种便利的游戏。一切事物都还停留在原处，一切事件都还在继续进行之中。过去，现在，未来，在我的脑袋里纠缠不清，就像挎包里的梳子和头绳。

他再也没有回来。

在没有舞会的夜晚，外面的浅滩岭上通常只有个把轿车经过，开往高处的村庄，不远处，有一只猫头鹰经常发出啼鸣。我想，它就住在月亮山后面，那里有个悬崖，下面是通往大海的山洞。猫头鹰始终重复着同一个音符，它的叫声穿越灌木丛生的荒地和原野，在这里依然清晰可闻。它叫啊叫，仿佛在诉说着什么。昼伏夜出的鸟儿会在夜里求爱吗？应该会吧。

我的心也在对着世态炎凉哀鸣。汤姆，回家吧，快回家吧。

第十七章

两天之后，我好像依然坐在那里，纹丝未动。但这绝对是不可能的。我难道没吃饭吗？没去过窝棚后面的厕所？没四处走走，伸伸腿？我其实已经不记得了。换句话说，我只记得自己坐在那里，而薄暮正笼罩浅滩岭，改变了草地的颜色，一切都渐趋静谧，不久，风从海湾匆匆赶来，我的玫瑰在窗前迎风摇曳，它们新鲜饱满的花蕾轻轻敲打着窗棂，就像基尼·克鲁帕在架子鼓上开始一首新曲。这时，仿佛忽然接到了命令，《金银花玫瑰》的乐声从路上隐隐传来，转过街角，钻入门缝，开始只是若干个音符，不久我就听到哈利·B敲起了架子鼓，随后单簧管应和，应当是汤姆，有人在弹钢琴，当然不是我，从生疏的手法上判断，可能就是老汤姆本人，弹节奏吉他的大概是迪克西·科提，他嗜吉他如命，哦，他们将乐曲慢条斯理地演绎出来，一枝一枝地舒展，一朵一朵地摊开，好像每个乐段都是一蔓金银花，虽然真正的金银花要到迟一些的时候才会盛开。

我这才意识到，那天是星期六。我重新确定了时间的坐标。

啊，这首歌堪称吉他独奏的经典。

《金银花玫瑰》。鼓声催动，时缓时疾，吉他和弦，忽高忽低。整首歌迂回婉转，能让斯莱戈山里的野小子听得如痴如醉。就算是呆子听了那段华彩的独奏也不能不欢呼。连死人都得爬起来载歌载舞。

据说，至少汤姆是这么告诉我的，每次舞会上，班尼·古德曼总要在这首曲子上花二十分钟时间。这完全有可能。你甚至可以花上一天时间，却仍然有意犹未尽之感。这首歌就是这么娓娓动听，情意绵绵。即便没人唱出歌词也无妨。

事已至此，我决定去那里看个究竟。虽心情阴郁，惶惶不安，我还是得打扮一番。我挑出最漂亮的连衣裙，匆匆在脸上拍了点粉，梳梳头发，整个发型，穿上登台演出的漂亮鞋子，然后带着沉重的呼吸走进外面的风中，我立刻感觉到风的凛冽，前胸不禁凹陷下去。但我已经顾不了那么多了。

我仍然抱着一线希望，认为一切都还可以挽回。为什么我会那么不切实际？因为没人告诉我事情的真相。我一直被蒙在鼓里。

距离舞会开场还有一段时间，但是车辆已经开始陆陆续续驶出斯莱戈，大灯的光线像巨大的铁铲，掘出路上的车道沟。车窗里露出一张张充满期待的面孔，偶尔还有小伙子站在车外的脚踏板上。那是一幅欢乐的画面，斯莱戈难得一见的欢乐。

我离广场越近越觉得自己像个鬼魂。所谓的广场曾经就是个度假屋，虽然后面建起了大厅，从正面看来，还是像个平常的民宅，只是浇上水泥后面目全非而已。屋顶上，一面耀眼的旗帜迎风招展，上面印着“广场”两个大字。周围也没有什么灯光布置，因为没人需要灯光的指引，这座建筑物本身就是人们每周朝思暮想的殿堂。你可能在镇上某个地方窝囊地当牛做马，但是只要你心中有一个广场……我跟你说，当一个人翩翩起舞的时候，那感觉比所有的宗教仪式都更天高海阔。被剥夺跳舞的权利可以与什么相比呢——失去所有社会关系，被排除于宗教生活之外，就像内战中爱尔兰共和军的遭遇。

那些像约翰·拉维奥一样的年轻人。

哦，《金银花玫瑰》。乐曲刚告一段落，乐队又开始演奏《我的爱人》。我觉得，这首尽人皆知的慢步这会儿响起还嫌太早。作为一个乐队成员，我深知每首曲子的出现都需要恰当的时机。有些曲子很难等到机会，比如古老晦涩的圣诞歌曲，或者拖泥带水的当哭长歌，它们只在大家都多愁善感的深冬时节才最受欢迎。《我的爱人》被安排在舞会所有曲目的倒数第二首左右才更适合，到了那时，人们都筋疲力尽，但心情舒畅，一切都闪闪发光，面孔、手臂、乐器，还有心灵。

我进入大厅的时候，只有零星几个人在跳舞。我的感觉是完全正确的，现在就奏这个曲子未免太早。但奇怪的是，乐队听上去疲惫不堪，好像已经熬了一整夜了。老汤姆以钢琴独奏开曲，然后，他儿子以单簧管切入。当时的情形有些不同寻常。也许其余在场的人也注意到了，汤姆，我的汤姆，好像有点醉醺醺的。他看上去摇摇欲坠，幸好还没吹跑了调儿，但忽然，他吹不下去了，从嘴里吐出了管口。乐队赶紧草草收了个尾，然后也停了下来。他们都扭过头来，看汤姆想要如何行事。汤姆一如既往小心翼翼地放下乐器，然后退出舞台，晃晃悠悠地走到后台去了，那里有我们的更衣室。也不知他看到我没有。

我准备马上跟进去。我与更衣室门上挂着的那道旧门帘之间仅仅隔着舞池的距离而已。我正要举步前行，忽然间，杰克出现在我身畔，在半明半暗的光线下，他面色严峻。

他说："萝珊，你有什么事？"我还从没听过他用如此冰冷的声调说话，好像他来自北极。

"我有什么事？"

我两三天都没说过话了，这会儿忽然开口，我的声音听起来怪怪的，几乎是撕心裂肺，好像留声机的唱针折了。

周围没人注意到我们，我跟杰克说话看起来就是两个老朋友聊天，像所有的老朋友星期六晚上在那里见面时一样。没有广场，友情何以存在？更不用说爱情了。

我的胃里空空如也，我的身体却执意要呕吐。大概是杰克冷若冰霜的口气令人作呕。他这一句话暴露了他全部的为人，比他以前说过的或接下来要说的话都更为冷酷无情。那不是行刑者的声音，不同于英国行刑专家皮埃尔波因特的声音，四十年代他曾被自由邦政府请来专门负责处死爱尔兰共和军，杰克的声音是法官的声音，是宣布我死刑的法官的声音。多少谋杀犯、重案犯，在黑布套头之前，已经从法官的脸上看出了自己的厄运，虽然他们全部的身心都拒绝承认这个现实，于是在宣判之前的最后一刻，他们依然怀着不切实际的幻想。就像垂死的病人仰望着医生的脸。伊尼斯·麦科纳提因为当过警察就被判处了死刑。

“萝珊，你有什么事？”

“我有什么事？”

然后是干呕。这时，人们开始注意到我了。他们可能以为我是因为一口气喝下了半瓶杜松子或其他什么烈酒才这样的，像有些跳舞时紧张怯场的人，或者，是一位汤姆称之为左道旁门的顾客。我什么都呕不出来，却怎么都无法停下，窘态百出。困窘背后可能还有追悔莫及，自轻自贱，那些更深层的感觉排山倒海般向我压迫过来。

杰克向后撤了一步，仿佛我是一个悬崖，比如说莫赫悬崖，而我的边缘部分已经开始滑坡，如果靠我太近，他可能也会坠入万劫不复的深渊。

我说：“杰克，杰克。”也不知道自己想说什么。

他说：“你怎么回事？你到底是怎么了？”

“你问我？我也不知道。就是觉得恶心。”

“不是，不是现在，我不是问你他妈的现在，萝珊。你最近都干出什么好事了？”

“怎么了，别人什么都怎么说我？”

我变得语无伦次了。别人什么都怎么说我。听起来像美国南方古老的黑人歌曲。

但是杰克没有回答。

我说：“我能到后面去看看汤姆吗？”

“汤姆不想见你。”

“他当然想见我，杰克，他是我丈夫啊。”

“关于这个问题，萝珊，我们还得从长计议。”

“你这是什么意思，杰克？”

他不再那么冷若冰霜了。不知他是否回忆起过去的好时光。也许他想起来了，我一直对他很友善，一向尊重他取得的成就。平心而论，我是喜欢杰克的。我喜欢他冷面郎君的气质，以及他突发的欣喜若狂，有时他会忽然开始抖腿，跳起所谓的非洲舞。在晚会上，在完全没有任何先兆的情况下，仿佛某种巨大的莫名的欢乐突然涌上他的心头，一瞬间，他已置身于尼日利亚。我的确是喜欢他的，喜欢他质地精良的外衣，样式考究的帽子，金光闪闪的表链，还有，除了那些富家专车，杰克的轿车永远都是斯莱戈最出色的。

他说：“这么跟你说吧，萝珊。情况很复杂。反正浅滩岭的杂货店里已经给你开了个账户。你肯定是饿不着。”

“你说什么呀？”

他说：“你不会挨饿的。”

我说：“你看，事实上没有任何原因让我不能跟汤姆说句话。求求你，就说一句话。我来这里，为的就是这个。我又不是想……又不是想重新加入乐队。”

我的话已经失去了逻辑性，而且，最后那几个字几乎是喊出来的。这只会让杰克反感，他特别在乎自己的形象，最讨厌在大庭广众之下丢人现眼。可以想象，他那位金贵的戈尔韦姑娘是从来不会在公众场合大吵大闹的。杰克还算沉得住气，向我靠近过来。

“萝珊，我一向都是你的朋友，不会跟你为难。相信我，回家去。我会跟你联系的。事情还没彻底恶化。你保持镇定，回家去。走吧，萝珊。我们那位家母已经发话了，没人敢抗旨不遵。”

“家母？”

“对，对，就是我们那位家母。”

“她到底发了什么话？”

他放低声音狠狠地说道：“萝珊，关于家母，有些事你还不明白。有些事，连我都搞不懂。她小的时候经历了一番周折。所以，她这辈子心如铁石。”

“一番周折？什么周折？”

他这会儿几乎在用嘘声跟我说话，一方面，他要显示自己怒火中烧，另一方面，又似乎要对我晓以什么不便言传的道理。

“都是过去的事了。但她心意已决，一定要让汤姆过好，因为，这个嘛，有一些过去的……过去的因果关系。”

我喊道：“你怎么满口都是疯话。”如果手上有根火棍，我可能会用来捅他。

他说：“但是你看，你看，整件事还没到完全不可收拾的地步。”

在内心深处，我知道，如果我转过身，离开舞池，“整个事件”可能就到此为止了。但是，机不可失，就像每首歌都有它恰如其分的时刻，而且时不再来。此时此刻是我最后的机会，只要能跟汤姆见上一面，只要他能看到我，这个他深爱的女人，他渴望、尊重，并热爱的女人，那么最终所有的问题都会迎刃而解。

但杰克正试图挡住我的去路。这一点很明显。他站在我的侧面，像一个渔夫准备在溪流上抛下钓鲑鱼的鱼钩，他的身体重心已经转移到左脚上了。

杰克骨子里不是个坏家伙，他不是个生性残忍的人。但当时，他只是汤姆的哥哥，跟我形同陌路。

他是一个强大的障碍物。我试图冲破封锁，以自己柔中带刚的意志力穿越他的防线。但非洲的经历令他练就了一身硬功夫，我好像迎头撞在一棵树上，而当我试图向舞厅深处的方向挣脱时，他从后面紧紧扣住了我，我放声大叫，呼唤汤姆，呼唤神明，恳求他们发发慈悲。但他的双臂扣住了我的腰，越扣越紧，用他的非洲话说，很呀很呀的紧，他最爱用非洲方言浓重的英语学舌搞笑，他紧紧地抱着我，把我固定在他的大腿上，箍得紧紧的，我停靠在那里，固定住了，怎么都跑不掉，我们的姿态就好像两个情人奇异的拥抱。

他说："萝珊，萝珊，小点声，嘘。"

我放声号叫。

我多么爱汤姆，多么爱我们共同的生活。正因为如此，我多么害怕，多么痛恨没有他的未来。

*

独自回到波纹铁屋顶的小房子，我不知道该拿自己如何是好。躺在床上，我无法入睡。一股寒意钻进我的脑子，造成难忍的剧痛，好像有人用锋利的罐头起子从后面撬开了我的脑灰质。很呀很呀的锋利。

作为一种生物，我们有忘却某些痛苦的能力，否则，我们不可能生存下来。据说产痛就是其中之一，虽然在这一点上，我不敢苟同。我当晚的痛苦肯定算不上生死攸关。因为，时至今日，我已然成为一个干瘪老妪，却还能清晰地回忆起当时的情景，还能感到往事留下的阴影。痛苦令其他一切都黯然失色，只有痛苦本身占据了整个世界，于是年轻的我躺在婚床上痛心疾首，痛不欲生。不知为什么，我同时还汗流浃背。痛苦的主要根源是无限的惶恐，一种不管是欧洲的马戏团还是美国的轻骑兵，任何人类的意愿都无法解救的茫然失措。而我已被永久地打入了这种蒸腾的惊慌之中。

这些其实都没什么大不了的。在那个水深火热的年代，我的痛苦是多么微不足道。现在想来，这个念头令我深感安慰，但在当时则根本不起作用。至于如何能够安慰那个独自迷失于浅滩岭，无人问候，躺在床上痛苦得打滚的年轻女人，我也无从知晓。如果我是一匹马，人们肯定满怀悲悯地把我一枪打死。

枪杀一个人当然非同小可，但在那个时代，简直就是小事一桩。当时，整个世界都是如此。不久之后，汤姆就追随那位将军去了西班牙，为佛朗哥而战，在枪林弹雨中大开杀戒。他们把男男女女赶到风景如画的山谷边缘，在那里执行枪决，让尸首落入万丈深渊。深渊似乎同时象征着历史和未来。在爱尔兰内战期间，我们曾经枪杀了那么多自己的同胞，硬生生将我们年轻的国度扼杀在摇篮之中。如今，西班牙人也横尸在自己家园的泥沼和废墟里，就像在爱尔兰曾发生的一样。

我说的都是我个人的想法，都是从今天的视角看待过去。当年，我还不谙世事。但是，我已经见识过枪杀，亲眼目睹。我也见识了戕害怎样从侧面席卷而来，带走无辜的生命。它就是这么阴险狡诈，而且来势汹汹。

第二天早上，风和日丽。一只麻雀飞进屋里，看到我从卧室里走出来，进入空荡荡的客厅，它一开始不以为意，继而惊慌失措。我把它逼到一个角落里，双手拢住它狂野的翅膀，好像护着一颗飞翔的心。门还开着，昨晚在悲痛欲绝的状态下我连门都忘了关了。我走到房前的门廊上，举起双臂，把那只无用的灰色小鸟放飞到耀眼的阳光里。

与此同时，杰克·麦科纳提和冈特神父正顺着大路，向我的方向走来。

*

那个时代，神父们都认为这个崭新的国家是他们的王国。以此类推，冈特神父可能自以为这个铁皮屋就是他的，于是他径直走了进来，一言不发，拉过一张东倒西歪的椅子，一屁股坐了下来。杰克大步流星紧随其后。我被挤到屋子的一角，就像适才那只麻雀。但我深知，他们才不会把我捧出去，给我自由。

冈特神父说："萝珊。"

"神父。"

他说："我们俩可有一阵子没说话了。"

"就是啊，有一阵子了。"

“在这段时间里，可以说，你的生活发生了很多变化。哦，对了，我也好久没看到你母亲了，她近况如何?”

这可真是明知故问，就是他把妈妈送进了疯人院，反正即使我有心回答也无从说起。我对妈妈的情况一无所知。就算我不孝吧，对自己的妈妈漠不关心。但我确实不知道。我只希望她一切都好。我知道她住在哪里，但不知道她近况如何。

我可怜的、美丽的、疯狂的、香消玉殒的妈妈。

于是，我情不自禁哭了起来。奇怪的是，我不是为自己哭泣，虽然照理说，我应当哭成个泪人，涕泪滂沱，但我的泪水并非为自己而流。难道只是为了我的妈妈吗？这世上值得洒泪的悲剧难道不是早已不胜枚举?

冈特神父对我莫名的泪水视而不见。

“那么，杰克在此代表他们全家的态度和立场，对吧，杰克?”

杰克说：“这个啊，我们需要保证人员清一色。用白人的方式，没有解决不了的问题，无论情形多么纠结。这一点上，我有把握。在尼日利亚，有些事真比登天还难，但是只要掌握某种处事的作风……比如，必须在一条年年都自行改道的河流上架桥。很多这一类的难题。但工程学必须迎接这些挑战。”

我站在那里，耐心地听杰克唠叨。其实，这可能是他对我说过的，或者说，是在有我在场的情况下，至少大概对着我的方向说过的，最长篇大论的一段话。那天，他的胡须修剪得有型有款，干净利落，皮领子竖着，帽子翘起得恰到好处。我从汤姆那里听说他过去几个星期都在轰轰烈烈地喝酒，但这会儿，他看上去一点酒醉的迹象都没有。他跟那位戈尔韦的姑娘定了亲，汤姆说，结果像所有单身汉的必然反应一样，他一时乱了阵脚。他准备成亲后，带她一起去非洲。汤姆给我看过杰克在尼日利亚的房子，杰克和一群人站在房前，白人黑人都有。我真的被吸引住了，或者，更确切地说，感到心驰神往，照片里，杰克穿着潇洒的敞怀衬衫和白色长裤，手提一根文明棍。有张照片里还有个黑人，可能是一位官员，他可没穿敞怀衬衫，反而穿着全套的深色西装，包括马甲，挺括的领子上打着领带，不知当地是多少摄氏度的高温，那位官员看上去气定神闲。还有一张照片里，杰克站在一群几乎赤身露体的黑人中间，那些小伙子真是乌黑乌黑的，估计就是他们挖掘了杰克在那里设计的运河，据汤姆说，那些河道又长又直，通向内陆，为偏远的农村提供了迫切需要的水源。杰克，尼日利亚的救星，桥梁的建筑师，送水的使者。

冈特神父说："是的，我相信所有的问题最终都可以找到答案。我有信心。只要我们同心协力，不怕绞尽脑汁。"

一瞬间，我仿佛看到一幅令人不安的画面，我的头，冈特神父剪着生硬短发的头，杰克戴着优雅帽子的头，三颗头绞在了一起，幸好，在穿越空间的阳光下，在悬浮飘荡的尘埃中，画面很快就消失得无影无踪。

我说："我爱我的丈夫。"这话脱口而出，连我自己都吓了一跳。为什么我会对这两位未来的使者说出这句话呢，我至今仍感到迷惑不解。跟不速之客说这种话是不可能得到任何好结果的。这就好像要跟两个被派来行刑的士兵握手。话一出口，我就有了这种感觉。

既然我已经切入了正题，冈特神父就几乎迫不及待地说道："这个嘛，现在，有些事已经成为历史了。"

我轻声支吾了几下，发出几个声母和韵母的短音，头脑一时之间一片空白，终于，我说出话来：

"什么？"

冈特神父说："我当然还需要一段时间才能搞清楚某些问题的边缘界限。在这段时间里，萝珊，我要你原地不动，就住在这个小屋里，等我把所有的问题都解决了，我自然会来通知你，那时我们再为未来做打算。"

杰克说："汤姆已经把一切事务都托付给冈特神父了，萝珊，神父在这件事上是全权代理。"

冈特神父说："是的，情况就是这样的。"

我说："我要跟我丈夫在一起。"这是真话，也是唯一一句我可以压抑住满腔怒火说出口的话。在我心中，除了已有的低贱的悲哀，一种狂野的愤怒正在逐渐滋生，好像一头饿狼冲进了羊群。

冈特神父说："你应该早想到这一点。"然后，像我一样言简意赅，他又说道："一个结了婚的女人——"

他就此打住了。也许他不知道接下来该说什么，或者他明明知道，但决定还是不说为好，也可能他觉得有些话不便出口，难以启齿。这时，杰克清了清嗓子，像欢乐影院里银幕上的某个角色，甩甩头，似乎他的头发湿了，需要甩干。冈特神父神情尴尬，似乎勉为其难，就像很久以前的一个晚上，在爸爸的小庙里，当他看到威利·拉维奥被打得不成样子的尸体明晃晃地躺在那里时，他的脸上就挂着这种表情。我知道他心里想什么呢。这是我第二次把他置于这种境地，什么境地呢？怫然不悦，心神不安。对于女人天性的不悦与不安？谁知道呢？我心里充满了对他突如其来的鄙视。如果我的目光真能如炬，当时他会被一燃而尽。我了解他的权威，在当前的情况下，他有绝对的权威，但是，我已经看透了他的本质。小肚鸡肠，自以为是到了极点，可置人于死地。

冈特神父说："那么，杰克，我们今天该办的事都办妥了。萝珊，你必须原地不动，你可以每星期从店里领取食品和日杂，你必须满足于孤身一人的生活。不要畏惧，你最大的敌人是你自己。"

我站在那里。虽然我当时深陷罗网，孤立无援，我还是可以自豪地说，一种剽悍，凶猛的狂怒灌注了我的全身，一浪接一浪，好像大海波涛汹涌，带给我匪夷所思的慰藉。我的脸上可能仅仅流露出些许蛛丝马迹，毕竟，所有的面孔都善于隐藏。

两位黑衣人走到外面的阳光下。他们的黑西装，黑外套，黑帽子，逐渐消失在铺天盖地的海蓝、明黄和翠绿之间。

而我满腔的怒火，压抑的怒火，却久久不能平息。

*

但是，一个愤怒的女人孤零零地住在一个窝棚里，我说过，是微不足道的。

真正的慰藉是，这个世界的历史充满了悲情，我自己的些微哀伤根本不值一提，不过是水深火热边缘的几星炭灰。我反复强调这一点，因为我希望这是真理。

当然，备受煎熬的时刻，个人的痛苦似乎充斥了整个世界，即使那只是一种错觉。

我曾经亲眼看过，亲身经历过更为沉痛的事件。是的，我曾亲眼目睹。但是，那天夜里，独自一人，我还是怀着莫名的愤懑，在窝棚里呼喊，咆哮，好像我是世上最后一条痛不欲生的狗，肯定把路过的人都吓得心惊肉跳。我大喊大叫，放声号啕。我还不停地顿足捶胸，以至于第二天早晨醒来，发现自己的前胸青一块紫一块，好像一幅地狱或者什么蛮荒之处的地图，又好像我被杰克·麦科纳提和冈特神父的话烫得伤痕累累。

不管我的生活过去如何，从那以后，它便面目全非。这可是铁打的事实。

第十八章

神秘莫测。不可思议。试想，我最大的难处是否在于，我的记忆和想象都埋藏在内心深处的同一个地方？或者，它们层层罗列，像石灰岩里的贝壳和泥晶，紧密结合而融为一体？除非经过细密的解析，已难分辨孰是孰非？

所以，我特别畏惧跟格林医生说话，生怕说出口的都是自己的想象。

想象。多么好听的字眼，一个灾难与梦幻的代名词。

*

就这样，他们将我多年遗弃在那里，不闻不问，因为杰克和冈特神父，无疑还有其他人，为了拯救汤姆·麦科纳提，需要花很长时间来解决他们的难题。有没有六年时间，或者七年，甚至八年？我已经不记得了。

几分钟前，写到这里，我放下了圆珠笔，把头埋在两臂之间，思考了一阵子，试图重拾那段漫长的岁月。困难重重，困难重重。哪些回忆千真万确，哪些似是而非？我取道而行的是哪一条路，又从哪一条路绕道而行？真伪难辨。毋庸置疑，每个人在神明面前的交代必须句句属实。如今，我已无须再混淆人世间任何人的视听。而神明在我下笔之前已经对所有的真相了如指掌，可以轻而易举地戳穿我的谬误。所以，我必须小心谨慎，去伪存真。也许我已经失去了灵魂，但是如果我的灵魂尚存，这将是我获得救赎的最后一次机会。我揣想，对于有些情节严重的案例，灵魂可能会惨遭取缔，由天堂里的某个部门无情地予以注销。最怕到了天堂，还没等圣彼得开口，你已经发现自己走错了门儿。

但是，往昔一片混沌，真伪莫辨。我并非畏缩不前，而是无所适从。萝珊，你冲刺的时候到了。看你能不能从这把老骨头里挤出最后冲刺的力量。

*

我怎么可能独自在窝棚里一住就是那么多年？除了每星期去取一次杂货，我从来不跟人说话吗？想来确实如此。我的生活虽然无所事事，欧洲却正值多事之秋，战争又爆发了，就像我小时候曾经发生过的那场战争一样。但是，这次我可没有看到身着戎装的士兵。我的窝棚仿佛是一座巨钟的中心，浅滩岭的岁月围绕着它斗转星移，星期六晚上有风驰电掣的车辆，夏天有拎着沙桶的孩子，冬天有源源不断的椋鸟，门前有阴晴不定的月亮山，山上有花如细雪的石楠，它们百般抚慰着我的心灵。我也尽我的微薄之力，悉心照料廊前的玫瑰，花期过后，我要给它们剪枝，为休眠期做好准备，然后，等到生长期来临，我就可以眼看着花蕾日渐丰满。我的玫瑰叫作“安妮的怀念”，我刚刚想起来，这个品种是在都柏林的园林里培育出来的，它的原种玫瑰就是著名的“马尔梅松的怀念”，马尔梅松城堡是约瑟芬的故居，她在那里以自己亲手培育的玫瑰来纪念拿破仑的爱情。

亲爱的读者，我暂时就称你为神，神啊，亲爱的，亲爱的神明，我正在搜肠刮肚地回忆。如果我的记忆难免有偏差与疏漏，请原谅我，原谅我。

我需要准确地回忆往事，而不是选择性地回忆那些于我有利的事实。我已经没有时间享受那样的奢侈了。

*

冈特神父终于再次登门拜访的时候，他孤身一人。也许，从某种意义上说，一位神父总是孤身一人的。毕竟，他们永远不会有一位枕边人。冈特神父还是那么志得意满，但是好像见老了，我注意到他的两鬓已经开始脱发，逐渐向后秃，好像海潮渐退，就此一去无回。

当时正值盛夏，他穿着一身呢子衣服，大汗淋漓。他的衣服都是从都柏林市中心玛尔博大道的神职人员服装专卖店订购的——想不起我怎么会知道这个细节。他这身衣服看上去都是崭新的，而且样式相当美观，几乎到了令人难以置信的程度，尤其是那件法衣，如果换个颜色，再稍微裁短一点，女士们也会毫不犹豫地穿出去参加舞会。他拐进小院门的时候我正在侍弄玫瑰，他的突然出现令我大吃一惊，因为已经很久很久没人造成过这种拨开门闩的声音，除了我自己，深夜蹑手蹑脚地走出门外，在沙丘上和沼泽里散散步，不过经过这几个星期的暑热，湿地都干了，踩上去颇有弹性。我看上去应当还算体面，不同于后来，我当时还有把剪刀，可以对着汤姆剃须的小镜子给自己剪头发，我的连衣裙洗得干干净净，因为是搭在灌木丛上晾干的，所以还带着棉布那种可人的浆硬感。

他拎着一只小皮箱，上面坑坑洼洼，斑痕累累，一看就知道有年头了。按理说，这人应当算是一位老朋友了，我们相识多年，而且一直有来有往。他确实有资格书写我的个人历史，因为他曾经见证了其中一些稀奇古怪的篇章。

他说："萝珊。"他的口吻跟多年前一模一样，好像这不过是上次交谈的继续。根本没有"你好啊，近况如何"之类的嘘寒问暖，冈特神父开门见山。他带着医生要宣布什么重大信息时的风范，但是，他的方式与格林医生要向我的"秘密"转弯抹角地发动攻势时那种友好的察言观色截然相反。我厌恶他吗？应当不会。但对他这个人，我完全无法理解。我无法想象他的喜怒哀乐，他的持之以恒。他登上台阶，走进窝棚之前，倒是看了一眼我的玫瑰。

我在楼梯的扶手上揩掉手指上沾着的绿汁，随他进到屋里。

我对他唯命是从，在窝棚里一待就是这么多年，难道是出于温和柔顺吗？现在想来，这种可能性令我感到羞耻。他们上一次来的时候，我为什么没有暴跳如雷，冲向他们的喉咙，咬住他们的喉结，把他们的声音撕裂？我为什么没有对他们破口大骂，直到自己声嘶力竭？我只有愤怒，无用的愤怒，像浅滩岭路上的白色尘沙，漫天遍野。

我说："神父，我也没有什么可以招待您的。除非您想喝一杯碧蟾粉？"

"我怎么会喝那种帮助消化的药粉，萝珊？"

"包装上写着，清凉的夏季饮料。所以我才买的。"

他说："那是给暴饮暴食的人喝的。但是，谢谢你。"

"不客气，神父。"

他就坐在他从前坐过的那张椅子上，而那张椅子依然坐落在屋子里同样的位置。阳光亦步亦趋地跟随着我们，灰斗般遍布房间。

他说："你过得还不错啊。"

"哦，还行。"

"当然了，我有眼线，盯你的一举一动。"他的话里没有一丝歉疚。居然派了眼线。

我说："哦？倒是没有注意到。"

他说："那是自然的。"

然后，他在膝上打开了那只手提箱，箱子盖刚好挡住了里面的内容。他拿出来一沓纸来，十分干净整齐，最上面一张带有一个醒目的花纹或者印章。

他说："在为汤姆争取自由这件事上，我成功了。"

"您这话怎么讲？"

"当年，如果你听取了我的建议，萝珊，皈依了真正的宗教，如果你奉行了一位天主教妻子高尚的礼法，你就绝对不会面临今天的困境。当然，我理解，你无法对自己的行为全权负责。花痴症本身就是一种精神病。这种病的症状主要是心理上的，但病根还是生理上的。罗马那方面接受了这个推断，不仅如此，教廷里专门负责处理这类个案的部门还得出了同样的结论。所以，你尽管放心，你的案例是经由大智大慧的头脑缜密地审查过的，他们公正无私，对你也不抱任何敌意。"

我目不转睛地看着他。整洁，阴暗，怪异。一身人皮底下藏着另外一个人。他的话有板有眼，坦然自若，含沙射影，话音里没有胜利的激情，除了他一贯的谨慎之外，空洞无物。

我说："我真的不明白。"我确实一无所知，但同时又无所不知，两者似乎异曲同工。

"你的婚姻被核定为无效，萝珊。"

我没说话，大概半分钟一声不吱，他说："你们没有结婚。这个婚姻根本就不存在。汤姆可以自由地跟别人结婚，就像他从来没结过婚一样。就是说，他根本就没结过婚。"

"你这些年就在搞这件事？"

他不耐烦地说道："是啊，当然了。别小瞧，这可是件极为庞大烦琐的苦差事。在这种事情上，教廷从来不轻易下结论。罗马方面是经过深思熟虑才最终下的批文，还没算上首先要通过我的主教大人呢。方方面面都要考虑周全，资料筛查要做到一丝不苟，包括我的供词，汤姆的交代材料，还有麦科纳提夫人的，好在她由于工作的缘故，对女人的麻烦事格外有经验。正赶上杰克在印度打仗，否则他肯定也得出把力。教廷判案是非常慎重的。要保证绝对没有错漏。"

我继续盯着他。

"你就放心吧，你享受了所有应得的公正待遇。"

"我要我丈夫到这来。"

"你没有丈夫，萝珊。你没结过婚。"

"我离婚了？"

他说："这可不是离婚。"好像我嘴里吐出的这个字眼令他极其反感，他忽然开始慷慨陈词了，"天主教教堂里没有离婚的概念。你的婚姻根本就不成立。其原因在于，婚姻的一方在签署婚约时已经精神失常。"

"精神失常？"

"对。"

过了一会儿，我才艰难地问道："为什么这么认为？"每个字都很别扭，很沉重，好像我忽然之间变得拙嘴笨腮了。

"你跟别人发生不正当关系应该不仅限于那一次，那次你记得是刚好被我撞见了。那之前，你们不可能没有一段历史，尤其考虑到你当时以及早年的生活，当然，还有你母亲的状况，几乎可以肯定地说，你受到了她的遗传因子的影响。精神病的病根，萝珊，即使在同一枝干上也可以孕育出不同的花朵，堪称千姿百态。你母亲的症状是严重的自我封闭，在你身上，则表现为长期的恶性花痴症。"

"我连这个词是什么意思都不知道。"

"它的意思是……"他开始闪烁其词，目光里忽然流露出恐惧。他刚才用过一次这个词，可能就以为我已经默然接受了。但他知道我说的是实话，所以，他忽然间害怕起来。他说："它是一种精神病，在患者身上表现为要跟别人发生不正当关系的强烈欲望。"

我说："怎么讲?"他的解释就像这个字本身一样神秘莫测。

"你自己才最明白不过了。"

我说："我就是不明白。"我真的不明白。

最后这几个字我是喊出来的，毕竟，他也提高了音量。他把文件迅速地放回手提箱，啪地合上箱盖，忽地站起身来。难以理解的是，我竟然注意到他的皮鞋擦得锃亮，下面有一小圈尘土，估计是他不情愿地离开自己的小汽车后，步行来我家时一路上沾的。

他说："我没法再跟你进一步解释了。"他几乎勃然大怒，"我对你可说是仁至义尽。我已经清清楚楚地、不厌其烦地向你解释了你现在的处境。你明白了吗?”

我喊道:“你用的那个是什么词来着?”

他喊道:“关系!男女关系!性关系!”

我说:“但是,除了汤姆,我没跟任何人发生过关系。”我向神明发誓,这可是实话。

“当然了,只要愿意,你尽可以躲在这种弥天大谎之后。”

“要是不信,你去问问约翰·拉维奥啊。他可以证明我的清白。”

“看来你对情郎们的近况缺乏了解。”他幸灾乐祸地说道,“约翰·拉维奥已经死了。”

“怎么会呢?”

“他以为我们会因德国这场战争削弱实力,重新投入了爱尔兰共和军的怀抱,枪杀了一位警察,被依法判处了绞刑。爱尔兰政府特意从英国请来了行刑者艾伯特·皮埃尔波因特本人,所以你尽管放心,绞刑肯定执行得一丝不苟。”

噢,约翰。约翰,可悲的约翰·拉维奥。愿神原谅他,让他安息。我得承认,他的身影常在我的心头,有时,我不禁忖度,他在哪里呢,都在做些什么。是不是又去了美国?也许做了牛仔,或者当了个火车大盗,像杰西·詹姆斯一样。他枪杀了一位警察。在爱尔兰的一位爱尔兰人警察。那无疑是十恶不赦的罪过。但他对我却恩深义重,自从在月亮山上给我惹下麻烦之后,他再也没有在我的生活中出现过,更没有像我担心的那样纠缠不清。他恪守诺言。

那次神父们走后，他拉着我的手，与我永诀。那是他的山盟海誓。他的信义与尊严。眼前这个人则毫无尊严可言。

冈特神父走到窄门那里，想从我身旁挤过去，然后一溜烟地走远。只一瞬间，我挡住了他的去路。我用自己的身躯挡在了他的身前。那一瞬间，我感到，如果有那个心，我有足够的力量杀死他。我可以随手操起什么家伙，一把椅子，或者别的什么顺手的物件，对他当头砸下。我对他说的话句句属实，而这个念头更千真万确。我可能不会兴高采烈地这么做，但至少我会心甘情愿地、胸怀坦荡地、无所畏惧地、干净利落地杀了他。我不知自己当时为什么没有下手。

“不要那么咄咄逼人，萝珊。别挡着门，那才像个正经女人。”

“正经女人？我没听错吧？”

他说：“就大概是那个意思罢了。”

我闪身让开。从此我知道，我知道自己今生任何过上正常的、体面的生活的可能性已经化为乌有。他这样的人物一旦发话，就意味着宣判了我的死刑。顿时，我感到整个浅滩岭的腹地，整个斯莱戈，都在交头接耳，四周到处充斥着诽谤诋毁我的流言蜚语。一直以来，对这一处境我也不是没有预感，但亲耳听到法官宣布你的判决却又是另外一回事了。说不定他们会把我当成女巫烧死在窝棚里。事实上，没人会助我一臂之力，我完全孤立无援。

冈特神父从这座时运不济的房子里敏捷利落地退步抽身了。堕落的女人。疯女人。汤姆自由了，我的汤姆，可爱的人。但是，我还剩下什么呢?

*

格林医生的俗事小记

昨天晚上家里鸦雀无声。好像，最后呼唤过我那么一次之后，她再也不需要我了。这种想法把我从恐惧之中解脱出来，然后，我进入了一种截然不同的状态。我感到一种自豪，因为我心中还有爱，虽然它深埋于一片狼藉之下。也许她也被埋葬在那里。我不再满怀畏惧，而是带着黯然神伤的眷恋侧耳倾听。毕竟我深切地知道，阴阳两界相隔遥远，从此一去再无闻问。不过，这真是一种奇异的状态。应该算是欢乐吧。它转瞬即逝，但是，就像为一位摇摇欲坠、在悲哀中阵痛的病人提供咨询，我建议自己做个记录，只有诉诸笔端，才能铭记于心，并深信不疑，以便他日当我再次被黑暗的情绪淹没时，可以记取今日片刻的欢愉。在没有观众的情况下，我们很难调动起任何英雄气概，但是，从某种意义上说，在这部虽风尘碌碌，却别开生面，名为《生活》的电影中，我们个个都是自己故事里的英雄。我这个说法不知是否经得住考验。

《圣经》里哪一段说到我们每个人心中都有一个天使来

着？大概是这个意思。我也记不太清楚。我想，那个天使就存在于我们依然纤尘不染的心灵深处，是善于体验幸福喜悦的行家里手。并孜孜以求，乐此不疲。但是……我还是就此打住吧。

天使。这是一个对精神病医生来说堪称可悲的概念。但我已上了年纪，饱尝悲伤，而这种悲伤初来之时曾排山倒海，几乎将我置于死地，至少令我皮开肉绽，危在旦夕，如今痛定思痛，我只在这本小记里私下倾诉自己的秘密，未尝不可吧？说实话，理智已经令我厌倦得要命。就算洞明世事，一切又能怎样？还不是天马行空的迂谈阔论？

又读了一遍冈特神父的供词。我不禁感慨万千，像他这样无所不知、心如铁石、不依不饶的神父如今是否还在横行无忌？估计这种人还存在，只是不公开而已。回顾爱尔兰的历史，也许德·瓦莱拉为自己来历不明的出身感到惴惴不安，所以要靠对神职人员的信任寻求安慰。然而，他虽然在宪法里把他们捧得高高在上，毕竟还是顶住了当时在位的红衣主教对他施加的压力，没有把天主教会定为法定教会。感谢上苍，他没有做得那么过分，但是，他已经过激了，远远超出了他应当守住的底线。他的领袖生涯半是天使半是魔鬼，有时则二者集于一身。独立战争期间，他参加了爱尔兰共和军，其时代表爱尔兰共和军的是反对《英爱条约》的势力，内战结束后，他被关进了监狱，三十年代，他再次当权时，发现以前的战友们不仅对抗条约，而且对他也颇多微词，于是他开始对他们进行不遗余力的镇压。这种背信弃义一定给他带来了莫大的痛苦，令他坐卧不安。冈特神父提到了一个叫约翰·拉维奥的人，他在萝珊的一生中担任了重要的角色，二战爆发后，他最终被德·瓦莱拉无情地判处了绞刑。拉维奥其他的同伙则受到鞭刑，我还没听说过在爱尔兰有鞭刑，更不用说绞刑了。冈特神父说行刑用的是九尾鞭，打了三十六下，听起来明显是用刑过度。但对德·瓦莱拉来说，这肯定像鞭挞和绞死他自己的儿子，或者是手刃年轻时一起出生入死的战友们的儿子一样。这一切给他造成了另外一种心神混乱。这个国家奇迹般地从早期的苦难和创伤中恢复过来，德·瓦莱拉不得不实施的高压政策也得到了人们的谅解。这里我们可以顺便追溯一下爱尔兰上一代政治家们荼毒的罪行，还有那么多神父，他们的犁耙与耒耜肆意摧残了无数儿童天真的心田。冈特神父拥有的如此极端的权力必将导致极端的腐败，其不可逆转性显而易见，势必如同日夜的更替。

我有一个猜想，就是德·瓦莱拉避免参与二战，保持爱尔兰中立，并非由于他畏惧内部的敌人，或者忧虑新国家的分崩离析，而是他想进一步肃清人们的七情六欲。这是神职宗旨的扩展和延伸。如果这个观点成立的话，那么他针对的应当基本上是男性的情欲。

我这会儿精疲力竭，不知写的是不是一些老生常谈。回头可以撕掉。

这位拉维奥可绝非天使，他大概很久以前跟德·瓦莱拉一起蹲过监狱，后来，又被德·瓦莱拉判处了绞刑。据冈特神父说，他把抓到的一位警员带到斯莱戈的后山里，戴上头套，拿左轮手枪逼在俘虏的太阳穴上。然后，他不停地拨动转轮，扣动扳机。可以想象，那位可怜的辅警一定被吓得魂飞魄散。拉维奥反复拷问的是警察的薪水什么时候会被送到营房，因为他准备直接虎口拔牙。真是异想天开的犯罪计划。但这位辅警，不知是出于忠诚还是出于无知，始终守口如瓶。于是拉维奥就一枪接一枪地空打。他的同伙还绑架了辅警的妻子和女儿，关在镇上一座失修的老房子里，拉维奥不停地恐吓他说，如果他不招供，他的妻女就没命了。虽然那个可怜人可能确实无可奉告，但拉维奥还是把他枪杀了。他的同伙后来对政府坦白交代，以换取前面所提到的鞭刑，这些内情因而得以公之于世。当时，二战已经打响了，德·瓦莱拉担心爱尔兰共和军会东山再起，据悉他们已经跟德国人取得了联系。德·瓦莱拉这个人，如果他有第二个信仰，那无疑就是中立性，他一辈子为保持中立绞尽了脑汁。正因如此，他不能对拉维奥网开一面。依我看，失去拉维奥也不算什么重大损失。

听我这口气，倒好像自己是一位在孤岛蜗居里端坐的圣人。真是自不量力。其实，所有的人都应当承认，我们对这些现代的罪孽都不陌生。内战对所有灵魂造成了同样的创伤。

再者说，我的职业训练也没给我提供评价这些罪孽的资格。

冈特神父在他的文件里使用了西塞罗式的雄辩风格，不遗余力地对萝珊罗织构陷，不对，也许这么说用词不当，应该说为萝珊布下层层圈套，直到她落入陷阱为止。为此，冈特神父不惜笔力。他的供词堪称一部力作，下笔千言，一丝不苟，句句都言之成理。他的文字好像是一把丛林大火，横扫萝珊的人生，把她所有的历史烧得灰飞烟灭，将她留下的蛛丝马迹销毁得一干二净。只留下一个被忘却了的寂寂无名的“小广岛”。文件的字里行间也潜伏着一种焦虑，主要表现在有些不必要的，甚或在我看来，出乎意料的细节。冈特神父几乎以医疗工作者的专业精神，庖丁解牛式地分析了萝珊的性心理。百岁高龄的萝珊如今在我的职责管辖范围之内，阅读对年轻时同名的她绘声绘色的描写给了我一种非常怪异的感觉。其实这份文件提供的信息难称机密，但读起来简直有一种偷窥他人隐私之感，竟好像是自己心术不正的龌龊行为。这可能主要是冈特神父的道德标准因循守旧使然。他的行文流露出对女性刻骨的仇恨，即使不是针对女性，至少也是针对她们的性感，或者是针对性本身。对他来说，性是地狱恶魔的带帽披风，而对我来说，性则是人生在世得于自然的雨露之恩。在这方面，我是西格蒙德·弗洛伊德的同道。还有，冈特神父显然认为，萝珊信奉的基督教本身就是粗鄙邪恶的。在嫁给她的天主教丈夫之前，萝珊曾经拒绝冈特神父的要求，没有改信天主教，而选择了保持自己的本色，对此他一直耿耿于怀。仅从这一点上就可以看出他有多么变态。

所以，从一开始他就认为，她即使不是生性邪恶，也至少是冥顽不化，而且不可理喻。他从未表示过对她有任何了解，但却自认为洞悉她的全部历史。必须指出，她的个人生活在镇上人们的视野里一览无余，只因为天生丽质，貌美如花，她的每次出现都被认为是招摇过市，好像她的存在本身就是对斯莱戈男性集体的诱惑。新爱尔兰的新秀汤姆·麦克纳提拜倒在她的石榴裙下之后，她居然不识好歹，自轻自贱，又与狼子野心的约翰·拉维奥有染，冈特神父形容他为“来自梅奥郡最黑暗之角的野人”。

更有甚者，她还一口回绝了冈特神父苦口婆心的帮助。这里，你可以感觉到他心头风云再起的怒火。他终于恼羞成怒了。她从此被遗弃在浅滩岭的一个铁皮屋里自生自灭，但即便如此，她仍然是整个斯莱戈欲望的强大磁石。最可怕的是，冈特神父千辛万苦从罗马申请到了她婚姻无效的批文之后，萝珊忽然莫名其妙地怀了身孕，继而生下个孩子。冈特神父断然写下耸人听闻的结束语：“然后，她把孩子杀了。”

如果我多年以前读到这些出自一位权威神父手笔的文字，估计我也会同意，她确实应当被送进精神病院。

第十九章

萝珊的自述

约翰·凯恩日渐神秘，整天一言不发。不过，今天早晨，他对我挤出了一个蹊跷的微笑，歪歪扭扭的，非常离奇。他的左脸好像有点下垂。离开的时候，他又照着那块松动的地板用力踏上了一脚。不知他是否在暗示，他知道下面暗藏机关。不过即使有东西，他也不会认为那有什么价值，或者，他的天性里就没有翻开地板看个究竟的习惯。我站在窗边看着他，试图回想，我认识他到底有多少个年头了。记忆不断回溯到灰色的童年，好像我跟他从小就认识，但那显然是错误的。反正我认识他很久了。他那件蓝色牛仔布的外套，我敢说，已经穿了不下三十年，其古老的程度几乎跟我的破衣烂衫不相上下。在窗前的光线里，我的睡袍令我羞愧难当，前襟上都是油渍麻花的污迹。我本能地想躲开光线，但是已经从床边长途跋涉到窗前，我不能轻易放弃这个优越的视角。我想问问他，外面是否已春色满园，毕竟他曾展露了自己植物学家的天分，况且，我也没有别人可问。白色、黄色、蓝色，春花应当是按照这个顺序次第开放的。雪花莲、水仙、蓝铃，当水仙绽放时，雪花莲就开始凋谢了。不知为什么会有这样的规律。不知为什么世上的一切都有规律可循。

可是，我在窗前忽然觉得头晕目眩，四肢无力，好像我的关节都要收拢起来。我举起胳膊扶着墙才保持住了平衡。幸亏约翰·凯恩还没走到走廊，他即刻转身回来，把我扶到床上，其实这么做并不在他的工作范围之内。他动作轻柔，而且面带笑容。我抬头看着他的脸。他脸上有胡子茬，但称不上胡须，更像沼泽地里稀稀拉拉的石楠丛。他的眼睛好蓝好蓝。这时我才发现，他其实不是在微笑，而是他的嘴卡住了，无法控制表情。我想问问他是怎么回事，但是怕他不好意思或者生气，所以没敢问。看我多么愚蠢。

*

冈特神父“来访”之后不久，一个月朗风清的晚上，我正在浅滩岭远处的沙丘上散步。自从冈特神父来过，那间铁皮屋就让我透不过气来，好像他还在屋里，阴魂不散。每天晚上，我不耐烦地等着天黑，然后，我至少可以在沙丘上和沼泽地里找到自由自在的感觉。

我不希望被人看见，也没兴趣跟人搭讪。我进入了一种异常的精神状态，走着走着，一旦感觉到周围好像有人，我就马上转身跑回家。有时，我觉得自己的确看走了眼，把风吹草动，鸟儿惊飞都当成了人迹，甚至我还经常看到一个神出鬼没的人影，在我的视线边缘若隐若现，身穿黑色外套，头戴褐色帽子，有几次我确信自己没有看走眼，壮起胆子朝他走去时，他又倏忽不见了。那段岁月就是如此诡异莫测。

接下来就要谈到的那个夜晚我至今记忆犹新，那天亲眼目睹的咄咄怪事可能是我所遇到过的所有怪事中最不可思议的一件，而我这一辈子也算见多识广了。

对有些所谓的“记忆”，我要特别小心翼翼，毕竟我自己也意识到了，在那段风雨飘摇的日子里，有些故事虽生动鲜活，却明明是不可能存在的。即便如此，我也不认为那天晚上发生的事是子虚乌有的，无论整件事听起来是多么令人难以置信。

我已不再登上沙丘之顶，虽然那是我以前特别钟爱的地方，因为在那里可能不小心撞上甚或一脚绊到热恋中的情人。含羞忍耻，我独自一人走到世界的尽头，走到纵深的河谷切入大海之处，白天那里总有海鸟群集开午餐会。

那一夜，我独立海滩。潮水远遁，万籁俱寂。月亮山右侧稍远处，蜿蜒崎岖的小路上时有车灯闪烁，忽明忽暗。由于距离很远，根本听不到马达声。

周围没有风，辽阔的长空现出一种月光下瓷漆般的湛蓝。此情此境，不难令人感觉个人是多么微不足道。而无垠的大海正满怀梦幻般深情的海水，静立远方。

忽然，不知哪里传来低声的咆哮。我不禁转身看了一眼，以为海滩上可能有只疯狗，或者其他什么类似的动物。但根本不是，声音是从我的右侧遥远的地方传来的。我向那个方向看去，整个沙滩上空无一物，除了大概八分之一英里之外的浅滩上几幢房屋发出隐约的灯光。随后，我看到海天交接之处，一排刺眼的黄色光线由远及近。

我以为是神明前来注销我的生命，就像冈特神父一直想做的一样。不知为什么我会有这个想法，可能是自觉罪孽深重的缘故。

那道荧光线的亮度渐近渐强，噪声更是震耳欲聋。我赤裸的双脚下沙子都在抖动，仿佛地层深处在震撼摇摆，有什么东西要破土而出。光带渐宽渐高，轰天裂地，势不可当，似乎有成群结队的妖魔鬼怪乘飞毯袭来，发出大瀑布般的巨响。我像一个疯女人似的抬头观瞧，也真觉得自己得了失心疯。同时，光芒越发耀眼夺目，轰鸣越发如雷贯耳，终于，我可以看到那些滚圆的肚子，金属的鼻子，硕大无朋的旋桨，原来是飞机，几十架，几百架，在月光下好像一群巨大的动物，令人匪夷所思的是，在飞机前面一丁点大的舷窗里，我似乎看到小小的人头和面孔，也许我真是疯了。我头顶的天空布满了飞机，它们都编队飞行，带着冷酷无情的架势，一副世界末日大难临头的光景，到处是金属和光，周遭喧声大作，这些飞机同时发出的噪声达到了《圣经》里的《启示录》对未来预警的水平。它们一浪一浪地袭过，飞得离水面那么近，发动机的马力吸起了海水，拉扯出一面面水墙，然后唰啦啦将一条条水蛇甩回水面，我感到它们也拽着我和海滩，要把我们从原地撕起，要把我的脑子从脑袋里、眼睛从眼眶里吸出来。飞机排山倒海般飞过，有没有五十架，一百架，一百五十架？几分钟时间里它们不断飞过，然后渐行渐远，留下一个巨大的真空，其广漠的寂静比刚才的噪声更加叫人难以忍受，就好像那些神秘的飞行物从斯莱戈的夜空里抽走了氧气。它们沿着爱尔兰的海岸线，惊天动地，一往无前。

*

几天之后，我正在门廊上侍弄我的玫瑰。这项劳作在我心如刀绞的时候也是一剂灵丹妙药。恍然之间，我心有所感，我的区区园艺，虽然三天打鱼两天晒网，还主要靠运气帮忙，但毕竟是我力图将天堂的庄重芳姿引入人间的一份苦心。天气乍暖还寒，我裸露的胳膊上起了一层鸡皮疙瘩。哪怕花朵还密密层层重重叠叠地卷在绿色的花苞里尚未绽放，但玫瑰的存在本身，就足以令我目眩神迷。

这时，我听到路上传来一阵脚步声，便向右手方望去。可能是人，也可能是动物，或许一头老驴正踽踽独行。我不愿被人看到，也不愿被动物撞见，即便玫瑰令我流连忘返。也许今年它们会旧貌换新颜，不再是“圣安娜”，也不再是“马尔梅松”，而终于形成了斯莱戈独特的风格，成为“斯莱戈的回忆”。路上没有驴子，却有一个人，一个怪人，看上去像个黑人爵士乐手，头发短得贴头皮，一身西装都是古怪的深烟灰色。不对，不是西装，是一身制服。他的脸呈现出一种瘆人的蓝色。我大吃一惊，以为看到的是杰克。他好像去印度打仗了，以英国国王的名义出征，理所当然一身戎装——但是，如果他在印度打仗，为什么又忽然出现在浅滩岭这么个无人问津的地方？

“杰克？”我不管不顾，脱口而出地喊出了他的名字。我有个不切实际的念头，他是来救我脱离苦海的。但他怎么会变成这副模样？他越走近越显得怪异，不知道的人可能会认为他被烟熏火燎过。

那怪人在路上停下了脚步，似乎一时间被我吓呆了。确切地说，他看起来仿佛一只惊弓之鸟。

“杰克·麦科纳提？”不知喊出他的全名是否有所助益。他不会连自己的名字都忘了吧。我当时看上去一定跟他一样无所适从。

他开口了，磕磕巴巴，好像好几天都没说过话了。

他说：“什么？什么？你说什么？”

他看起来那么失魂落魄，于是我走下来，走到门口，离他近了一点。他好像随时准备拔腿就跑，像头脱缰的驴子一样落荒而逃。而我只不过是个穿着棉布连衣裙的女人而已。

我说："原来你不是杰克·麦科纳提。你长得跟他像一个模子里刻出来的。"

他说："你是谁?"他边说边回头向大海的方向张望，好像生怕中了埋伏。

我说："我谁都不是。"我的意思是他不用怕我，"我叫萝珊，是汤姆的妻子，至少曾经是的。"

他说："噢，原来是你。"声调里没有任何敌意。他好像很高兴遇到我，很愿意跟我聊聊天。他举起右手，跃跃欲试地要跟我握手，但随后又不好意思地放下了，"我听说过你的名字。"

他随和的语气令我喜出望外，如释重负，我忽然想跟他说笑，对他表示友好，告诉他这里发生的一切，哪怕就是点滴趣闻，比如头天晚上，两只老鼠从窝棚墙上的洞里偷蛋，被我抓了个正着，墙洞很小，一只老鼠把蛋抱在肚子上，另一只把它从洞里往外拖！简直令人瞠目结舌。他的声音多么亲切柔和，我的心马上就软了，好久没有听到这么和蔼可亲的声音了，我没想到自己竟然这么如饥似渴。

他说："我叫伊尼斯，是汤姆的弟弟。"

我说："伊尼斯?你怎么会在这里?"

他说："我本不该到这儿来，一会儿就得走了。"

"你这一身都沾的什么呀?"

他说："什么?"

我说："你为什么浑身黑不溜秋的?灰头土脸，哪里弄得满身灰？”

他说：“哦，老天，可不是嘛。我在贝尔法斯特。我得去法国，你知道的。我是军人。”

我说：“像杰克一样。”

“对，像杰克一样，不过他是军官。我在贝尔法斯特，萝珊，等着我的船，住在一家小旅馆里，忽然旅馆里破破烂烂的防空警报响了起来，几分钟后轰炸机就到了，成群结队，不下几十架，随心所欲到处扔炸弹，而空中没有任何高射炮反击的炮火，一个火花、一股烟都没有，周围的房屋和街道都被炸了个天翻地覆。我怎么脱离虎口？我撒腿就跑，快得像一阵风，一路上大喊大叫，为贝尔法斯特的人民狂热地祈祷，街上很快就布满了人群，几百人都跟我一样连喊带跑，有的穿着睡衣，有的赤身露体，我们跑啊跑，一直跑到城市的边缘，身后的飞机像浪潮一样穷追不舍，还不停地扔炸弹，一个小时以后，或者过了更长时间，也说不上了，我在一座漆黑的大山脚下停下来，回头观望，贝尔法斯特已经成了一片火海，烧得轰轰烈烈，火苗像通红的动物，像老虎一样张牙舞爪，腾空而起，其他跟我一起跑出来的人也都回头张望，涕泪交流，发出的声音好像《圣经》里的长歌当哭。我想起大战以前我常去的水手传道会，毕竟我自己也是个游子，在那里他们经常引用《圣经》里的一段话，‘那些未被载入生命之书的人将被投入火海’，我浑身哆嗦，以为神的怒火终于点燃了人间，但是根本不是神，是德国人，他们正在天上遨游，得意洋洋地俯瞰他们的成就。”

伊尼斯说到这里停了下来。他又在瑟瑟发抖了。看来情形不妙。他的双眼里，倒映的火海还在熊熊燃烧。

我说：“进来歇歇脚吧，就待一会儿。”我这么做，不知是出于母性的本能还是手足的情怀。但是忽然之间，我心中涌起似水的柔情。我想，他跟我多少有些同病相怜。他也被他的世界摈弃了，斯莱戈的世界。而且他看上去一点都不像个坏人，一点都不像传说中那个杀人不眨眼的警察，虽然当时我还没听说过那些传闻。其实我对他一无所知，他的亲兄弟们对他几乎只字不提——偶尔提起来也只是愁眉苦脸，唉声叹气。

他说：“不行，我不能连累你。你不知道我是什么人。知道了你肯定不让我进门。我只能给你添麻烦。他们没告诉过你吗，我已经被判处了死刑？我根本就不该回斯莱戈。我出了贝尔法斯特，穿过恩尼斯基林，然后不知怎么就回到这里来了，像鸽子归巢，完全不由自主。”

我说：“你就进来吧，不用在乎那些事。怎么说我也是你嫂子呀。快进屋吧。”

于是，他走了进来，一边走，他身上的黑灰一边一撮撮地往下掉。他从贝尔法斯特走来，经过漫漫长途，像一只鸽子重返斯莱戈，或者，像一条鲑鱼寻觅儿时的清野河口。他真是我遇到过的最可悲的人了。

他跟我进到屋里之后，我很自然地让他脱下那身制服。首先，需要让他喝一杯水。他狠命地一饮而尽，好像肚子里也有团火需要扑灭。然后我烧了些水，好不容易才让澡盆里的水不那么冰冷刺骨，但也就仅此而已。那个小灰人就一直站在地中央，穿着他的棉毛裤，他的内衣竟是出乎意料的洁净。他身材匀称，体态轻盈，一点没有汤姆身上那股胖劲，这倒不是挑剔汤姆。

我说："我去外面厨房里做点奶酪三明治。"

这样也是为了避嫌，好让他自便，我听到他跌跌撞撞脱下棉毛裤，然后坐到浴盆里。像他这样的军人应当习惯于洗冷水澡，但愿如此。反正他一声不吭。我觉得时间差不多了，才又回到屋里。看得出来，他肯定是仔细搓洗过了，因为浴盆里的肥皂水上浮着一层黑灰，这会儿他又站回到地中央，正在扣好棉毛裤上的扣子。现在我才看出，他的头发是赤褐色的，几乎烧到了头皮。他的皮肤被太阳晒得黝黑，他的手粗大有力。我对他点点头，好像是说"你还好吧?"他也对我点点头，好像是说"我挺好的"。我递给他厚厚的面包夹奶酪，他站在那里，尽量斯文地一顿狼吞虎咽。

然后，他笑逐颜开，说道："有亲人真好。"

我也笑起来。

我说："我明白你的意思。"

外面天色渐暗，我的猫头鹰又启动了马达。真不知该拿伊尼斯怎么办。我好像对他很熟悉，至少熟知他的身体和面孔，但同时又对他很陌生，几乎一无所知。像他这样又温柔又古怪的人我倒是从来没见过。他站在那里纹丝不动，像山坡上的一头鹿忽然听到了树枝折断的声音。

他说："我谢谢你。"他的话直截了当，真心实意。我被这突如其来的谢意打动了心弦。已经很久没人这样感激我、尊重我了。我也呆立在那里，看着他，不知所措。

我说："我可以把你的制服拿到外面去打一打。"

他说："不用，真的，不用麻烦。我在自由邦本就不该穿制服。现在这样更好，灰突突的，也看不出什么问题。我得想办法回都柏林去，在那里跟我的部队会合。我们排长肯定急死了。"

我说："是啊，他肯定着急。"

他说："跟你说啊，我可是个优秀的军人。"

我说："嗯，看得出来。"

他说："我不是那种临阵脱逃的人。"这话他不说我也知道。

他说："你别误会，我没有别的意思，就是想说，你看，我穿着棉毛裤这么站在一个陌生人面前，但是，我来浅滩岭是有原因的，我以前有个心爱的女孩子，我们俩经常到这里来，当然是来跳舞，她叫费雯，后来她受到警告不能再跟我好了，你也知道是怎么回事，所以，我们就断了。我只是想站在沙滩上我们以前站过的地方，眺望一下海湾。就是这么简单的事。费雯长得可好看了，真的。我想说的是，我没有别的意思，你真是我见过的最好看的人，你和她都是。”

这番话说得多么情真意切。而且他根本没有别的企图，说的都是肺腑之言。一种骄傲之感油然而生，一种久违了的骄傲之感。这个人，他自己当然不知道，说起话来的时候很像我的爸爸，爸爸有什么重要的话要说时就是这个神情。他们的话里有一种华丽的铺陈，像过去的书面用语，仿佛出自托马斯·布朗的《医生的宗教》，那是一本我保存至今，永远珍爱的书。但布朗爵士来自十七世纪，不知他的遣词造句如何会影响到伊尼斯·麦科纳提。

他说：“我知道你是结了婚的人，所以请你原谅我，尤其是你嫁的人就是我哥哥。”

我说：“不，我不是结了婚的人。别人是这么告诉我的。”这是实话，不假思索就脱口而出了。

他说：“是吗?”

我说：“就是啊。你看，我也被宣判了死刑。”

我们站在那里，相对无语。然后，我像老鼠一样悄无声息地向他走去，以免吓到了他，我拉起他粗糙的手掌，带他来到后面的房间，从那里简陋的羽床上，能够更清晰地听到猫头鹰的啼鸣，更清晰地看到月亮山的轮廓。

一切都过去之后，我们俩还久久躺在那里，像坟墓上的两个石头雕塑。我心满意足，仿佛重拾儿童时代欢乐的时光。

过了半天，他说："杰克跟我说起过，你爸爸以前在海军商队。"

我说："嗯，对，是这样的。"

"就像我一样——还有杰克。"

"哦，是吗?"

"是的。他还说你爸爸在旧警队?"

我说："杰克这么说的?"

"是他说的。我当然比较留意，毕竟我自己也是旧警员。为此，我付出了巨大的代价。麦科纳提家的男孩都是这样，头脑一热就报名了。杰克现在又进了皇家工程军。连汤姆不也跟着那位达非老兄出征西班牙了?"

"跟欧达非去了西班牙？我还不知道这回事。"

"对，就是那个欧达非。我对他早有所闻，他后来在新警队里当头。听说，汤姆跟他出去跑了一阵子。"

"他干得怎么样了?"

"杰克说他去了两个星期就回来了。杰克对他支持佛朗哥本就不以为然。反正他不久就回来了。据说他忍无可忍，跟欧达非一刀两断了。欧达非让他们趴在战壕里，任凭老鼠啃他们的脚趾，自己却溜出去逍遥自在。估计去了萨拉曼卡也未可知。嗨，那种人。"

我说："可怜的汤姆。那身好好的制服，都浪费了。"

伊尼斯说："可不是嘛。那么说，你爸爸原来不是在旧警队里？”他在月光下天真地追问。

我说：“你就这么跟我情话悄悄说呀？”我不想跟这个天真无邪的人过不去。他笑了。

他说：“咱们这是爱尔兰式的谈情说爱。就是说些战役啊，哪个帮哪个派什么的。”

他又笑了起来。

我说：“他去西班牙，那是什么时候的事了？”

“可能是37年。好久以前的事了，是不是？时间过得真快。”

“你有他最近的消息吗？”

“哦，你知道的，汤姆如今越来越发达了。人家是新秀嘛，可想而知。”

然后，他对我察言观色，估计是怕他不经意间伤了我的心。但是没有。我喜欢有他相伴。他的腿紧挨着我的腿，热乎乎的。没有，我高兴还来不及呢。

*

刚才，一位大夫来了。他很担心我脸上出的疹子，果不其然，后背上也有。我确实有点疲倦，我跟他说了。今年，我的感觉有些异样，往年大地回春的时候，我也感到生机勃勃。我可以在脑海里勾勒出水仙花在路旁盛开的景象，于是满心渴望看看它们，挥起我苍老的手，向它们致敬。花儿在阴冷潮湿的土壤里潜伏了那么久，然后，喷薄而出那么光彩夺目的喜悦。今年却不同往年，我跟医生说了。

他说我的呼吸也不大对劲，我说，自我感觉呼吸还算顺畅，他笑了，说道："我是说，你胸腔里有杂音，我得给你开点抗生素。"

然后，他透露了一个重大的消息。他说，医院的整个主楼已经清理完毕，只剩下我这边的两个侧楼还在搬迁之中。我问他那些高龄老妇是否也搬走了，他说是的。他说，由于她们有褥疮，搬迁的任务十分艰巨，也相当痛苦。他说我很明智，经常下地走动，这是防止褥疮的最佳方式。我说，我刚进斯莱戈精神病院的时候生过褥疮，实在难以忍受。他说："我完全理解。"

我说："格林医生知道搬迁的事吗？"

他说："啊，当然了。他是负责整个搬迁的总策划师。"

"那么这座老医院怎么办呢？"

他说："恐怕要拆毁了。不过到时候你早就搬进了漂亮的新居。"

我说："原来如此。"

我想到地板下面那些纸页，心急如焚。怎么才能把它们归拢好，搬迁的时候不要让人发现呢？我要搬去哪里呀？我急得嗓子都冒烟了，就像斯莱戈湾后面崖壁上的海蚀洞，海潮涌入洞口，将海水硬生生挤入礁石缝。

"我还以为格林医生跟你说过了呢，否则不会提起这事儿。你可千万别着急。"

"下面那棵树怎么办呢，还有那些水仙花？"

他说："什么？哦，那我可不知道了。这样吧，我回头让格林医生来跟你谈谈。没问题。这都在他的职业范畴之内，麦科纳提夫人，我太唐突了。"

我心力交瘁，打不起精神来再次在这六十年的岁月里反反复复不厌其烦地解释，我不是麦科纳提夫人。我谁都不是，我不是任何人的妻子。我就是萝珊·克莱尔。

第二十章

格林医生的俗事小记

大事不好。温大夫应我的要求出诊时，不小心在萝珊面前说漏了嘴。其实，我以为她至少已经听到了一些风声，应当总会有人对她提起过点点滴滴。可能她把那些只言片语都当成了耳旁风。要是我想得周到一些，应该早跟她解释，让她有备无患。不过，无论我的措辞如何委婉，结果她还是会大吃一惊。她尤其为搬动那些卧床不起的高龄老妇感到心痛。说实话，我们搬得意想不到地迅速，但罗斯康芒镇上的新设施还未竣工时，报纸上就已经怨声载道，说新楼可能会白白空着没用。所以，我们咬紧牙关加快了搬迁的进程。现在就剩下萝珊这个楼和西面的男号楼。那里的病人几乎清一色是老头儿，都穿着医院里的黑色病号服。他们也对迫在眉睫的计划感到十分焦虑，却不知道，实际上他们是影响搬迁进度的最大障碍，因为他们搬去哪里始终还是个未知数。总不能把他们随便放在路上，行啦，伙计们，走吧，你们自由了。他们在院子里散步吸烟的时候，我跟他们说起了搬迁事宜，他们聚集在我周围，黑压压的像一群乌鸦。但就是他们，当年医院着火的那个晚上，将那些高龄老妇一一背下楼，真是一件壮举，然后又互相开玩笑说好久没近过女人身了，难得又跳了一次狐步舞，感觉妙不可言，嘻嘻哈哈了好一阵子。他们多数人根本没有精神问题，只是从这个社会系统里掉了队。据我所知，其中一位曾经是爱尔兰陆军，还在刚果参加过战争。这里有好多位退伍军人。遗憾的是，爱尔兰没有像切尔西陆军营房或者巴黎荣军院那样的地方。在爱尔兰，还有谁甘愿做老兵？

我去看望萝珊的时候，她正坐在床上汗流浃背。不排除这是用了抗生素之后的生理反应，但我更怀疑这是出于她的心理焦虑。这家医院不是什么好地方，条件很一般，但像我们所有人一样，她也需要有个家，愿神明保佑她。没想到约翰·凯恩也在这里，可怜的家伙，喉咙里发出像火鸡鸣叫一样的咕嘟咕嘟声，虽然我信不过这个怪人，他看上去倒是真心为萝珊担忧。

说实话，我对搬迁也不乐观，感觉手忙脚乱，不胜其烦，但是，新医院落成应该算是一件好事，这里很多房间的墙上布满雨渍，屋顶的石板瓦千疮百孔，已经不敢找人来修了，因为那些木椽子都靠不住了。这整幢建筑已经成为一个死亡陷阱，配给资金多年受到忽视的程度堪称丑闻，已经完全折旧了的设施都无法更新，原本可以维护的建筑部分也终于年久失修，破损到了无法挽回的地步。在陌生人看来，此处堪称人间地狱。但在萝珊眼中，这里却是福地洞天。

看到我之后，她的精神振奋了一些，她让我在桌子上给她找一本书。就是那本《医生的宗教》，我每次走过都看到它，简直破旧不堪。她说，这是她爸爸最喜欢的书，然后又问我，她是不是已经告诉过我了，我说，是的，记得她好像说过。我说，她还给我看了扉页上她爸爸的名字。

然后她说："我已经一百岁了，想请你帮我个忙。"

我说："什么事啊？"不禁感慨，她多么勇敢，刚刚从心急火燎的状态下镇定下来，声音马上就恢复了平静，虽然她脸上那些该死的疹子还是火红。她看上去好像刚刚在篝火里跳过舞似的，脸上被火苗烫了一下。

她说："请你把这本书交给我的孩子。交给我儿子。"

我说："你儿子？萝珊，你儿子在哪里？"

她说："我也不知道。"一时之间，她目光迷离，茫然若失，然后她摇摇头，神志又恢复清晰了，"我不知道。应该是去了拿撒勒。"

我逗着她说道："从这里去拿撒勒，可是水远山长啊。"

"格林医生，你能为我做这件事吗？"

我说："一定，一定。"我嘴上这么说，心里却明白这是不可能的，尤其，我已经读过了冈特神父的供词，还记得他斩钉截铁的结束句。不仅如此，这中间还隔着时间的长河。她的孩子要是还活着，也得有一把年纪了？我可以开口问她：你有没有杀死自己的孩子？我要是问了她，那就只能说明我也疯了。毋庸置疑，这个问题怎么都问不出口，即使以专业为借口也行不通。反正她永远都是所答非所问。从医学的角度来说，我对她精神状态的评估已经无可更改了。

啊，我忽然感到心灰意冷，好像自己比她更风烛残年。我无法激发她“生命”的热情。别说她了，我自己还不是末路穷途。

她说：“我知道你会做到的。”然后目不转睛地盯着我，“希望如此。”

莫名其妙地，她从我手上拿回那本书，然后又把它郑重地放回到我手上，点点头，好像交给了我一个任务。

*

萝珊的自述

我最近身体不好，健康似乎每况愈下，但是我必须坚持下去，因为下面的故事我必须讲给你听。

亲爱的读者，神明，格林医生，无论你是谁。

无论你是谁，我献给你我的爱。

我变成天使啦。跟你开玩笑呢。

在天堂里扑棱着我沉重的双翅。

也可能，谁知道呢。你说是不是？

*

我记得那年二月阴郁、寒冷、昏暗的天气，那是我一辈子最惊恐万状、一筹莫展的日子。

我可能怀了七个月的身孕，我也记不清了。

我已经大腹便便，在浅滩岭的杂货店里，那件旧大衣再也遮不住我怀孕的迹象了，即使我总是等到工作日的末尾，天色暗下来之后才去，幸好是大冬天，下午四点天就黑了。

衣柜的镜子里，我像一个苍白的女鬼，脸拉得长长的，仿佛肚子的重量造成了我全身的下坠，仿佛一尊正在融化的雕像。我的肚脐被推挤出来，像个小鼻子，下体的毛发好像是原本长度的两倍。

我身体里有了个新生命，像河流里有鲑鱼游弋。不过，不知可怜的清野河里现在还有没有鲑鱼。在杂货店里，人们有时谈起清野河，说时下河水浑浊，泥沙俱下，因为上游的渡口和港湾都在战争期间关闭了。他们也说起斯莱戈湾里的潜水艇，还有茶叶经常短缺，碧蟾粉却绰绰有余。他们或许也提到，这年头最稀贵的其实是慈悲。路上车辆稀疏，多数夜晚我的窝棚周围万籁俱寂，除了周末有骑自行车，走路，或坐两轮马车去跳舞的人们。斯莱戈还有人弄来了一辆敞篷汽车，满载着好事之徒沿着沙滩缓缓爬行，好像来自另外一个世纪。广场舞厅射出的星星灯火，完全可以作为夜空中任何德国飞机轰炸目标的信号，比如那些我亲眼看到的从贝尔法斯特归来的飞机，幸好没有任何灾祸从天而降，只除了时间里的滚滚红尘。

对于这些纷繁过往，我不过是个旁观过客。不知那段日子里我是怎样的声名狼藉，波纹铁皮屋里的女巫，自甘堕落的女人，不可救药。仿佛在斯莱戈人们的世界边缘存在着一个大瀑布，他们日常生活里的尼亚加拉，瀑布的另一边，就是那个一失足成千古恨的女人。

有一天，一个穿着貂领大衣的漂亮女人走过时看了我一眼。她打扮得雍容华贵，黑皮靴擦得锃亮，栗色头发的发型要在发廊里坐个把小时才能完成。我的窝棚对面有座老房子，四周围墙高耸，她正朝那里的大门走去，里面传来晚会的声音，留声机放着葛丽泰·嘉宝唱过的那首歌。我还以为她认识我，所以一反常态，在路上停了下来，倒不是有心的。令我惊讶的是，我一眼看见杰克·麦科纳提正在院门里，一如既往穿着风流倜傥的大衣，但是，看上去心事重重，筋疲力尽。也许那段日子里，整个世界在我眼里都是同样的风雨萧条。我心念一动，这可能就是那位大名鼎鼎的梅，他娶的戈尔韦的大家闺秀。那么，她就是我的嫂子了，至少，曾经算是。

她忽然显得局促不安，继而怒形于色。我当时的状态的确不堪入目，穿着几乎见不得人的寒酸的大衣，褐色的鞋子快变成木屐了，因为我没有鞋带可系，它们需要系那种细长精巧的鞋带，而在浅滩岭这样的小地方，杂货店里根本没有存货。是的，我露出了小腿，我也知道这又是一桩罪状，但是我没有长袜可穿，至于大衣下高高隆起的腹部就更不用提了。

她说："终于无法挽回了，是不是？"就这么一句话。然后她走进了院落。我望着她的背影，对她的话暗暗称奇，同时也在揣测她的言外之意，是冷嘲热讽呢，还是大失所望，或者就是据实以陈？我怎么都无法参透。他们夫妻二人径直走进了那座房子，头也不回。

*

天气越来越冷，我终于开始生病了。不再是早上的孕吐，孕吐恶心的时候我就冲到窝棚后面，在长草和石楠中间对着风干呕。这是另外一种病苦，有什么东西在我的腿里煎熬，让我胃痛。我的身体越来越沉甸甸的，从椅子上站起来都很吃力，我担心自己遇到什么不测，一下卡在那儿，就此搁浅，我为腹中的胎儿愁眉不展。有时，我会看到小小的臂肘和膝盖在肚皮下面蠕动，谁能忍心给这样无辜的小生命带来危险？我不清楚自己怀孕几个月了，心里害怕自己随时会开始生产，如此远离人群，孤立无援。我后悔没有跟梅说上话，或者叫住杰克，后悔当时为什么没有求求他们，但是我的身体状况昭然若揭，他们一定都看在眼里了，却没有对我伸出援手。我知道在美国大平原上，土著女人会独自走进灌木林里生孩子，但浅滩岭不是美利坚，我也不愿只身涉险。多年一个人生活，我已经掌握了一套独立生存的本领，但是现在不同了，我身怀六甲。我向神祈祷，求他助我一臂之力，我成千上万次地叨念主啊主啊，虽然没有双膝跪地，只能从我坐的椅子上向他求援。我知道自己必须采取行动，不是为我自己，我已经完全不可救药了，而是为了孩子。

那个二月里的一天，我踏上了去斯莱戈的征程。出发之前，我花了一两个小时梳洗打扮。头天晚上我把连衣裙洗了，然后整夜在半死不活的炉火前试图把它烤干。早晨穿在身上还是有点潮湿。站在镜前，我用手指反复梳理了头发，不知为什么，我怎么都找不到我的梳子了。在一管口红里，我发现了最后一点亮色，于是把它涂在嘴唇上。要是家里还剩下一些面粉就好了，幸而窝棚的壁炉是硬石头砌的，我从上面抠下来一些石膏粉，在手里挤碎，然后尽量均匀地涂在脸上。出门到镇上去，无论如何，总要看起来大方体面。我对着镜中的自己，像米开朗琪罗对着他的西斯廷天顶，精琢细画。但对那件旧大衣，我是完全无能为力了，但我还是撕下了床单的一角，绕在脖子上权当围巾。我没有帽子，反正外面狂风大作，有帽子恐怕也戴不住。然后，我走出家门，走上山坡，很久没有朝这个方向走出这么远了，我走过街角的爱尔兰教堂，走上了浅滩岭路。大路向远方伸展，一眼望不到头，真希望能找到一架跟我同样大腹便便的德国飞机，搭个顺风车。在我的右侧，大山拔地而起，我想起自己曾经多么身轻体健，翻山越岭易如反掌。那遥远的从前已经恍如隔世了。

我不知自己走了几个小时，只记得路途遥远，步履艰难。病痛早被抛到了九霄云外，对它的感受已被更为迫切的当务之急取代了。我走啊走，心中逐渐升起莫名的飘飘然的感觉，好像这次出行胜利在望。我对自己说，她肯定会对我伸出援手，救我一命，毕竟她也是女人，而我怎么说也做过她的儿媳。要不是罗马从中作梗，我至今还是她的儿媳。我第一次去她家拜访的时候，她的确曾经对我冷若冰霜，但是，历经这么多年的沧桑岁月，她一定已将过去的恩怨完全释怀——但愿如此。

我走了一程又一程，这些念头反复在我的脑海里打转，同时我挺着大肚子，迈着八字步，深一脚浅一脚，肯定大煞风景，至少在这一点上，我还有些自知之明。

*

格林医生的俗事小记

千头万绪之中，我们竟然敲定了房屋引爆的时间，日期迫在眉睫。我得不断提醒自己。大结局近在咫尺，毕竟令人难以置信，虽然医院里到处都是打包停当的物件，每天都有卡车和货车进进出出，将这些东西陆续拉走，堆积如山的文件和信函都入库了，几十位病人已经搬走了，而且忽然之间，真是车到山前必有路，连那些可怜巴巴的黑衣老头儿也找到了归宿，其中有些人还暂时回到——我几乎要脱口而出，回到人世了。收容他们的机构正式的名称是庇护所，难得有这样一个恰如其分又颇具人性化的说法。根据我的审核，那里完全名副其实。最后，剩余的病人会搬进新医院。噢，但是，我必须对萝珊给出结论了。

珀西·奎恩从斯莱戈发来一封热情洋溢的回信，随时等待我的光临。那么接下来，我真得集中精神把这件事办好。他信里的态度如此和蔼可亲，所以在回信里，我借此机会问起，他知不知道斯莱戈皇家爱尔兰警队的旧档案存放在哪里，如果找得到的话，他能否再帮我个大忙，查一下约瑟夫·克莱尔这个名字是否登记在案。不知经过内战烽火岁月的洗礼，这些机密文件还是否幸存，有没有哪所机构还把它们保存至今。当年，自由邦的国民军执意要把反约派的非正规军炸出都柏林四法院，不惜将几乎所有的民事档案付之一炬，包括出生证、结婚证，还有很多其他弥足珍贵的资料和记录，崭新的国家还未成型，他们就不惜将历史回忆销毁殆尽。如果我记得没错的话，他们使用了英国人提供的枪支武器，轻而易举地相信英国人是以优雅的绅士风度，慷慨解囊地援助爱尔兰新政府，而非不怀好意，借刀杀人。当然，在给珀西的回信里，我并未提及这些想法。写信的过程中，我忽然想起，他也出席了在小水脚举行的那次不幸的医疗会议，不过，既然他对此讳莫如深，我也就只字未提。

昨天下午我很疲倦，提前回到家里，然后不管不顾，径直走进了贝特的房间。我应该已经超越了自悔和自责的状态。该说的都说完了，该做的也都做过了，尘埃落定，我孑身一人，我们的故事已经结束了。我躺在她的床上，感觉离她很近。空气里还有她飘忽的清芬，是罗莎花露水，以前每次出国，我都要在机场的免税店里寻寻觅觅。我感到莫名的轻松，没有任何不快之感。她离去的现实成为一种奇异的逆反的抚慰。在那几分钟的时间里，我变成了她，躺在那里，而我，那个身外的真我，正在楼下的老卧室里，我试想该如何看待楼下那个我。一个才疏学浅、背信弃义、没心没肺的人？但是，他的存在毕竟不可或缺，即使远隔在地板和天棚的另一面？不得而知。与贝特将心比心也无法知晓。但在这短暂的几分钟时间里，我感受到了她的勇气，她的善良，她的正直。这是一种心旷神怡的感觉。

我一眼看到她的玫瑰图书架，就随手抽出一本看了起来。不得不承认，这本书写得妙趣横生，而且诗意盎然。我一跃而起，小心翼翼地按住整排书籍的两端，将它们全部提起，翻转过来，垛成一摞，然后一起抱到楼下，仿佛抱着大获全胜一窝端的贼赃。我躺在自己床上继续阅读，直到深夜。我好像在阅读她留给我的一封信，或者是我进入了她的头脑，有幸感受她朝思暮想的课题。第一章是法国蔷薇，一种不起眼的小花，让我想起中世纪建筑物上雕刻的玫瑰图案。最后一章是茶香月季，它们硕大的花朵迎风招展，仿佛穿着花裤衩翩翩摇摆的肥臀。人类真是巧夺天工，经过世世代代的不懈努力，不仅将朴素的花朵培育成千姿百态的玫瑰，还将那些在古老的篝火外围逡巡，浑身癞皮的食腐动物变成了波索猎犬和贵宾犬。事物的本身，其原始的形态，永远都不会令人心满意足，我们需要发挥，改良，赋予事物诗情画意。“以此平复苦短的人生”，托马斯·布朗在那本萝珊交给我，让我转交给她儿子的书里写道。在《医生的宗教》和皇家园艺协会发行的《玫瑰手册》之间，我找到了自己思维的坐标。有关玫瑰的知识令我喜出望外，同时，我更为贝特孜孜以求的精神自豪。奇怪的是，这些感觉并没有驱走萦绕在我心头的悔恨与歉疚。但是，我心房的门窗一扇扇开启，如同花园里的玫瑰一朵朵绽放，我的内心如沐春风。这不仅是自从她去世以来我度过的最愉快的一天，而且是我有生以来最美丽的日子之一。好像她的灵魂从天而降，为我指点迷津。我为此感激涕零。

啊，差点忘了说了（跟谁说呢?），我准备全神贯注阅读贝特的玫瑰书，所以先把萝珊的书小心放好，正在这时，里面掉出了一封信。奇怪的是，这封信乍看之下还没有启封，除非是她房间里空气潮湿，封口又重新粘上了。还有，邮戳的日期是1987年，整整二十年前。我不知道这意味着什么，也不知如何是好。我爸爸总是教导我说，信件是神圣的，私拆他人信件不但是一桩违法行为，对这一点我深信不疑，而且是一种极度的道德败坏。我得承认，自己心痒难挨，差一点就道德败坏了。但同时，我也考虑是否应当物归原主。或者，把它一把火烧了？那肯定说不过去。再或者，就听任它留在书里？

*

萝珊的自述

整个镇子对我的到来置若罔闻。可能我看上去就像个被大风从沼泽地里刮出来的孤魂野鬼。只有一个小姑娘估计因为风暴出不了门，抱着玩具娃娃坐在她家的窗户里，带着小女孩们特有的温存，对我挥了挥手。值得庆幸的是我不用走进镇中心。坚硬的路面一步步捶打着我的肚子，我咬紧牙关继续我的征程。终于，我走到了麦科纳提夫人的院门前。老汤姆的花园是即将开幕的一英亩的绚丽演出。显然，他的花坛都已准备就绪，花儿也都呼之欲出，所有的植物都有竹竿撑腰，不畏风雨。估计不出几个星期，一场姹紫嫣红的争奇斗艳就会在这里上演了。在园子高处的角落，一个模糊不清的人影正在挖地，那很可能就是老汤姆。他身披巨大的外套，头戴油布雨帽，弓着身子挖呀挖，全不在乎兜兜转转的凄风和淅淅沥沥的冷雨。我考虑是否该过去跟他打个招呼，但拿不准他是敌是友。也许我以为，从杰克在我的窝棚对面那座大门里冰冷的目光来看，他们很可能全都与我为敌。既然这样，我决定还是不打扰他了。不如直接上门碰碰运气。我记得，那一瞬间，我的心悬了起来，像高空杂技演员荡起的秋千。

毫无疑问，我已经被淋成了落汤鸡，浑身上下拖泥带水。这趟长途跋涉，让我煞费苦心的梳妆打扮全都付之东流。我也没有镜子可以理理容妆，除了门上那扇阴暗的玻璃，我对着玻璃看了一眼，发现里面有个蓬头鬼。这副狼狈的模样使我的处境更加不利。但事已至此，我还有什么办法呢？难道就这样悄无声息地原路返回，甘愿一败涂地？我忐忑不安，进退两难，这座房子令我心生畏惧，但是，如果我不按门铃，后果简直不堪设想。

如今，坐在这里写下这些文字，我已经老朽不堪，腿上还发了疹子。往事历历在目，还没有成为故事，还未见分晓，更没有结束。此刻笔下的事件以进行时态正在发生。当时，我好像置身于圣彼得的天堂门前，叩门请求进入天国，但惴惴不安的心灵却深知，自己罪孽深重，罪孽深重。只盼对方慈悲为怀！

我终于按下那个备客来门铃。按下去时毫无声息，但是我一松手，就听到走廊里传来气呼呼的拨浪鼓声。接下来很长时间，房子里没有一丝动静。玄关里是我上气不接下气的喘息。我听得到自己的心跳。我还听得到肚子里孩子的心跳，鼓励我，支持我。我又对着门铃的大按钮摁了下去。我想象是别人在叫门，肉铺的伙计，走街串巷的推销员，而不是我这个大腹便便、气喘吁吁、含羞忍耻的女人。我想象着麦科纳提夫人的模样，瘦小枯干，道貌岸然，脸色如十字花般苍白，正想得出神，我忽然听到门内窸窸窣窣的声音，门被拉开了一条缝，她就站在里面。

她看着我。不知她一时之间有没有认出我来。她可能以为我是个乞丐，或者是个修补匠，也可能是个从她工作的疯人院里跑出来的病人。我确实是来乞怜的，乞求另外一个女人同情我的困境。穷途末路，穷途末路这个词开始在我的脑海里回响。

她说："你有什么事？"看得出来，她终于意识到原来是我，她儿子"始乱终弃"的品行不端的女人。多年以前，她处心积虑与我作对，但那一切已是过眼云烟。我不知自己怀孕多少个星期了。恐怕我就要在她门前生产了。回头看来，要是当时临盆就好了，那样可能对小孩更有益处。

我不知如何开口。我还没遇到过与我同病相怜的人。我无法表达自己的困境。我需要……我迫切需要……

她又说道："你有什么事？"好像我再不吭声她就要关门了。

我说："我有麻烦了。"

她说："我看出来了，孩子。"

我使劲望着她的脸。孩子。这个美丽的词裹挟着勃勃生机回荡在玄关。

我说："麻烦可大了。"

她说："你跟我们没有关系。没有任何关系。"

我说："我也知道。但我真是走投无路了。"

她说："没办法，跟我们完全无关。"

"麦科纳提夫人，求求你了，帮帮我。"

"我也没有办法呀。我能做些什么呢？怕你都来不及呢。"

这话让我哑口无言。我还从来没想到过这一点。怕我。

"我没什么好怕的，麦科纳提夫人。我需要你的帮助。我，我——"

我想说，我怀孕了，但是怎么也说不出口。我知道在她听来，这个字眼等同于妓女、贱货。我的嘴里好像有一块木头，正好是嘴的形状。一股腥风从背后袭来，要把我一股脑儿卷进门里。她可能误以为我要破门而入。其实我忽然觉得腿如筛糠，几乎支持不住，要倒下了。

我说："我知道的，你过去也遭遇过麻烦事。"我拼命回忆杰克在广场舞厅对我说过的话。但是，他到底说没说，说什么了？无论如何，我必须守口如瓶。

"他说，一番周折。很久以前的事。"

她尖叫起来："住嘴！"她紧接着喊道："汤姆！"

然后，她低声唏嘘，仿佛一只惊弓之鸟。

"他都跟你说些什么了，杰克怎么告诉你的？"

"他什么都没说。就是一番周折。"

他说："那是有人造谣中伤。可想而知。"

不知老汤姆怎么听到了她的喊声，可能出于对她声音的高度敏感，反正他很快出现在门前，穿戴的大衣和雨帽使他看起来像淹得半死的水手。

他说："耶稣，圣母玛利亚，我的老天爷，原来是萝珊。"

麦科纳提夫人说："你让她赶紧离开这里。"

老汤姆说："行了，萝珊，走吧，别堵在门口。"

我按他的话做了。他的声音多么友好。他一面点头一面把我往外赶。

他说："走吧，走吧。"好像我是一头误入菜地的小牛。"走吧。"

很快，我发现自己已经站在院外的人行道上了。寒风凛冽，好像大队的隐形卡车，沿着街呼啸而过。

老汤姆说："走吧。"

我说："上哪去呢?"我已经走投无路了。

他说："回去吧。你回去吧。"

"你能帮帮我吗?"

"这里没人帮得了你。"

"求求你，让汤姆来帮帮我。"

"姑娘，汤姆可帮不了你。他就要结婚了。你还不明白吗？汤姆根本帮不了你。"

结婚？我的天哪。

“那我怎么办呢?”

他说:“哪来哪去。走吧。”

*

我又回到路上,倒不是因为对他言听计从,而是我实在别无选择。

我的想法是这样的,尽可能先回到窝棚,把自己烤干,然后再做打算。当务之急是躲过这场暴风雨,否则我无法思考。

汤姆,他又要结婚了。不对,他不是又要结婚了,而是要第一次结婚了。

如果他当时就出现在我面前的话,我肯定得把他杀了,用随手找到的任何凶器。我可能从墙上扒下一块砖,从篱笆上抽出一根棍子,给他一顿暴打,打得他一命呜呼。

全是他干的好事,竟然把我逼入如此凄惨的境地。

我不是在行走,而是在一步一步地跋涉。回去的路上,我看到那个小姑娘还在窗玻璃后面,还抱着她的玩具娃娃,还在等待暴风雨停息,她好出门玩耍。不知为什么,这次她没有对我招手。

听说人是从猿进化来的,那么,也许我们身上还保留着一些动物本能,深藏不露,连我们自己都意识不到。在我的身体里面,有一只生物钟,一个原始的引擎,它已经启动了,我全身心的本能都在催促自己,加快脚步,加快脚步,找一个安静的,能避风遮雨的地方。这种感觉急不可待，我简直闻得到它的气息，我情不自禁发出怪异的叫喊，但是声音马上被风吹散了。我已经走上了通往浅滩岭的柏油路，周围是绿油油的田野和低矮的石墙，滂沱大雨奋力砸在路面上，然后激越地高高溅起。我的肚子里好像充满了音符，强健有力，横冲直撞，仿佛“黑臀跳”演奏得过了火，钢琴手在琴键上越来越狂野。

路转了个大弯，下面的海湾依稀可见。谁能来帮帮我？没有任何人。世界在哪里？我是怎么生活在这个世界上的，一个彻底的孤家寡人？为什么沿途的几座房子里没有一个人跑出来，把我拉进屋里，拥着我嘘寒问暖？一种野性油然而生，我在这个世界上竟然如此微不足道，以至于没有一个人对我伸出援手，神父也好，男男女女也罢，他们都宣布我不值得一救，难道我就应该遭受风吹雨淋，像我现在这个处境，一具行尸走肉，一个被抛弃的人。

也许就在那一刻，我自身的一部分离我而去，从我的头脑里不翼而飞，从此不知所终了。

庇护所。我是一个被世人唾弃的人，迫切地需要寻求庇护。在我的窝棚里，临走前我用炉灰掩上了炉火，只要把炉灰从煤坯上推开，再续上几块新的煤坯，我很快就可以烧起一个暖烘烘的小火堆。然后，我就可以扒下这身旧大衣、连衣裙、衬裙、鞋袜，在干燥的房间里好好烤烤火，长舒一口气，然后开怀大笑，我大获全胜了，战胜了疾风暴雨，战胜了三亲六戚。我还留了一锅炖菜，足够自己饱餐一顿，然后呢，吃饱了，烤干了，我就爬上床，稳稳地躺在那里，眺望着月亮山，想象可怜的梅芙女王躺在高处的石床上，承受着有史以来最严峻的暴风雨，再然后呢，我就仔细端详我的肚皮，这是我最大的爱好，看肚子里的小宝宝做伸展运动，小小的手肘和膝盖时隐时现。啊，我望眼欲穿，只要再走上大概六英里我就安全了。从崖岸的山口，我看到，如果下到沙滩上走，我可以把行程缩短整整两英里，低潮的时候，经常有车辆这样抄近道。即使在焦头烂额的状态下，我也注意到了，当时海潮正处于最低点，虽然千军万马的大雨令我视线模糊。于是，我从高处的路上顺着一条陡峭的小径斜插下来，也不在乎脚下粗糙的砾石，只为抄了近道感到喜滋滋的，实际上我的腿脚都麻了，根本感觉不到疼痛。真正疼的是肚子，是肚子里的孩子在闹，所以我心急火燎，想尽快回去。

我曾经貌美如花，但美丽终有尽头。

下面的沙地上到处群魔乱舞，仿佛广场舞厅扩大了规模，占据了整个斯莱戈湾。大雨如曳地长裙，风驰云卷，扑地掀天，时有雨柱如巨腿，顿足而下，浅滩岭和罗斯岬之间的整个世界被上百万条灰色的笔画涂抹得面目全非。我这时才意识到，下到海滩上也许并非明智之举，天公竟不作美，风暴比刚才有过之而无不及，雨水滔滔滚滚，狂风势如破竹，胡拉乱扯着我和我的肚子还有肚子里伸展手肘和膝盖的小东西。

我感觉脚下开始蹚着浅水，这表明我偏离了正确的路线。我知道，汽车轰鸣着开往舞厅的沙道位于沙滩的高处，那里在夏天的晚上几乎是干的。而我恐怕正走向青野河的入海口，那可就大错特错了，前面凶多吉少，我已经完全迷失了方向。高耸的山脊在哪里，隆起的陆地在哪里？浅滩岭在哪里，兔儿岛又在哪里？

忽然，前方出现了一个怪物——不，不是怪物，是一个巨大的石礅，是通向兔儿岛的缆桩之一，沙地上有一列缆桩标示着最安全的路线，涨潮时，这条路线是最后被海水淹没的。海潮已经开始上涌，在风暴的呼啸声之外，我听得到海潮奔腾的足音，那是大海渴望拥抱陆地的声音。我走到缆桩旁边，扶着石头稍事歇息，试图平复自己，找到缆桩给了我极大的安慰。除非是我完全走反了方向，否则我判断河流在我右侧，浅滩岭在我左侧。缆桩上有个锈迹斑斑的铁箭头，指向兔儿岛。

无所畏惧的铁人应该依然站立在他的礁石上，指向安全的深水区，世世代代为船只指引着方向。但他没心思跟我浪费时间。

我必须继续我的长途跋涉，如果待在这里，海潮不久就会涌进来，打湿我脚下的沙滩，然后慢慢涨到缆桩的高度。大潮的时候，多数缆桩都会被完全淹没，这里会成为潜流与鱼群的国度。同时，我也不敢轻易返回崖岸，因为多处会有洪水泛滥。总之，此地不宜久留。我把缆桩抛在身后，向着箭头所指的方向进发，又走入无边无际的风暴之中，祷告自己能沿着一条直线，到达兔儿岛。

电光闪烁，如一道蓝色的狂怒划破暴风雨，忽然，我看到了近在咫尺的鸟喙峰，像一艘巨轮的船首，向我压将下来。不对，不对，鸟喙峰应当还在几英里开外呢。但至少，我的大致方向没错，不久，我找到了另一个缆桩。哦，我全心全意感谢铁人的指点。现在我可以模糊看到前面兔儿岛上山岗的轮廓。我继续艰难前行。离开这第二个缆桩之后，我感觉羊水破了，两腿间湿漉漉暖烘烘的。又走出了酸痛的一百步，我到达了遍布礁石和黑海带的区域，于是开始沿着陡峭的小路向上爬。要不是刚才风暴暂时减弱，我可能已经被惊涛骇浪吞没了。但这时，风暴又再次向我逼近，好像一屋子的疯子蜂拥而至，四壁是密不透风的水墙，屋顶是熊熊燃烧的万钧雷霆，我跌倒在乱石中间，气喘吁吁，挣扎在死亡边缘。

*

我醒过来了。风暴依然在四周咆哮。我简直不知道自己是谁。头脑里的意识支离破碎。在半昏半醒的状态下，我把自己挪到一块布满青苔的礁石前，背靠石头。我也不知道自己为何如此。周围狂风大作，暴雨倾盆。我静静地坐在那里，纹丝不动，我有个疯狂的念头，就是我已经死了。其实，我离死还远着呢。每隔一段时间，分不清是几分钟还是个把小时，我的四肢百骸就会被某种巨大的力量猛攥一次，从头顶心一直疼到脚指头。疼痛如此剧烈，已经超出痛感的范畴，但我想不出别的语言来形容它。不知在什么力量的驱使下，我把自己拉了起来，双手扶地，双膝跪着。我绝望地注视着前方，在铺天盖地的雨幕下，我以为我看到了一个人，站在那里，注视着我。但是很快，雨线模糊了我的视野。我对着那个人，不管是什么人，放声大叫，叫啊，叫啊。但又一次阵痛扼住了我的全身，好像有人对着我的脊椎猛砍了一斧。是谁在大雨里看着我？为什么不过来帮帮我。又是几个小时过去了。我感到海水开始从兔儿岛上退潮了，就连我的血管里都感觉得到。这场风暴一定是天国的烈焰落入了人间。或者，难道是我在大雨中着了火。我的肚子好像是一个烤面包炉，越来越热。人世的钟点都消失不见了，取而代之的是疼痛的钟点。阵痛是越来越频繁了吗？间隔时间越来越短了吗？是夜幕降临，还是风暴使天空越发黑暗了？难道我瞎了，怎么看不见了？忽然，我开始流血了。我低头看着两腿之间。我伸出双手，就像伸出一对翅膀，准备接住从天而降的礼物。但是，天上什么都没掉下来，倒是有什么东西穿过我的身体往下掉。我的血一股股流淌在潮湿的石楠上，我的血对着神明呼喊，求神明帮助。帮助这个苦苦挣扎的生灵。我的血放声大叫。不对，不对，我简直发疯了。我的两腿间只有炭火，一圈红彤彤滚烫烫的炭火。在炭火中间，我看到了一个小小的脑壳，几秒钟过后，一个小小的肩膀，上面沾满了我的血肉。还有小脸儿，小胸脯，小肚皮，两条小腿儿，连风暴都倒吸了一口气，暂时安静了，我抱起那个还拖着脐带的小人儿，抱到嘴边，不假思索就咬断了脐带，风暴又攒足了力量咆哮起来，我的孩子也顿时开始成长，仿佛在黑暗的鞭策之下迅速成型了，他用力吸进平生第一口空气，如获至宝，用他小人国的大嗓门放声大哭起来，稚嫩的声音呼唤着兔儿岛，呼唤着斯莱戈，呼唤着我，呼唤着我。

*

当我再次醒来的时候，风暴已然止息，好像斯莱戈的空间终于褪下了粗鄙的衣裙，一切焕然一新。但是我的小家伙哪去了？血肉脐带胎盘都还在。我大吃一惊，一跃而起，像刚出生的马驹一样头晕目眩，脚底虚浮。我的宝宝呢？恐惧和焦虑灌注了我的全身。我怀着天下所有的母亲，无论是人还是动物，都具有的同样狂野的渴望和刚烈的决心，拨开石楠和灌木丛，转着圈到处寻找。我呼喊着，谁来帮帮我啊。湛蓝的天空广阔寂寥，直通天国。

风暴已经过去多久了？我不知道。

我仰面跌倒，胯骨磕在石头上。一股血平稳地从我的身体里涓涓流出，深红的血液，温暖而晦暗。我躺在那里，望着这个世界，仿佛我的脑袋中弹了，海上风平浪静，长嘴的沙鹬在退潮的水线上衔着贝壳，叨着草根。我反复叨念着："帮帮我吧。"但是除了那些鸟，周围杳无人迹。岛上不是有几座房子吗，隐藏在背风的角落里？没人来帮我找找孩子吗？难道一个人都不能来？

我躺在那里，一种奇异的刺痛从胸前升起，是来奶了，我感觉得到。既然有乳汁，我就可以哺乳了，万事俱备。可是，我那嗷嗷待哺的宝宝在哪里？

一辆白色的面包车沿着大路向浅滩开下来。我马上意识到，那是一辆救护车，因为隔着这么远的距离，我已经从静谧的空气中听到警报器的呼啸。车到了沙滩上之后，继续颠簸着往前开，基本按着我在风暴中的路线，从一个缆桩开到另一个缆桩。我站起身来，挥舞着我的手臂，像一个沉船落难的水手终于看到水天交接处前来救援的船只。但是，需要救援的不是我，而是那个从这个属于他的世界里消失了的小家伙。救护人员抬来了担架，我问他们能否告诉我，我的孩子在哪里，我恳求他们告诉我。

其中一人彬彬有礼地说："我们真的不知道啊，女士。您怎么会到岛上来生孩子？这可不是适合生孩子的地方，绝对不是。"

"但是，我的孩子，他在哪里？"

"海潮涨得很高吗，女士，会不会把孩子给冲走了？神明保佑，可怜的小家伙。"

"没有，没有，我把他抱在怀里，暖烘烘的，然后我们俩都睡了。他得睡在我怀里才能保暖。就在这里，你看，我就这样把他抱在胸前，这几个扣子还开着呢，他又温暖又安全。”

另外一个人说：“好吧，好吧。先镇定一下。你还在流血。”然后他对他的同事说：“我们得想办法止血。”

第一个人说：“恐怕止不住。”

“那我们得赶紧送她去斯莱戈。”

他们把我抬到车上。但是他们怎么能抛下我的孩子不管呢？我不知如何是好。但任凭我如何抓挠，门还是关上了。

我说：“请到处找找，求求你们。有个孩子啊。有个孩子。”

车开动了，我仿佛脚底踩了空，浑身坠入了万劫不复的深渊。眼前一黑，我不省人事了。

*

我的艰难时刻开始了。面前，两条路在树林里分道扬镳，而冬季的树林深埋于积雪之下，满眼只有白茫茫的一片。

有人抱走了我的孩子。救护车把我送到了医院。我知道，数日之后，我还血流不止，别人都以为我必死无疑。这些事我都还记得。我记得，他们给我动了手术，止住了流血，令我起死回生。我记得，冈特神父来看我，告诉我所有事宜都安排妥当了，他知道哪里可以保证我再也不会危及自身安全，并尽管放心，那个地方我肯定喜欢。我反反复复地问，我的孩子在哪里，每次他都说“拿撒勒”。我不明白他的意思。我感到自己如此虚弱无力，以至于可能跟冈特神父建立了一种类似囚犯和狱卒之间的关系，我可能一度恳求他帮助我。我整天以泪洗面，恍惚记得，我甚至曾在他怀里哭泣。当时还有别人在场吗？我不记得了。不久以后，疯人院的两座塔楼就迎面而来，我从此落入了人间地狱。

我哭着喊着要见妈妈，但是，他们说：“你不能见她，没人能见她，她见不得人了。”

从那以后，记忆变得模糊起来。是的。我的记忆停滞不前了，像无法启动的马达，无论如何摇动曲柄，它就是无动于衷。噗噗噗。啊，那阴影里可不就是老汤姆和麦科纳提夫人吗，可能屋子里光线昏暗，我也在屋里，他们用卷尺为我量体裁衣，做一件疯人病号服，他们一言不发，量个没完，胸围、腰围、臀围，是他们吗？他们为所有入院的疯人缝制罩衫，然后，又为所有出院的疯人缝制寿衣？

记忆在这里画了个句号。我的头脑里一片空白。我连苦难、忧患都不记得了。什么都没有。但我记得有一天晚上，伊尼斯穿着军装来了，他甜言蜜语说服了工作人员让他进来看我。那天他穿着少校的军装，但我知道他只是个列兵而已，他就对我坦白了，原来他是借了哥哥杰克的衣服，但他穿着显得很神气，尤其是戴着那对闪闪发光的肩章。他是来救我的，让我赶紧把衣服穿好，我们的宝宝等在外面。我们全家一起到一个新大陆去。我没有别的衣服可换，只有身上那套破衣烂衫，我知道自己浑身污秽，长满了虱子，到处血痂斑斑，伊尼斯和我两个人沿着黑暗的走廊，悄悄地爬出去，他把疯人院沉重的大门推开一条缝，我们在塔楼的阴影里走过砾石路，我根本不在乎脚下尖利的石子，他从大婴儿车里抱起我们的宝宝，多么可爱的男孩儿，伊尼斯把他抱在襁褓里，带着我走过草坪，我的脚鲜血淋漓，我们需要涉过坡底一条流动的小河。他先走了过去，走上对岸美丽的草坡，上面茂密的草丛郁郁葱葱。河水月色斑斓，我的老友猫头鹰又开始啼鸣了，我走进河里，我的褴褛衣衫都消融了，河水洗净了我的身体。我走出荡漾的清流，从伊尼斯望着我的眼神，我知道自己又恢复了动人的容貌，他把宝宝抱过来，我立刻感到自己的双胸乳汁汹涌。于是，伊尼斯和我拥着我们的孩子，在月光下静静地伫立在绿荫间，一排巨大的绿树在夏夜的暖风里轻轻摇曳。天气如此温暖，伊尼斯脱下那身多余的军装，我们站在那里，心满意足，别无他求，我们是地球上最初的也是最后的人类。

*

多么美好的回忆，那么清晰，超越所有可能性的束缚。

历历在目。

我心如明镜，纤尘不染。

*

如果你这会儿在阅读这些文字，那就说明老鼠、蠹鱼和甲虫竟然放过了我粗糙的笔墨。

我还有什么能告诉你的？我曾经生活在人类中间，发现他们就整体而言冷酷无情，虽然我能数得出他们中间三四个天使的名字。

我们试图以寥寥无几的天使来衡量生命的意义，我们在人海之中发现他们的身影，然而终于无法企及。

为此，我们饱受磨难。但生命终究是无上珍贵的礼物，比斯莱戈古老的群山更加广阔，即使充满艰难困苦，也依然光辉灿烂，就像从天而降的锤子和羽毛。

而我们内心的冲动，那种激发远古的女人采集瘦骨嶙峋的玫瑰和细脚伶仃的水仙辛勤培植出满园芬芳璀璨的冲动，早已预示着天国终将降临人间。

*

至于我，芳华已逝，剩下的只是一个关于美丽的传说。

第二十一章

格林医生的俗事小记

终于，在沸沸扬扬的搬迁进程中，我抽空去了一趟斯莱戈。其实距离很近，但这么多年我很少去那儿。春光明媚。然而，就算天气再好，斯莱戈精神病院看上去依旧死气沉沉，主要是那两座塔楼，实在令人不敢恭维。事实上，它们倒是算得上宏伟的建筑。这里俗称利特里姆大饭店，萝珊跟我解释过，据说利特里姆郡半数的人都住在这里。但那无疑是带有地方色彩的偏见。

说起来，我跟珀西·奎恩一度十分要好，奇怪的是虽然工作地点近在咫尺，我们却没有保持联系。有些友谊，即使深厚丰富，也只能转瞬即逝，无法地久天长。不管怎么说，我在塔楼上的一间办公室里找到珀西的时候，他还是表现得十分热情殷勤，我注意到，他的发线也倒退了，身材也发了福。我不太清楚他的学术立场，不知他是观点激进，还是在很大程度上明哲保身，像我一样，心里明知自己担着袖手旁观的罪名，仍听任事态发展。当然，这种事，除了在这里说上一句半句，我不会对谁轻易忏悔，但我知道圣彼得肯定已经给我记了一过。

珀西说："听说你太太过世，我真为你惋惜。本想赶去参加葬礼，但是那天怎么也脱不了身。"

我说："哦，没关系，你的心意我领了，不用挂怀。"然后就无话可说了，"一切都进行得很顺利。"

"我还没见过你太太吧？"

"没有，没有。应该是没有。都是后来的事。"

他说："那么，你这项调查工作还在进行之中？"

"是啊，由于种种原因，我需要对萝珊·克莱尔，就是我信里提到的那个病人，做个评估，但是要让她实话实说简直比登天还难，所以我也来个拐弯抹角，绕道而行。"

他说："我为你打探了一番。还真找到了几条线索。说实在的，我也被吸引住了。大概每个人的一辈子都有若干不解之谜。不过首先，要不要我给麦姬打个电话，让她给送点茶水？"

我说："不用，我没问题。我不用喝茶。你要喝吗？"

他爽快地说："我就不用了。第一条信息你肯定感兴趣。皇家爱尔兰警队的记录还真的保存下来了。就存放在市政厅，简直令人难以置信。你给我的那个名字是约瑟夫·克莱尔，对吧？确有其人，这个名字有记录在案，我记得大约是1910年或者1920年。”

不得不承认，这个发现令我大失所望。也许我在内心深处希望萝珊的否认能够得到证实。但事与愿违。

珀西说：“我想，应该是同一个人吧。”

“应该是的，这个姓不常见。”

“确实不常见。我重读了一遍那位冈特神父经典的供词，然后又查了一下我们这里还有没有其他与此相关的资料。你尤其关注萝珊弑婴这件事，是吧？”

“倒不是关注。她本人对此矢口否认，所以我希望能找出事实真相。”

“是吗？这倒很有意思。她是怎么说的？”

“冈特神父写到萝珊弑婴，而弑婴无疑是她在这里入院的主要原因，所以我特别问到，她的孩子怎么样了，她说，孩子在拿撒勒，但怎么可能呢，完全是无稽之谈。”

“听起来确实如此，但是，我想，我知道她的意思。斯莱戈以前有个孤儿院叫拿撒勒院。现在那里已经没有孤儿了，成为了老年人的收容所，我就经常往那边介绍病人，尽量避免让他们……都窝在这里……你知道我的意思。”

“啊，原来如此，我可恍然大悟了。”

“如果冈特神父明明知道萝珊没有弑婴，却为她加下了这项重罪，那么，他的所作所为不仅是不公，而且是不法。我绞尽脑汁试图对他的指控做出合理的解释。我得出的唯一的结论是，他指的是精神意义上的弑婴。当然在那个年月，人们认为私生子沿袭着母亲的罪孽。我们这位精明的神职人员可能就是利用了这层含义。回顾往事，我们只能尽量宽大为怀，尽量既往不咎。当然，这些假设都建立在她确实没有弑婴的前提之上。”

“你说，我能不能这就去趟拿撒勒院，问问他们有没有这方面的记录？”

“可以，这个方案应当可行。以前，他们在这种事情上对外守口如瓶，除非你知道怎么撬开他们的嘴。如今，虽然他们的出发点还是高度保密，但是，像很多其他这类机构一样，他们最近这些年也经受了各种各样的冲击。拿撒勒院有很多分支，其中有些受到严厉指控，都是早年发生过残酷虐待的案例。所以，现在他们可能比你想象的要开放得多。我跟本地的拿撒勒院很熟，经常有公务往来。她们对我帮助很大。当然了，那里都是些修女。托钵修会其实具有很崇高的理念。”

然后，他沉吟了半晌。用贝特的话说，他“若有所思”。

他说：“另外，从开诚布公的角度出发，我还想告诉你一件事。很遗憾这个记录是机密文件，所以我不能拿给你看。是个内部调查报告，你知道的，家丑不可外扬，这种事哪里都一样。”

我小心翼翼地问道：“哦，是什么事？”

“就是关于你的这位病人。这里以前有个打杂的叫肖恩·凯安，说句不好听的，他脑子有点毛病，他投诉了另一个打杂的。这当然是很久以前的事了，可能是五十年代后期，做记录的书记员叫理查森，我都没听说过这个名字。被投诉的那个人叫布莱迪，肖恩·凯安说他长期威胁你的病人，其实恐怕就是猥亵。不介意我说一句，你这位病人被形容为‘秉绝世之容’。威廉，我跟你说，从书记员潦草的字迹，我看得出，他非常不情愿记录这件事。我知道你心里怎么想，现今对待这种事的态度也依然如此。”

我没说什么。只是颔首以示鼓励。

“总之，大概就是在这个节骨眼上，她被转到罗斯康芒，以便让这件事尘埃落定。”

“那个被指控性侵的人呢？”

“不幸的是他居然在这里一直待到退休，我看到，他的工作记录一直持续到七十年代末。这种事经常处理不当。”

“可想而知，一旦发生，都是难题。”

珀西说：“可不是嘛。总是船到中流偏遇风暴，所以谁都不敢摇撼得太过分。”

我说：“明白。”

“可想而知，肖恩·凯安不久之后也销声匿迹了，说不定也像萝珊一样被转走了。理查森之流无疑选择了某种意义上的息事宁人。”

我们两人坐在那里，都若有所思，也许觉得虽然时代变迁，有些事竟依然如故。

“她的母亲是在这里去世的。你知道吗？1941年。”

“这事我可不知道。”

“她病入膏肓，不可救药了。”

“奇怪，我一点都不知道。”

他说：“真正奇哉怪也的是我们两家医院离得这么近，我们却这么久没有来往。”

“我开车来的一路上就在想这个同样的问题。”

“这就是生活。”

我说：“可不是，这就是生活。”

他说：“你今天能来我真的很高兴。我们以后应当经常聚聚。”

“感谢你热情相助。我真的很感动，珀西。”

他说：“没说的。这样好不好，我这就给拿撒勒院打个电话，介绍一下你的情况，告诉他们你即将前往。对，就这么办！”

“谢谢你，珀西。”

我们热情地握手告别，但又似乎不是全心全意的热情。我们两人都有些犹豫不决。确实，这就是生活。

*

我被让进去的那部分拿撒勒院是新修的，但已经感染了某种机构性的冷若冰霜，虽然总体气氛还比刚才那座老医院强。我年轻的时候血气方刚，曾经认为病人和疯人住的地方应该格外亮丽光鲜，以人性的欢天喜地来对抗人世的水深火热。但也许这类地方很难脱胎换骨，就像老虎和豹子无法摇身改变它们的条纹和斑点。拿撒勒院的资料员是个修女，年纪比我还大，不算老年也算是中年的晚期，穿着一身轻松的现代服饰。我还以为她们得穿长袍戴头巾呢。她说，老好人珀西刚才打来了电话，提供了姓名、年代等等，所以她已经为我找好了相关信息。她称之为“新闻”。

她说：“但是你得去英国才能弄清整件事情的来龙去脉。”

我说：“英国？”

她说：“是啊。”她的乡村口音很难定位，我想可能是莫纳亨，甚至更往北，“这里虽然有索引，但是所有跟这些名字有关的资料都存放在滨海贝克斯希尔的拿撒勒院里。”

“为什么资料都跑到那儿去了？”

“这个我就不清楚了，都是很久以前的事儿了，反正你到了英国准会找到答案。”

“但是，那个孩子还活着吗？到底有没有个孩子被送到这里来？”

“根据记录索引，这是滨海贝克斯希尔院里一位姊妹的特殊案例，当然，迪克兰姊妹其实是这里的本地人。如今她已经去世了，愿她安息。当然，格林医生，她是麦科纳提家的人。你知道吗，老麦科纳提夫人老了的时候也住在我们这里？当然。她九十岁上才去世的。她的记录就在我面前，愿神明保佑她安息，愿神明保佑她们二位。”

“能麻烦你给那边打个电话问问吗？”

“不行，不行，这种事情当然不能在电话里谈起。”

“麦科纳提夫人的女儿在英国做了修女？”

“是啊。麦科纳提夫人是托钵修会的一位施主。她去世的时候还有些遗产，她全都留给我们了。真是个善人，我到今天还记得清清楚楚。一个小老太太，你肯定没见过那么善良的一张脸，总是对每个人都那么好。”

我说：“听起来真是好人。”

“啊，还有。她自己也想做修女，但是当时她丈夫还健在，当然不行，她丈夫一直活到九十六岁，后来还有那些儿子。当然他们也不支持她。你不介意我问一句，格林医生，你是天主教徒吗？”

我说：“我是天主教徒，是的。”

那位瘦小的修女说道：“那不用说你也知道，我们都是些怪人。”

*

我在一种奇异的精神状态下开车返回，内心感慨万千。人们在生命旅途总会留下蛛丝马迹，然而，即使后人发现些许扑朔迷离的线索，多数人生也终将成为不解之谜。毋庸置疑，就像我一直担心的，萝珊的一生历尽苦难。尤其是，她还失去了孩子，又被那个下贱畜生盯上，成了他泄欲的对象。我怀疑，跟她的孩子硬生生分开（或者说，把孩子丢了，更有甚者，如果冈特神父的供词属实，她把孩子杀了），那她一定会就此失去理智。如此沉重的打击有可能导致严重的突发性精神病。兼之她“秉绝世之容”，大概很快就成了全体工作人员的出气筒。愿神明保佑她吧。我不禁想到如今端坐在罗斯康芒的形容枯槁的老妪。即便是作为专业医疗人员，我也不得不承认，自己为她痛感惋惜。但回头看来，我也不由得暗自忖度。如果是我处于当时同样的情况下，会不会像理查森那样做出同样的选择。

同时，我边开车边想，去英国肯定是没时间了。我扪心自问，威廉，以神的名义，你到底想干什么？你心里明明知道，仅仅由于她的高龄，你就根本不可能建议让她重返社会。她必须得转到什么地方去（综上所述，她不应该去斯莱戈拿撒勒院，也绝对不能去斯莱戈精神病院）。那么我为什么还这么锲而不舍？不可否认，其实我从中获得了某种心灵的慰藉。还有，这其中好像有什么神差鬼使，什么挡不住的诱惑。我把自己的冲动全部定义为某种形式的伤感。对贝特的哀思，对生命的悲戚，以及对人性的痛惜。不管怎么说，去英国就太扯了，虽然我真想把萝珊孩子的命运，或者说萝珊到底有没有孩子的事实，弄个水落石出，尤其是，谜底已经触手可及了。但是，我目前的工作量很大（我在此记录自己开车时的纷繁思绪，所以很缺乏条理），也许人生最重大、最关键的情节往往像一只睡狮，人们最好听之任之。都是陈年往事了，旧话重提还有什么意义？然后，忽然之间，我幡然醒悟。我审视这个问题的出发点完全错了。如果这个孩子多少有些留下来的记录，即使后来杳无音信，萝珊知道了的话，难道不是莫大的安慰——在“归西”之前，得知自己千辛万苦带到这个世界上来的新生命终于安然无恙？但这个消息会不会反而导致精神混乱，甚至造成新的创伤？她会不会希望跟这个孩子取得联系，而人家愿不愿意又很难说——啊，俗语说得好，潘多拉的魔盒一旦开启，结局就不可收拾了。反正，我是没时间管这事儿了。但在这最后关头收手，我可真是很不情愿。

我像往常一样停好车，走进医院。白班的护士向我汇报了当天的情况，其中包括萝珊的状态，她的呼吸越发困难了，徘徊在生死边缘，他们一开始都不敢挪动她，最后还是在温大夫的指导下成功地把她抬到了楼下的病房，给她戴上了氧气面罩。肺功能需要达到98%才能正常地给血液供氧，而她只能达到74%，所以上不来气。虽然她“不过”是一位病人而已，但我不知为什么登时心急如焚，马上冲到她的病房，生怕她已经过世了，看到她虽然昏迷不醒，呼吸还很沉重，但毕竟还活着，心中的一块大石头才算落了地。

在那里坐了一会儿，我无所事事，闲得发慌，觉得还不如回去办公。于是我又回来了，开始处理堆积如山的文件。在各种表格和信函下面有一个大信封，那是我几天前打开过的，然后扔进了废纸篓。不知谁又把它淘了出来，重新装进了一叠纸。上面是工整的蓝色圆珠笔的字迹，一般出于虚荣心我是很少戴老花镜的，但此刻我不得不戴上它，才能看清那些娟秀的蝇头小字。

很快我就看出，这应该是萝珊写的自述。多么不可思议。我不禁舒了口气，那天幸好我没有乘胜追击，对她孩子的事刨根问底。在这里，她把整件事从头至尾交代得清清楚楚，根本不需要我用专业培训出来的手段和花招把她逼到"违心"坦白的地步。我知道自己要在当晚（都是昨天的事）回家之后才有时间仔细阅读，但据我的粗略判断，她的自述给人以开诚布公的感觉，跟她平时言谈中转弯抹角的风格截然不同。但是，这都是哪儿来的？又是谁把它放到了我的桌上，肯定不会是她自己吧？自然而然，我怀疑是约翰·凯恩，他经常进出她的房间。但也说不定是哪个护士。当然了，今天她屋里肯定乱成一团，所以是谁都有可能。我去护士那边问有没有人知道什么情况。一个相当能干而且性情随和的护士，名叫窦冉，告诉我说她回头替我问问。我问她，约翰·凯恩在哪里？窦冉说，他回家了，他的家就是医院后面旧马圈里的那间小屋（不久之后也要被推倒了）。她说，约翰·凯恩今天身体不适，上午干完活就请假了，说需要回家卧床休息。温大夫马上批准了。当然，原该如此，约翰·凯恩自己也是病人。

*

我阅读了萝珊的自述，像一位研究她的生命史的专家，在头脑里给史实和事件确立了坐标。

我的第一感觉是自己三生有幸。多么神奇，她在暗地里偷偷地写这份自述，像一位藏经阁里的修士，与此同时，我则在殚精竭虑地要对她做出评估，结果到处碰壁。一种强烈的直觉告诉我：我可能就是她倾诉的对象。

萝珊的自述与冈特神父的供词大相径庭，尤其是关于她父亲的经历那一部分。虽然她在世上举目无亲，又在医院这样的地方度过了六十多年，她的文字却到处洋溢着生命的欢欣和对人类的热爱。很多疑点依然存在。然而，由于我也尽了一己之力，所以能够解读其中的一些人和事，并为此深感快慰。珀西·奎恩记录里的那位肖恩·凯安无疑就是约翰·拉维奥的儿子。他似乎受过某种程度的脑损伤。我知道可以向谁打听这件事，我怀疑肖恩·凯安就是我们的约翰·凯恩。这是一个忠诚与守护的传奇。他父亲让他照顾萝珊，于是他倾其今生，鞠躬尽瘁。

但到底谁抱走了萝珊的婴儿，这个谜团始终没能解开，而且，关于她父亲的职业，各种证据都跟她的版本相矛盾。如果她在这一点上所言不实，那么，其他内容就也可能是“错误”的。至少，不能简单地望文生义，而对待冈特神父的供词也是一样，虽然他的头脑如此清醒，几乎让人觉得过于理智，反而有几分不可取。

在约翰·拉维奥的问题上，除非我曲解了她的意思，我相信她的确蒙受了不白之冤。理由是，当时的社会风气不难想象，一定是极度的死板拘泥，她被人看到跟拉维奥在一起，仅仅人言可畏的怀疑已经足够让她罪不可赦。人类的道德领域内战连绵，在不同的时代和地点，令不同的人饱受折磨。她一旦怀了孕，这辈子就毁了。作为一个既“已婚”又“未婚”的女人，这个污点她是怎么都洗不清了。

写到这里，我马上有一种惴惴不安的感觉。比如，我用到了“错误”这个字眼。既然自己完全信以为真，那么她根本不打算披露的“自述”何错之有？我怀疑，整个历史举目皆是偏颇的慷慨陈词。她的自述里面有一段讲到父亲试图用锤子和羽毛给她演示自由落体定律。她当时好像是十二岁（我又看了一下她的手稿，否则，我也在改写她的历史）。是的，大概十二岁。然后是墓地里惊心动魄的一系列事件，接下来是捕鼠，终于在她大概十五岁的时候（糟糕，又得查一下），父亲去世。但是，冈特神父说他是被叛军杀害的，先是在萝珊心爱的圆塔，他的嘴里塞满了羽毛，被人用榔头还是锤子一顿暴打，按照创伤后压力症候群理论解释，事实可能确实如此，然而萝珊为了求生图存把整个事件改头换面，甚至把时间提前到了自己更纯真的少年时代。总体看来，从我的个人经验出发，如此大幅度的情节转移是很少见的。还有，那个冈特神父建议萝珊嫁给裘·布莱迪，那是她父亲在坟场的接班人，按照萝珊的说法，他是个未遂的强奸犯，那一段读起来多少有些“耸人听闻”。不仅如此，冈特神父也顺便提到了这个名字，就是那些枪支埋藏在其下的墓碑上的名字，按理说，他应当明知道墓碑上是什么名字。然后我想，冈特神父虽然不择手段地想把她关进精神病院，但他的记忆也难免模糊不清，可能当时这个名字恰巧出现在他脑海里，于是他错误地用它给墓碑命了名。阅读这类即兴的历史叙述时，过分要求其分毫不差就相当于犯了分析判断过程中的致命错误。在这种情况下追求严丝合缝的准确性等于做无用功。

然后，就好像要证明这一点，我重温了冈特神父的供词，我以前在这里做过摘要，但并非原封不动的抄录，一个惊人的发现令我羞愧难当，他对塔楼事件的记叙里根本没有提到萝珊的父亲嘴里被塞满了羽毛，只说到他被人用锤子暴打。难道，在阅读他的供词和做摘要之间的时间里，我的头脑竟然盗用了萝珊提供的细节？可是，当时我还没有读过她的自述啊。在这个节骨眼上，我发现自己坠入了苏格兰精神病专家莱恩笔下的狂野丛林。如果我自以为可能靠直觉凭空想象出这个细节，然后下意识地穿插进了我的摘要，对即将阅读的故事早有先见之明，那就太令人作呕了。我可不认同六十年代那套时间轮回，前后倒置的谬论。线性的叙事与真实的记忆已经雾锁烟迷。无论如何，我得出的结论是，萝珊和冈特神父都尽其所能做到了确凿不移，然而人类记忆本身却经常是心血来潮，诡计多端。萝珊作为自己人生的历史学家，她的“罪孽”在于“疏漏”。她的父亲在塔楼给她演示重力的性质，几年之后，她的父亲在塔楼遭遇未遂的谋杀，她目睹了两个事件，但却选择忽视第二件。我首先倾向于认为，她的记忆在创伤后受损，各种细节一团乱麻，甚至张冠李戴，连年纪都记错了，但这个想法不但不太可能，而且显得过分简单。另外，我还有一个难与人言的细节碎片——天哪，天哪。当然，当然，完全有可能，实际上，在多年多年以前，她曾给我讲了锤子和羽毛的掌故，但是我早就忘了。而阅读冈特神父的供词又令这件逸事在我的潜意识里浮现。于是，在我写小记的时候，我用自己模糊的记忆进行了“添油加醋”。简直乱套了！但是，忐忑之余，这个结论还是比较可取的。我可以在神面前指证，我相信他们二人都没有篡改历史，两个版本也并不矛盾，他们各尽所能据实以陈，两个文本相得益彰，综合之后，便可以从中品味出超越所谓“事实”的真理。我开始思索，也许历历可考的史实根本就不存在，但是，我又仿佛听到贝特在我耳边低语：“真的如此吗，威廉？”

读过她的自述之后，我决定无论如何必须得去趟英国。她的身世几乎是讲给我听的，至少有时候好像是针对着我，把我当作一位知心朋友，所以，我这么做不仅是一种道义上的责任，而且我心甘情愿为她出把力，把已经开始的调查进行到底，看看谜底到底如何揭晓。我不指望能改变结局，温大夫认为她可能再也醒不过来了，他称之为一个“非常悲伤的消息”，还问我是否需要联系她的家属。我认为没有必要。除了那个神秘丢失的孩子，世上再没有一个人配得上这个名头。这也进一步坚定了我去英国的决心，世上如果还有一个人，在她去世时应该得到通知，那么只要有一线希望，我就一定要找到这个人，即使萝珊在别人眼里微不足道，她在我心中已经占据了重要的位置，她不仅是我的一位朋友，而且她的存在赋予了我在这里工作的意义，同时也肯定了我对这份职业的选择。

我永远不会忘记，在我最痛不欲生的时刻，她走过来，抚摩我的肩膀，一个轻描淡写的动作，对于我却是恩重如山。她走过来，像一位医生，试图为我疗伤止痛。我没有妙手回春的本领，但至少，我可以做一个合格的证人，见证一个普通灵魂平凡中的奇迹。

我庆幸自己没有依据冈特神父的供词来盘问她，刨根问底或者旁敲侧击，而是按照自己的直觉行事。可以想象，冈特神父的版本将会对她的个人记忆造成多么无情的打击。事实上，连她的自述也不应当作为进一步调查的工具。

我总的想法是，对她听之任之。

*

很快我就准备出发了，临走之前，我给约翰·凯恩留了一个便条，希望书面文字更容易理解。

> 亲爱的约翰（我写道），我注意到你对我们这里一位患者的善举，那就是萝珊·克莱尔，曾用名麦科纳提夫人。我猜测，约翰，你的父亲就是爱国志士约翰·拉维奥，对吗？我就要去英国了，希望在那里可以进一步打听到萝珊·克莱尔孩子的下落，等我回来的时候，我也想问你几个问题。也许，我们俩还可以相互对证？此致，等等。

希望他明白我的意思。我有意用了爱国志士这个字眼，免得让他感到不自在。当然也不排除我的推测谬以千里，他看着我的便条，以为我是痴人说梦。

我自己也有点糊涂，反正管不了那么多，我得上路了。

*

机票最便宜的航班是从都柏林飞往伦敦的盖特威克机场。所以，我得先向东开五个小时的车。这年头，连斯莱戈都有机场了，萝珊知道了肯定会很惊讶，我是在网上看到的，就在浅滩岭。遗憾的是，那里只有小型飞机，目的地是曼彻斯特。

除了护照，我随身携带着关于萝珊的全部文件以及履历资料，还有斯莱戈那位修女写的一封介绍信。我很清楚，这些古老的机构是出了名的，或者说，恶名昭著的讳莫如深，我们医院与其相比也不相上下，焦虑混杂着无助，还包含各种隐忧。事实通常并非人之所想，其发生发展往往千丝万缕、环环相扣，而真相并不一定意味着解决和了断，反而可能会造成进退维谷、停滞不前，人们据此开始疑神疑鬼、捕风捉影，终于陷入剑拔弩张、自相残杀。所以，虽然有那位修女的好心介绍（即使她没有给贝克斯希尔打电话更没再从中插手），另外还有珀西的鼎力相助，我还是做好了最坏的思想准备：此行可能是以卵击石，败兴而归。

当然，我也带上了萝珊的那本《医生的宗教》，以备万一。这里我必须忏悔，实在对不起爸爸的在天之灵，在飞机上，我翻开那本书，斗胆拿出了里面那封信，打开来看了，主要是考虑信的内容可能对我这一行有所帮助。我不知道这么想有没有任何根据。可能我不过是掩耳盗铃，真实的动机就是好奇心切，多管闲事。

我惊奇地发现这封信来自杰克·麦科纳提。根据邮戳的日期判断，他写信的时候已经是一位老人了。信里蜘蛛游走般的字迹也与这一点吻合。他当时的地址是斯旺西的詹姆斯国王医院。这封信就在眼前，我索性在此抄录，以为备份。

亲爱的萝珊：

我此时躺在斯旺西的医院里，不幸罹患肠癌。我写信给你，因为我打听过，得到了我希望是十分可靠的消息，那就是你还健在。我已经在某种意义上被宣判了死刑，这也是神的意愿，我将不久于人世。可以说，我一直活得津津有味，就像人们说的，在人世好好走了一遭，如今，我阳数已尽，大限将至。不知你是否听说，我后来当兵打仗了，在印度靠近开伯尔山口，跟廓尔喀雇佣兵步枪队一起服役，虽然也没看见什么德国人或者日本人，我依然为此感到自豪。不过，幸好蚊子没有支持德国人，否则，我们那场大战就输定了。人之将死，很多往事会涌上心头，所以我才给你写信。比如说，我妻子梅，她多年酗酒，死在五十三岁的年纪上。虽然我们之间只有短暂的欢乐，我也从没后悔跟她成亲，并对她的爱始终如一。当然，我也知道，她在有些人面前，表现得盛气凌人，尖酸刻薄，尤其是对你。而这也是我写信的原因之一。我沉浸在多年前的辛酸往事之中始终欲罢不能，一直想写信告诉你。你无须原谅我，对此我也不抱任何希望，只想让你知道，我追悔莫及，而且，我总也无法参透我们的人生因此经历了何等的剧变。陈年旧事，历久弥新，当时一幕幕的情景经常浮现在我的心头，出现在我的梦里。我应该告诉你，汤姆又结婚了，还生了孩子，但是，你可能不想听这些事。他十年前因胃病去世了，就在罗斯康芒综合医院，他的第二任妻子已经先他而去。我们俩经常见面，虽然从未谈起关于你的话题，但你的一颦一笑还是萦绕在我们中间，是我们说不出口的千言万语。事实上，汤姆的生活跟过去截然不同，他完全变了一个人，再也不是从前我们眼里那个性情随和，自由散漫的老好人了。

不知你会不会说，一报还一报，也许吧。你可能没错。我还想就我的母亲说上几句，你至少应当同意，她算是造成当年这些深重苦难的始作俑者。我想告诉你一些关于母亲的事，有些话只有人之将死的时候才能倾诉，而且，还不能面对面说，只能通过一纸书信。但愿，这或许可以部分地解释，究竟是为了什么，她对你的——我几乎写下“遭遇”，但你明白我的意思——表现出如此不近人情的铁石心肠。

大概距今二十年前，直到临终的时候，她才对我说出了自己出身的真相。你可能还没听说过，其实在斯莱戈早有风言风语，说她是私生女。事情的经过是这样的，外婆生下我母亲不久就早早逝去，当时她家里根本不承认她的这段婚姻，所以即便家境殷实，外婆一死他们就把母亲过继出去了。外婆是长老会信徒，名叫丽梓·费恩。我的外公是一个军官，费恩家把母亲过继给了外公的勤务兵，一个天主教徒，他把我的母亲当作自己的孩子抚养成人。整个故事错综复杂，但是母亲去世多年以后，我在基督教教堂里亲眼看到了外公外婆的结婚证。如果母亲生前得知自己的父母确实结了婚，不知她是否会感到莫大的安慰。不过在天堂里，这种事也许不过是繁文缛节。

汤姆临终之前也对我吐露了他的秘密，这可能跟你更有关系，但也许会令你对母亲的冷酷无情越发大惑不解。他坦白地告诉我，我们两人同母异父，他的生父并不是老汤姆，而到底是谁就不得而知了，他也想问个明白，但母亲对此守口如瓶。这个秘密母亲始终对谁都没说，就把那个名字最终带进了坟墓。要知道，母亲生我的时候才十六岁，而没过多久汤姆就出生了，他是我同母异父的弟弟。

我为什么要对你唠叨这些事呢？母亲的一生十分坎坷，她只求汤姆不要重蹈她的覆辙，在内心深处她自觉罪孽深重，所以，越发给自己套上了仁义道德的枷锁。

伊尼斯后来怎么样了？六十年代期间，我通过英国陆军部打听到了他的下落，一路找到伦敦道格斯岛上一家简易的客栈。那天傍晚我去找他，但他出门了，据说第二天才能回来。第二天上午我再去的时候，发现那里一片灰飞烟灭，已成为火灾后的废墟。可能他听说有人从斯莱戈来找他，误以为是宿敌找上门来，终于要执行多年前的暗杀指令，所以他在客栈放了把火以掩盖自己的行踪。也可能是我在查询的过程中，早被人盯了梢，我的探访竟然导致了他的毁灭。无论如何，我再也打听不到他的消息。他从此销声匿迹了。恐怕他已客死异乡，愿他安息。

这就是我想说的了，也许我的话对你已经没有任何意义。但如果不说出口，我实在良心难安。萝珊，汤姆是真心爱你的，但他爱得很失败。其实我们都爱你。如果可能的话，宽恕我们吧。永别了。

遥致真诚的爱

杰克

*

无论用什么标准来衡量，这都称得上是一封出乎意料的来信。信里有些内容我无法完全理解。忽然，我只是全心祈望是她屋里的湿气令信封重新粘上了，而她曾经读过这封信。之后她当然要把它保存起来，除非是她根本没有拆开，把信夹在书里就忘了。但这可能是她收到的唯一一封信啊。天哪。飞机在盖特威克机场降落时，我心潮起伏。

贝克斯希尔离盖特威克不过五十英里左右，那一带的英国是彻头彻尾的英式，以至于几乎发生了某种质变，其风格变得难以言传。沿途的很多地名勾起了我一连串关于棉花糖和古老战役的遐思。布莱顿、哈斯丁斯。具有讽刺意味的是，这里的海岸线承载着不计其数童年假期的回忆，虽然，多年以前的孤儿们对此却未必苟同。我在网上查找飞往贝克斯希尔的航班时，碰巧进入了一个由当年孤儿院的幸存者们建立的论坛网站。里面的回忆真是字字血，声声泪。五十年代，两个女孩落了水，其他女孩在海里手挽手试图将她们救出来，匪夷所思的是那些修女，竟坐视不救，只在岸上祈祷。简直是一幅从狼心狗肺博物馆里流失的画卷。我不禁在心里揣摩麦科纳提夫人的女儿，但愿她并非那种见死不救的修女之一。如果萝珊的孩子在四十年代落入了那些人手里……这就是我坐在从维多利亚火车站出发的列车上杂乱无章的思绪。

看来，我命里注定要见证各种机构令人叹为观止的萧条败落。这似乎已经成为这个时代一发不可收拾的潮流。贝克斯希尔的拿撒勒院也未能幸免。这些机构的历史似乎已经写进了它们所在建筑物的红砖灰泥。洗都洗不掉了，我心想。此时的寂静无声似乎暗示着历史长河里所有的默默无语。我敲响前门，顿时觉得人地生疏，形单影只，仿佛自己是个刚刚被送到这里来的孤儿。很快，一位妇女把门开了，不是修女，我告知来意后，被让进门内，进入一条长廊，那里的油毡地面暗光闪闪，红木家具坚实可靠，高高在上的是一尊意大利的圣若瑟塑像。我知道那是圣若瑟，因为基座上刻着他的名字。那位妇女停在一扇门前，对我微笑示意，我也回以微笑，然后推门走了进去。

里面布置得好像是个小餐厅，至少是待客之处，桌上已经为一个人独自用餐摆好了餐具，还准备了三明治和蛋糕，以及茶盏。我不知该如何是好，就先坐了下来，思忖自己是不是来对了地方，同时怀疑自己到底是不是应该来这里的人。很快，一位身材高挑，笑容可掬的修女飘然而至，她用一个瓷壶给我倒了茶。我注意到，壶上是贝克斯希尔海滨的画面。

我说："谢谢，姊姊。"实在想不出别的什么可说。

她说："经过长途旅行，我猜想，你一定饿坏了。"

我说："的确如此，多谢了。"

"你先吃饭吧，吃完了米里亚姆姊姊会跟你见面。"

于是，我带着几分诧异一顿狼吞虎咽——修女好像都有第六感，知道我饥肠辘辘所以准备了大量食物，常人恐怕不会有这么好的胃口。吃完之后，我被带入修道院的更深处，最后进了一个小屋。

屋里都是普通的档案柜。但我立刻感觉到无所不在的机密与历史。档案柜里有些资料恐怕需要律师申请才能开启，即便如此，能否面世也还很难说。这里执事的是一位衣着整齐，面如粉团的修女。

我说："米里亚姆姊姊。"

她说："我就是。你一定是格林医生了。"

我说："没错。"

"据我所知，你是专程来查找资料的？"

"是的，我带来了一些文件，可能对找资料有些帮助……"

"斯莱戈那边来了一个电话，所以我在你来之前已经开始着手了。"

"啊，她到底打了电话，我还以为她说……"

她说："这份档案有两个索引。"她打开一份薄薄的卷宗，"你要找的那个孩子没在我们这里住多久。"

我几乎要脱口而出，感谢上天，但及时收住了嘴，只在心里默念而已。

"虽然档案牵涉到的是久远的往事，但据我所知，那位母亲还在世，当然，还有孩子本人……"

"那么说，曾经有个孩子，确实有个孩子？"

她说："是啊，毋庸置疑，证据确凿。"然后她眉开眼笑。虽说我对确认爱尔兰口音没什么把握，还是不禁大胆猜测，她可能是凯里郡人，至少来自爱尔兰西部。至于她文绉绉的措辞，那应当是经年累月跟文件记录打交道的结果。而且，她机智过人，既彬彬有礼，又妙趣横生。

她说："我们继续？"

“哦，好，好。”

她说：“这里有出生证。还有孩子养父养母的记录。他们二位可能没看过前一项文件，即使看了，也只是过过目而已。他们可能仅限于知道孩子是爱尔兰人，身体健康，是天主教徒。”

我说：“听起来很有道理。”我觉得自己这话说得傻头傻脑的。主要是我对这位女士佩服得五体投地，被她的干练英姿给镇住了。

“由于这个孩子和迪克兰姊姊之间特殊的关系，愿神明保佑她安息，这里的所有人都非常希望为他找个好人家。我对迪克兰姊姊印象很深，那时我还年轻。她来自爱尔兰西部，一个非常可爱的人，是她母亲的骄傲，也是我们院的荣耀。她是那个年代贝克斯希尔最出色的修女，有杰出的成就。而且，孩子们全都喜欢她。爱她。”

在这里，她给出了温和而明确的强调。

米里亚姆姊姊说：“外面有她的一方小墓。你回头要不要去看看?”

“哦，那太荣幸了……”

“在贝克斯希尔我们也都意识到了今非昔比。但我们谁都无法回到从前亲身体验四十年代，所以也无法充分理解此一时彼一时的含义。就连‘神秘博士’对此也会感到无能为力。”她又笑逐颜开了。

我说：“言之有理。”随之马上觉察到，自己怎么用了这么冠冕堂皇的口气，“至少在精神健康的领域里。愿神明保佑。但与此同时，一个人必须……”

“尽心竭力？”

“对。”

“拾缺补过，昭雪沉冤？”

她的话令我十分惊异。

我说：“是的。”她出人意料的坦率令我不知所措。

她说：“我们的想法不谋而合。”然后，像一个牌桌上的老手，她把两个文件摊开，放在我的面前。“这是出生证。这是收养证。”

我俯身向前，拿出花镜，定睛一看。忽然，我觉得我的心不跳了，血液也停流了。就在那一瞬间，那千条血液的河流和小溪同时静止了。然后，它们一齐飞流直下，狂野的波澜奔腾激荡。

孩子的名字叫威廉·克莱尔，母亲是萝珊·克莱尔，女招待，父亲是伊尼斯·麦科纳提，军人。孩子于1945年由康瓦尔郡帕德斯托的格林先生和格林太太收养。

*

我怔怔地坐在米里亚姆姊姊面前。

她非常委婉地问道：“原来你根本不知道？”

“不知道，完全不知道——我是为公事来的——想要为我管理之下的一位老人出把力。”

“我们以为你可能知道了。我们无法确定你到底知不知道。”

“我一无所知。”

“还有其他资料，迪克兰姊姊在七十年代跟一位肖恩·凯安打过交道，这里有笔记。这事你知道吗？”

“更不知道了。”

“凯安先生十分迫切地想要找到你，迪克兰姊姊就提供了信息，让他能够如愿以偿。他后来找到你了吗？”

“我不知道。没有。不对，找到了。”

“可想而知，你一定心乱如麻，这完全可以理解。心里像翻江倒海一般，是吧？好像有海啸席卷而过。把人和事都冲得面目全非。”

“姊姊，不好意思，我胃里有点不舒服。可能是蛋糕吃多了……”

她说：“哦，不要紧。盥洗室就在那边。”

*

恢复过来之后，我去看了“姑母”的坟墓，简直不可思议。然后，踏上了归程。

我多么希望，向往，贝特还活着，思之若渴，我的第一个念头就是我多么渴望向她倾诉。

但是接下来的每个想法，都令我摇头叹息。不，不对，那是不可能的。同行的旅客肯定以为我得了帕金森综合征。所有的信息都在我的脑子里打转，不得其门而入。

那个老太太，那个我多年都没有注意到但最近却在我的想象里占据了巨大的空间的老太太，精灵古怪，背景模糊，历史颇有争议，我的知心朋友，却原来是我的亲生母亲。

*

我急急忙忙地往回赶，可以说，火烧火燎。路上的钟点并没有理清我的思路。我紧赶慢赶，归心似箭，就怕她没等我回来就咽了气。我无法解释这种心急如焚。这是一种纯粹的焦急，心无旁骛。没有思维，只有感情。赶紧，赶紧，快马加鞭。我像疯子一样开车，横穿爱尔兰。到了医院我胡乱停了车，对手下的医务人员视而不见，大步流星走向病房，心里希望、祈祷，她还活着。屋里没人，她床位四周却拉着帘子。我知道，命运使然，结局如是，她已然离我而去了。我撩开帘子，她竟然好好的，不但活着，而且醒着，头向我的方向转了几度，满腹狐疑地望着我。

她说："格林医生，你上哪儿去了？你看，我起死回生了。"

*

我恨不得马上就告诉她。但是，我不知该怎么说。还是需要事先准备一下措辞。

我在帘子的开口处踯躅流连，她似乎心有所感。我们的直觉比我们的意识更善于审时度势（虽然这个论点在医学上恐怕站不住脚）。

她说："那么，医生，你评完了？"

"什么？"

"你对我做出了评估？"

"哦，那事，评完了。"

"结论是什么？"

"你是无辜的。"

"无辜？世上哪有称得上无辜的人。"

"你是无辜的。你被错误地送进了精神病院。我向你致歉。我代表我的专业领域向你致歉。也以我个人的名义致歉，因为我没有及早着手把事情搞个水落石出。最后还亏得医院要拆迁。我知道，我的歉意完全于事无补，甚至不堪入耳。"

她虽然身体虚弱，还是忍俊不禁。

她说："这是哪里的话。他们给我看了新医院的简介。能让我在那儿住一阵子吗？"

"完全看你自己的意愿。你自由了。"

"我这一辈子不是一直都有自由的。感谢你给我自由。"

我说："宣布你的自由是我莫大的荣幸。"我的语气煞有介事，但她宽宏大量地接受了。

她说："你能到我床边来吗？"

我走过去。不知她想做什么。她只是拉起我的手，轻轻握住。

"那你能不能允许我原谅你？"

我说:“神啊,当然。”

接下来是一阵短暂的沉默,在这个瞬间里,我百感交集。

她说:“我原谅你。”

*

第二天早晨,我绕到后面的旧马圈。我想如果可能的话,尽量再向约翰·凯恩打听几处细节,现在我有更充分的理由问他。我知道,他可能无法或不愿回答我的问题。但至少我要对他奇异的壮举表示深切的感激。

但是,哪里都找不到他的人影。他的住处是个单人房间,橱柜上放着一个老式的留声机(牧歌牌,来自布里斯托尔),要打开右侧的小门才能放出声音,因为小门里藏着简陋的木制放大器。制造商提供的架子上放着一整套78张唱片。里面包括班尼·古德曼、巴博·麦利、杰利·罗尔·莫顿、弗莱彻·亨德森,还有比利·梅耶。屋子里空荡荡的,只有一张整洁的小铁床,床单上绣着朴素的花朵。我马上想到萝珊笔下麦科纳提夫人的手工。不难想象,为了达到目的,或者达到他以为对萝珊来说的最佳方案,他不惜充分利用麦科纳提家里见不得人的秘密来给他们施加压力。汤姆·麦科纳提有个在法律上并不存在的前妻,而他的第二个家庭可能对此一无所知。疯了的妻子可能不算妻子,但她还是个有血有肉的人。麦科纳提夫人和她好心肠的女儿肯定对约翰·凯恩做到了仁至义尽,包括向他提供了我被收养前的全部信息，以及被收养后的新名字。不知他那时找我有什么打算，只能猜测，当他发现我奇迹般地学习了精神医学，便顺水推舟地对原计划进行了一番调整，重新谋划了一个将计就计的上策，毕竟，从他的角度来看，无法预知的是，如果他贸然让我们母子重逢，要是我根本就不打算跟萝珊见面呢？另外，即使同意见她，我难道一定不会拒绝认亲？她已经被世人厌弃，我又何以见得就会特立独行？

这些当然都是我的逻辑推理。它们并非历史。而历史的本质已经开始令我疑窦丛生。所谓的历史不就是用煞有介事的句子表达出来的回忆吗？既然如此，那些回忆真实可靠吗？依我看，并不尽然。以此类推，多数诉诸语言的历史其实乱象丛生虚实难辨。但即便如此，我们还是要继续生活下去，要保持清醒与理智，要直面伪善与危险，要在满纸荒唐言的历史上重建我们无限热爱的家园。也许这才是人性的真谛，是我们作为一种生命最光辉灿烂的品质——在废墟上重新树立坚定的信念。

值得一提的还有约翰·凯恩床头的一盒古巴雪茄烟，我打开来一看，只剩半盒。既是半缺，也是半盈。

除此之外就是那封不同寻常而又事关重大的短信，他把它放在了留声机上。

亲爱的格林医生：

我不是什么天使，我把孩子从岛上抱走了。我抱着孩子快跑快跑找大夫。我想跟你好好说但是我得走了。你想问我为啥跟萝珊这么多年，因为我是我爸。我爸被刽子手杀了。我求辛医生给你写信，奇迹啊，他写了你也来了。真高兴你来了。总有一天我全告诉你，这一天到了。现在你肯定都知道了我求你别扔下你妈。人无完人你看我。到了天堂门口心里不全是爱圣彼得不让进门。到时候了说，再见了医生，原谅我吧，愿宽恕我。

忠诚的爱

肖恩·凯安·拉维奥（约翰·凯恩）

又及，是多兰袭击了利特里姆，后者后来平安回家了。

护士和服务人员都不知他在哪儿。他没有打包行李，也没有爬进附近的树林里悄然死去。他只是倏忽间不知了去向。我们报了警，警察也眼观六路四处寻人，结果发现他似乎无所不在，却又无影无踪。他提到的那个马克斯·多兰是这里一个杂工，年纪轻轻，相貌堂堂，还有个女朋友，他私下里向我承认了对那位利特里姆女患者的所作所为，自觉悔愧难当，每天坐卧不安。他先是供认不讳，继而又翻供，出尔反尔。律师准备好了之后，他就会出庭受审，估计那也不是一时半会的事。医院里大家的情绪倒没有受到负面影响，病人和工作人员都在疏散之中。不过我们或许也有小小的收获。那就是从此以后病人的人身安全有了保障，只能是但愿如此吧，我还不至于那么天真。

第二十二章

秋天来了，她住进了舒适的新居。这里都是按要求建造的，设施先进，配套完备，堪称名副其实的“避难所”，一个古老而令人向往的所在。她已百岁高龄，离世是迟早的事了，但什么不是迟早的事呢？多少风云人物活不到我的年纪就没了。有时她连续几天沉默寡言，脾气不好，拒绝进食，还疾言厉色地问我来干吗。有时她干脆对我说她不需要我再来。

像约翰·凯恩一样，我试图寻找适当的机会。现在我理解了他的进退维谷。

有一天我临走的时候，她颤巍巍地起身向我靠近，拥抱了我，感谢我。她身轻如一纸羊皮书，连她的骨头也失去了分量。我心情激荡，真相几乎脱口而出。但到底还是没说出口。

我心怀忐忑，作为她的医生和朋友，她对我应该还算满意，但是如果我是她的儿子，恐怕会让她有得不偿失之感，一辈子千辛万苦，到头来竟落下这么个孩子——荒诞不经、颠三倒四、不苟言笑、日渐衰老，还是个英国式的爱尔兰人。另外，从医学和精神病学的角度出发，我尤其担心真相大白会令她大吃一惊并铸成大错。我想跟温大夫商量一下，但这种震惊可能超乎医学领域之外，而我们俩谁都不是这方面的专家。某种含蓄、温柔、纤弱的经络可能会在不经意间被截断，而像我们这样笨拙的医务人员，无论如何也无法将其修复。那是她百折不回的精髓。我相信它会继续保持下去。重要的是，她如今生活在安适的环境里，受到良好的照顾。而且她自由了。

我从英国回来一个月后，老医院被拆毁了。他们决定用控制爆破的方式，炸掉地面一层，让上面四层坍塌下来。那天上午，我恍惚觉得即将亲眼目睹自己一生的事业被炸药、电线和精巧的计算一笔勾销，我们都站在距离医院四分之一英里开外的山坡后面。到了预定的钟点，工程人员启动了盒子上的开关，漫长的一秒钟后，我们听到惊天动地的一声巨响，古老建筑的底层化为一团飞沙走石绝裙而去。庞然大物向东方倾倒，在原址上留下一个透明的记忆飘浮在天际线上。它的背后是一个天使，一个巨人，像医院大楼一样高，熊熊燃烧的羽翼横亘东西。显然，他就是约翰·凯恩。我问周围的同事有没有目睹同样的奇迹。他们都看着我，以为我疯了，可能的确如此，失去了我的避难所，我成了无尽空虚的守望者，沦落天使的监护人。

当然是悲伤令我看见了天使。此时写到这里我才恍然大悟。我自以为已经从失去贝特的哀痛中恢复过来了，对她的回忆已经成为万无一失的精神堡垒，但现在我才意识到，自己的心路历程才刚刚开始。据说痛失至亲的悲伤通常要持续两年时间，这是那些伤心人手册里的老生常谈。但是，我们难道不是从出生之前，就开始哀悼母亲的吗？

我终究会向她娓娓道来。当我知道一切从何说起。当我们一起回首那岁月如流。

*

今天我开车回了一趟斯莱戈。在镇外经过一个公墓的时候，我不禁想象岁月的风刀霜剑会如何改变那个水泥小庙以及周围几英亩的坟场。我又顺便去跟珀西打了个招呼，感谢他对我的大力帮助。不知我的拜访有没有令他感到意外。我告诉了他事情的原委，他吃惊得半天合不拢嘴。然后，他从桌子后面站起身来。我当时正在门口犹豫要不要进屋，我并不想打扰他。

他说："我的天哪，好家伙。"

不知他是不是要拥抱我。我笑了起来，像小孩子一样兴高采烈。直到这时我才意识到内心深处有一种如获至宝的感觉。我对珀西概述了她的历史，我的历史，只觉得心满意足，脑子里透明澄澈。

我想告诉他，问题并不在于她是否写下了或说出了实情，是否坚信所写所说的均是实情，甚至并不在于她的出发点是不是要披露真相。对我来说，最重要的是那个执笔者和发言人是那么令人叹服，活灵活现，情感丰富。我想告诉他，而且在某种程度上我也想忏悔，从精神医学的角度上来说，我对她的所谓“帮助”完全失败了，我根本未能撬开她装满陈年往事的话匣。但话又说回来，我的初衷是评估，而不是帮助。我其实有充分的时间可以帮助她，遗憾的是多年来，我竟然对她不闻不问。我想告诉他，是她拯救了她自己，因为她总是扪心自问，因为她最爱侧耳倾听。于是，她转败为胜。就连她父亲的历史，我也倾向于更相信萝珊的虚构杜撰，而不是冈特神父的据实以陈，因为萝珊的版本闪耀着生命的异彩奇光。况且，如果老好人阿莫达·辛没有写信招我加入他的麾下，我可能根本不会成为临床医生，因为我一直在这些方面缺乏自信。是萝珊教给了我沉默是金的道理，向我揭示了回避提问的妙处。我有满腔的话却无法向珀西倾吐。

但他似乎心有灵犀，当时说了一句话，我乍听起来觉得颇不顺耳，但细想之下却入木三分，不禁对他心存感激。

他说：“你都快退休了，但在很多方面，好像才刚刚起步。”

我谢了珀西，跟他道别，然后开车去了浅滩岭。我沿着萝珊描述的那条路开过去，竟像老马识途。爱尔兰教堂就在它应该在的位置，我开到那里停下来四处看了看。正如她经常提到的那样，月亮山就在眼前，山势翻蹄亮掌，好像要逃向远方，那充满未知过去的远方。下面就是斯莱戈湾，罗斯岛在右侧，还有鸟喙峰，威利·拉维奥就是在那里被杀害的，然后我看到浅滩上标示着兔儿岛方向的缆桩。小岛原来就是个土堆儿，有几片地、几座房而已。我几乎不好意思宣布：那里就是我的诞生之地。小岛似乎远在天边，在萝珊还有约翰·凯恩所处的我们的已知世界的边缘。我出生在这样的天涯海角，所以才会遵循命运在边缘学科安营扎寨，并最终成为精神病患者们的监护人。在岛外，更远的地方，铁人值得信赖的身影永恒地指着安全水域的方向。

我左侧就是浅滩岭的小镇，除了镇上房屋的数量肯定比萝珊那个年代增加了很多以外，估计这些年来仍是一成不变。下方的沙滩上可以看到一个旧旅馆的门面，还有一个大沙丘，应当就是它赋予了地名里的“岭”字。此外，好像还看得见一个简易舞场的遗址。

我继续往下开，看到一门大炮耸立在心平气和的海面上。真是机缘巧合，在沙滩上我碰见几个工人在舞厅里干活。看来他们正在准备清拆。旁边立着建筑师的牌子，不久之后若干公寓会在这里拔地而起。舞厅小得可怜，后面是波纹铁的拱顶，前面看来一度是海滨民宅。曾经招展着舞厅名字的旗帜早已不在了，后来用安装的铁丝代替的“广场舞厅”几个大字如今也灰头土脸，锈迹斑斑。我不禁感慨，多少历史在这里烟消云散了，简直不可思议。遥想当年伊尼斯·麦科纳提穿着一身烧焦了的军装经过这里，汤姆手提乐器走进门去，一队队小汽车从斯莱戈出发，沿着亮晶晶的浅滩开来，乐声绵绵，在爱尔兰夏夜不安的空气中荡漾，一直传到梅芙女王古老的耳底。萝珊肯定每每凝神谛听，就在她被埋葬的青春岁月里。

她的小屋相当难找。我发现自己已经开过了头，然后，到底找到了对面豪宅高大的围墙，杰克的妻子就是在那个大门口羞辱了萝珊。小屋旧址已成废墟，周围荆棘丛生，只有那个石头烟囱还完好无损，上面爬满松萝和野藤。萝珊被发落为活死人遭受多年监禁的小屋已然不复存在了。

我踏过曾是院门的豁口，站在衰草中间。院子里没什么可看的，但我的脑海里闪现出她笔下一幕幕清晰的画面。所有遗迹都荡然无存，只除了杂草中的一株玫瑰，最后的花朵仍鲜艳欲滴。虽然熟读了贝特的玫瑰书，我却依然认不出花名。萝珊似乎提起过？叫什么来着……我绞尽脑汁也想不起来。我拨开荆棘和野草走上前去，想摘几朵花带回罗斯康芒做个纪念。所有的花儿都一模一样，花瓣紧密盘卷，排列得井然有序，只有一枝与众不同，上面盛开的花朵光彩夺目。荆棘划破我的裤腿，拉扯我的衣角，像一群乞丐阻止我前行。我忽然灵机一动，按照书上关于繁殖的章节里推荐的方式，小心翼翼地折下一根花枝，插在兜里，瞬间有种犯罪感袭来，好像我偷窃了并不属于我的珍宝。

THE SECRET SCRIPTURE by SEBASTIAN BARRY

版权合同登记号：图字：11-2017-325号

图书在版编目（CIP）数据

绝密手稿 /（爱尔兰）塞巴斯蒂安・巴里著；［澳］李牧原译．—杭州：浙江文艺出版社，2021.3（2024.5重印）
ISBN 978-7-5339-6302-6

Ⅰ.①绝… Ⅱ.①塞… ②李… Ⅲ.①长篇小说—爱尔兰—现代 Ⅳ.①I562.45

中国版本图书馆CIP数据核字（2020）第223170号

责任编辑 王莎惠
责任校对 唐　娇
责任印制 吴春娟
封面插画 陶　然
装帧设计 尚燕平
数字编辑 姜梦冉

绝密手稿

［爱尔兰］塞巴斯蒂安・巴里 著 ［澳］李牧原 译

出版发行 浙江文艺出版社
地　　址 杭州市环城北路177号
邮　　编 310006
电　　话 0571-85176953（总编办）
0571-85152727（市场部）
制　　版 浙江新华图文制作有限公司
印　　刷 浙江海虹彩色印务有限公司
开　　本 880毫米×1230毫米　1/32
字　　数 200千字
印　　张 11.375
插　　页 5
版　　次 2021年3月第1版
印　　次 2024年5月第11次印刷
书　　号 ISBN 978-7-5339-6302-6
定　　价 65.00元